AF280576

Über die Autorin:

Raffaela Lins wurde 1981 in einer kleinen Stadt in NRW geboren. Nach der Schule absolvierte sie eine Ausbildung zur Reiseverkehrskauffrau und daran anschließend zur Fremdsprachenkorrespondentin und landete schließlich in einer Wirtschaftskanzlei, in der sie als Team-Assistentin arbeitet. Als sie eine Familie gründete und ihre zwei Jungs zur Welt kamen, widmete sie ihre Freizeit der kreativen Arbeit, die in den Jahren zuvor leider viel zu kurz kam. Sie begann zu schreiben und arbeitet nun neben ihrem Beruf als freie Schriftstellerin.

Raffaela Lins

Ein Herz
zwei Wege

Roman

Bibliografische Information der Deutschen Nationalbibliothek: Die Deutsche Nationalbibliothek verzeichnet diese Publikation in der Deutschen Nationalbibliografie; detaillierte bibliografische Daten sind im Internet über dnb.dnb.de abrufbar.

Band 1 der Dilogie „Ein Herz"

3. Auflage
© 2026 Raffaela Lins

© der Erstausgabe 2025 Raffaela Lins
© der zweiten Auflage 2026 Raffaela Lins

Korrektorat: Nadine Loddo
Umschlaggestaltung: Digital erstellt mit KI-Tools, basierend auf einer Idee der Autorin und mit abschließender Bearbeitung der Autorin

Verlag: BoD · Books on Demand GmbH, Überseering 33, 22297 Hamburg, bod@bod.de

Druck: Libri Plureos GmbH, Friedensallee 273, 22763 Hamburg

ISBN: 978-3-8192-4902-0

Für meine Schwester

Prolog

Ben

»Ben, was ist los mit dir? Das kann man sich echt nicht geben! Du verhaust jeden Ball!«, höre ich Leon lachend hinter mir.

Ich kann es ihm nicht mal verübeln, ich werfe die ganze Zeit daneben. Was ist nur heute los? Ich kann mich einfach nicht aufs Spiel konzentrieren. Ich hatte schon Bock zu spielen, als Leon mich heute abgeholt hat, um mit mir und den anderen Jungs ein bisschen Basketball auf dem Schulhof zu spielen, aber ich bin heute nicht richtig bei der Sache. Immer wieder taucht dieses Bild vor mir auf. Dieses Mädchen. Dieser Blick. Ach Mist. Jetzt hat mir Leon schon wieder den Ball abgenommen. Aber den hole ich mir wieder.

Leon ist kurz abgelenkt, weil er jemandem hinter mir zuwinkt. Meine Chance, einen Korb zu werfen. Treffer! Ich drehe mich zur Treppe um, die von der Straße hinunter auf den Schulhof führt, um zu schauen, wem Leon winkt. Und BAM! Da ist sie. Das Mädchen von heute Morgen. Es war also doch keine Fata Morgana!

Kein Tagtraum, weil ich noch im Halbschlaf auf dem Weg zur Schule war, nachdem ich den Wecker ein paar Mal zu oft ignoriert hatte. Sie ist echt. Ihre langen braunen Locken springen wild bei jeder ihrer Bewegungen und ihre hellen Augen strahlen sogar aus dieser Entfernung. Sie läuft mit ihrer Freundin die Treppe hinunter und weiter über den Schulhof. Leon kennt sie? Warum hat er noch nie von ihr erzählt? Ich drehe mich wieder zu Leon.

»Hey Leon, wer sind die zwei?«, frage ich und versuche dabei möglichst locker zu klingen.

»Lea und Hanna, wieso?«

»Wer ist denn wer?«

»Hanna ist die mit den kürzeren schwarzen Haaren, Lea die mit den langen braunen Locken. Wieso willst du das denn so genau wissen?« Leon grinst mich blöd an.

Ich kann ihm einfach nichts vormachen. Und das, obwohl wir uns eigentlich noch gar nicht lange kennen. Vor einem halben Jahr mussten meine Mutter und ich von heute auf morgen alle Zelte abbrechen. Wir sind in dieses kleine Örtchen gezogen und ich bin in Leons Klasse gelandet. Das war ein Glücksfall für mich, denn Leon und ich haben uns auf Anhieb super verstanden und sind seitdem dicke Freunde. Mir war anfangs gar nicht wohl bei dem Gedanken, in einer fremden Stadt auf eine neue Schule zu gehen, aber Leon hat mir geholfen, mich hier schnell zurecht zu finden und auch zu Leons Freunden hatte ich schnell einen guten Draht.

»Ach nur so.«

»Ja sicher. Erzähl!«

»Da gibt's nichts zu erzählen. Woher kennst du sie denn?«, frage ich Leon und weiß, dass ich mich damit nur noch tiefer reinrede.

»Welche von den beiden jetzt genau?« Leon lässt nicht locker.

»Boah Leon, du nervst!«

»Jetzt sag schon!«, bittet mich Leon.

»Lea«, antworte ich leise, weil ich nicht möchte, dass die anderen Jungs von unserer Unterhaltung etwas mitbekommen.

»Lea?« Leon lacht sich erst einmal schlapp, bevor er sich wieder beruhigt und weitersprechen kann. »Lea kenne ich eigentlich schon immer. Wir sind zusammen aufgewachsen. Sie wohnt nur ein paar Häuser von mir entfernt.«

»Ach so. Können wir jetzt weiterspielen?«, frage ich betont gleichgültig, um das Thema zu wechseln. Allerdings lässt Leon sich nicht so schnell ablenken. War ja klar.

»Nee, keine Ahnung. Können wir? Du bist völlig durch den Wind. Vielleicht sollten wir für heute aufhören zu spielen und stattdessen erzählst du mir mal, was mit dir los ist.«

»Nichts ist los. Komm, lass uns noch ein paar Körbe werfen, bevor ich gleich los muss.«

Zum Glück lässt Leon jetzt von mir ab und wir spielen noch eine Runde und zumindest treffe ich den Korb hin und wieder, auch wenn meine Gedanken immer wieder abschweifen. Das darf nicht sein! Wieso geht sie mir nicht mehr aus dem Kopf? Ich kann es nicht zulassen...

1

Zwei Wochen früher

Lea

Es ist ein wunderbar warmer Sommertag, als mich morgens mein Wecker aus den schönsten Träumen reißt und ich mich nach einem kurzen, schnellen Frühstück auf den Weg zur Schule mache. Ich gehe mal wieder allein, weil meine Schwester Mia lieber mit ihren Freundinnen läuft und ich sie wohl ziemlich nerve, wie sie mir immer unmissverständlich zu verstehen gibt. Aber das ist schon okay, denn sie nervt mich ja mindestens genauso. Ich habe meine Kopfhörer mit meiner Lieblingsmusik im Ohr. Weil es heute Morgen schon sehr warm ist, trage ich meine kurze blaue Lieblingshose, dazu ein gelbes, weites Schlabbershirt und Sneaker. Meine langen dunkelbraunen Locken habe ich versucht zu bändigen und zu einem Zopf zusammengebunden und natürlich habe ich meine Brille auf der Nase. Ich hasse diese Brille! Ich sehe damit aus wie eine Eule! Meine Eltern haben sie mir aufgeschwatzt, weil sie mich damit so unglaublich hübsch fanden. Darüber ärgere ich mich heute noch. Ich habe meiner Mutter in den Ohren gelegen, dass sie mir doch bitte, bitte einfach Kontaktlinsen kaufen soll, weil ich keine Brille tragen möchte. Aber meine Mutter meinte, ich wäre zu jung für Kontaktlinsen und die Brille sei doch so bezaubernd. Tsss. Sie hat ja keine Ahnung, was sie mir damit angetan hat. Da ich aber leider ohne Brille noch tollpatschiger durchs Leben stolpere als mit, trage ich dieses hässliche Eulengestell mit Würde.

Ich bin Lea, gerade 16 geworden, lebe mit meiner Familie in einer Kleinstadt und gehe dort auf das Gymnasium. Mein Schulweg ist nicht besonders lang und auch nicht wirklich aufregend. Ich verlasse unsere kleine Reihenhaussiedlung und gelange in die nächste Siedlung, die schon deutlich älter ist. Dort stehen viele alte Häuser mit riesigen Vorgärten, in denen unser kleiner Garten ungefähr viermal Platz hätte. Ich schaue mir die Vorgärten gerne an – besonders jetzt im Sommer, wenn die Blumen blühen und alles in den unterschiedlichsten Grüntönen leuchtet. Ich liebe es, wenn die Glockenblumen in ihrem zartlila blühen und die Bienen anlocken, und ich mag es, wenn im Garten die Natur noch Natur sein darf. Es gibt dann aber natürlich auch die Vorgärten, in denen penibelst die Primeln und Veilchen in Reih und Glied immer im gleichen Abstand nebeneinander gepflanzt sind und kein Unkraut weit und breit zu sehen ist. Bei diesem Anblick kann ich mir das Grinsen nicht verkneifen. Nicht mein Fall! Nachdem ich die Siedlung hinter mir gelassen habe, laufe ich ein Stück an einer Hauptstraße entlang, und versinke völlig in meinem Tagtraum von meinem eigenen kleinen, verwunschenen Garten hinter meinem kleinen Tiny Haus – ein kleiner Garten an einem Waldrand; hinter dem Grundstück plätschert ein Bach, unter einem knöchernen Apfelbaum steht eine alte, gusseiserne Bank und um mich herum duftet es nach Lavendel, das Pampasgras raschelt leise im Wind und die Wildblumenwiese lockt zahlreiche Insekten an. Als ich auf dem Kamm des Hügels ankomme, der hinunter zu meiner Schule führt, sehe ich, dass mir unten am Fuße des Hügels ein Junge auf der anderen Straßenseite entgegenkommt. Er ist groß – bestimmt einen Kopf größer als ich – und sportlich. Vermutlich ein oder zwei Jahre älter als ich. Seine dunkelblonden Haare hat er gekonnt gestylt und durch seine Jeans und sein T-Shirt zeichnen sich seine Muskeln ab. Wie gerne würde ich mich von seinen starken Armen festhalten und beschützen lassen und dabei mit meinen Fingerspitzen seine Muskeln nachfahren. Halt! Stopp! Was läuft denn da gerade für ein schräger Film in meinem Hirn? Mir wird plötzlich schrecklich warm und die Sekunden, in denen wir uns entgegenlaufen, fühlen sich an wie Minuten. Als er auf meiner Höhe ankommt, treffen sich unsere Blicke. Die Welt bleibt einen Augenblick stehen und es durchfährt mich wie ein Blitz. Er schaut mir direkt in die Augen und ich kann meinen Blick nicht von ihm abwenden. Ich bin wie gefesselt von diesen wunderschönen, grauen Augen, bis er an mir vorbeigelaufen ist. Was bleibt, ist ein merkwürdiges Gefühl in meinem Bauch und eine riesige Verunsicherung.

Hätte ich heute Morgen doch lieber was Hübscheres angezogen und wie sehen meine Haare überhaupt aus? Nichts anmerken lassen! Einfach weiterlaufen! Einen Fuß vor den anderen!

Nach ein paar Schritten werden die Neugierde und das Verlangen zu groß und obwohl ich es eigentlich nicht möchte, drehe ich mich noch einmal nach ihm um. Und wieder fährt es durch meinen Körper wie ein Stromschlag, als auch er sich im gleichen Moment zu mir umdreht und sich unsere Blicke erneut treffen. Um seine Mundwinkel zuckt ein zartes Lächeln und seine Augen strahlen mich an. Ich drehe mich schnell wieder nach vorne und hoffe inständig, er hat nicht gesehen, dass mein Gesicht leuchtet wie eine rote Ampel. Ich gehe schnell weiter und komme völlig außer Atem an der Schule an, aber dieses Gefühl ganz tief in mir will einfach nicht verschwinden. Es hat sich eine ungewohnte Nervosität und Unruhe breitgemacht. Mir gehen tausend Fragen durch den Kopf. Warum habe ich diesen Kerl vorher nie gesehen? Wo kommt er plötzlich her und was hat er gerade mit mir angestellt? Wo kommt dieses Kribbeln im Bauch her und wann beruhigt sich mein Herzschlag endlich wieder?

Die anderen Mädels aus meiner Klasse sind schon auf dem Schulhof angekommen. Sie stehen alle zusammen und unterhalten sich angeregt. Kati berichtet über ein Foto im Internet, auf dem ein Mädchen aus der Parallelklasse mit einem drei Jahre älteren Typen zu sehen ist. Diese Nachricht scheint mega spannend zu sein, denn alle Mädels haben einen wahnsinnig wichtigen Kommentar zu dieser für mich völlig uninteressanten Neuigkeit abzugeben. Ich merke gerade mal wieder, dass ich wohl irgendwie von einem anderen Stern kommen muss, denn mich juckt das einfach gar nicht.

Wer kennt nicht auch dieses ungewisse Gefühl? Alles um einen herum verändert sich? Bis gerade hatte ich noch eine unbeschwerte Zeit mit meinen Freundinnen, und von einem Tag auf den anderen beginnt der Zickenterror. Es dreht sich alles nur noch um Jungs, Schminke, die coolsten Klamotten und wer mit wem rumgeknutscht hat. Meine Freunde starren nur noch auf ihre Handys, um keine News zu verpassen und sinnbefreite Fotos zu liken. In der Chat-Gruppe der Mädels aus meiner Klasse geht es voll ab. Man könnte meinen, sie haben alle nichts Besseres zu tun, als über andere Leute herzuziehen und abzulästern. Ich halte mich da lieber raus. Ich möchte nicht auch irgendwann selbst einmal Zielscheibe dieser Anfeindungen werden.

Ich kann mit diesen Oberflächlichkeiten einfach nichts anfangen. Auf Social Media bin ich nicht wirklich aktiv. Ich schaue abends zwar immer mal vorm Schlafengehen, ob es irgendetwas Spannendes zu sehen gibt, aber meistens interessieren mich die Fotos nicht und ich lege mein Handy schnell wieder beiseite. Ich chatte auch nicht stundenlang mit meinen Freundinnen. Mir sind Verabredungen in der realen Welt viel lieber.

An diesem Morgen geht mir dieses Gelaber ganz besonders auf die Nerven. Es hört sich für mich alles überflüssig an, und ich kann eigentlich nur an diesen einen Moment denken, der meine Gefühlswelt völlig auf den Kopf gestellt hat. Ich fühle mich aufgewühlt und verwirrt und will am liebsten wieder nach Hause.

Was ist da nur passiert? Dieser Kerl geht mir nicht aus dem Kopf und ich höre alle anderen nur dumpf reden, bekomme aber eigentlich nichts mit, von dem, was sie sagen, bis zu dem Moment als Hanna mich anspricht.

»Hey Lea, alles klar? Geht's dir nicht gut? Du bist so still.«

»Ich bin nur müde. Lasst uns reingehen. Mathe fängt gleich an«, ist die einzige Antwort, die ich zustande bekomme.

Ich hasse Mathe. Diese Stunde wird für mich wahrscheinlich wieder der blanke Horror – Stochastik, Integralrechnung. Was zum Geier ist das und wofür soll ich das später brauchen? Ich kann mir kaum vorstellen, dass mich in meinem Anglistikstudium später mal einer auffordert: »Erkläre mir die Potenzregel der Ableitung auf Englisch!« Und als ob das für mich nicht sowieso schon viel zu kompliziert wäre, kann ich mich auch noch so überhaupt gar nicht konzentrieren. Ich bin leider nicht wirklich eine Leuchte in der Schule, vor allem nicht, wenn es um Mathe, Chemie oder Physik geht. Aber dafür bin ich in Deutsch und Englisch keine völlige Niete. Nur eins kann ich mit absoluter Bestimmtheit sagen: Schule nervt mich ohne Ende!

Und dann sind da auch noch diese Mitschüler. Ich meine diejenigen, die einem den ganzen Tag auf die Nerven gehen. Halten sich für unheimlich witzig und sind dabei eigentlich nur völlig peinlich. Die Jungs drücken uns irgendwelche bescheuerten Sprüche und glauben auch noch, dass wir sie deswegen total cool finden. Das Schlimmste daran ist allerdings, dass es tatsächlich Mädels gibt, die diesen Schwachsinn witzig finden oder es zumindest vorgeben. Noch schlimmer wird es, wenn die Mädchen plötzlich anfangen zu kichern, weil ein ganz besonderer Junge in ihrer Nähe auftaucht. Dann suche ich nach dem Loch im Boden, in dem ich versinken kann, weil ich mich so fürchterlich fremdschämen muss, dass ich nicht mehr weiß, wohin mit mir.

Es gab mal den einen oder anderen Jungen in meiner Klasse, der sich für mich interessiert hat und sich mit mir treffen wollte. Aber ehrlich gesagt, sind mir die Jungs alle viel zu kindisch. Sie spielen in jeder freien Minute Fußball oder zocken irgendwelche unsinnigen Computerspiele. Was soll ich mit denen anfangen?

Manchmal habe ich das Gefühl, ich bin anders als die anderen. Vielleicht bin ich auch einfach ein Spätzünder. Die meisten meiner Freundinnen hatten schon ihren ersten Kuss oder ihren ersten Freund. Ich habe noch keinen Jungen geküsst und kann mir auch nicht vorstellen, dass ich irgendeinen der Jungs aus meiner Klasse anziehend finden könnte. Bei dem Anblick des Jungen heute Morgen hat sich allerdings irgendetwas in mir verändert, aber ich kann nicht richtig einordnen, was es ist. Das Einzige, was ich ganz genau weiß, ist, dass er mir nicht mehr aus dem Kopf geht.

Der ganze Schultag geht unerträglich für mich weiter. Ich bekomme überhaupt nicht mit, was im Unterricht passiert, weil meine Gedanken die ganze Zeit zu diesem Kerl wandern und ich gerade in meinem eigenen kleinen Paralleluniversum lebe. Was ist mit mir passiert??? Wer ist er? Kann es sein, dass er mir in nur drei Sekunden den Kopf verdreht hat? Ich möchte ihn kennenlernen, ihm stundenlang in die Augen schauen und erfahren, was ihn bewegt. Und verdammt, ich möchte ihn anfassen! Wenn ich sein Gesicht vor mir sehe, verliere ich mich in seinen wunderschönen Augen und möchte wissen, wie es sich anfühlt, wenn sich unsere Lippen berühren.

Als die Schule endlich aus ist, werde ich auf einmal schrecklich nervös, als ich an den Heimweg denke. Was, wenn er zur gleichen Zeit nach Hause geht und ich ihm gleich wieder begegne? Bei diesem Gedanken strömt eine Hitze durch meinen ganzen Körper und mein Herzschlag beschleunigt sich. Ich mache mich auf den Weg und laufe den Hügel hoch, an dem ich ihm morgens begegnet bin. Oben angekommen, schaue ich noch in die Richtung, in die er heute Morgen gegangen ist, aber ich sehe ihn nicht. Er muss auf die Gesamtschule gehen, denn die anderen Schulen liegen in einer anderen Richtung. Leider habe ich kein Glück und gehe niedergeschlagen nach Hause. Dass mich das so aus der Bahn wirft, beschäftigt mich doch sehr. Wie können drei Sekunden Blickkontakt mein komplettes Gefühlsleben auf den Kopf stellen und Dinge mit meinem Körper anstellen, die mir völlig neu und fremd sind?

Ich habe gar keine Lust nach Hause zu gehen. Da wartet der normale Wahnsinn auf mich und ich weiß nicht, ob ich dem gerade gewachsen bin. Meine Familie ist eher unscheinbar. Meine Eltern sind ruhige Gesellen und halten sich aus allem raus. Sie haben nicht viele Kontakte in unserem Umfeld, aber anscheinend brauchen sie die auch nicht. Wenn man sie manchmal zusammen beobachtet, sieht man, dass sie immer noch wie frisch verliebt wirken. Halten Händchen und kuscheln abends zusammen auf der Couch. Das ist ein schöner und beruhigender Anblick. Andere in meinem

Alter haben schon die Trennungen ihrer Eltern durchmachen müssen. Das blieb meiner Schwester und mir zum Glück bislang erspart. Meine Schwester Mia ist zwei Jahre älter als ich. Wir gehen uns zwar manchmal an die Gurgel, aber alles in allem leben wir sehr harmonisch zusammen unter einem Dach.

Wie nicht anders zu erwarten, wartet meine Mutter schon zu Hause mit dem Mittagessen auf meine Schwester und mich.

»Hallo Lea, alles klar? Wie war's in der Schule? Gibt's was Neues? Hast du Hunger? Setz dich! Mia ist auch schon da«, begrüßt meine Mutter mich mit ihrem üblichen Redeschwall.

»Welche Frage soll ich jetzt zuerst beantworten?«, frage ich meine Mutter frech.

»Ach Lea, ich wäre schon glücklich, wenn du nur eine meiner Fragen beantworten würdest.«

»Mmhh.«

Ich habe keinen Hunger und auch gar keine Lust mit den beiden am Esstisch zu sitzen, weitere Fragen über mich ergehen zu lassen und erzählen zu müssen, was ich alles für wunderbare und spannende Dinge in der Schule gelernt habe. Genaugenommen habe ich nämlich gar nichts gelernt. Ich wollte nur so schnell wie möglich wieder nach Hause in mein Zimmer, um meinen Kopf in meinem Kissen zu vergraben, in der Hoffnung, dass ich diese Begegnung, die ich immer und immer wieder in Gedanken durchspiele, aus meinem Hirn verbannen kann. Ich würde gerne mit jemandem darüber sprechen, weiß aber nicht mit wem. Meine Schwester Mia und ich verstehen uns eigentlich ziemlich gut und kommen im Großen und Ganzen gut miteinander aus, aber sie ist nicht die Person, mit der ich über meine Gefühle oder Probleme rede. Mia ist immer so perfekt. Sie kann alles, schreibt gute Noten in der Schule und neben ihr fühle ich mich wie der allergrößte Trampel mit einer etwas beschränkten Auffassungsgabe. Der kleine Abklatsch meiner so perfekten großen Schwester. Man könnte uns beide mit zwei Schokoladenkuchen vergleichen. Beide sehen ganz lecker aus. Der eine hat einen wunderbar saftigen Kern, der Teig ist fluffig und er schmeckt herrlich schokoladig und bei jedem Bissen spürt man, wie die Schokolade zart auf der Zunge zergeht. Der andere Kuchen sieht ebenfalls ziemlich schmackhaft aus. Nur beim Anschneiden stellt man leider fest, dass der Kern trocken und hart ist und bei dem ersten Bissen wird einem ziemlich schnell klar, dass anstatt Zucker wohl Salz im Teig gelandet ist. So ungefähr fühle ich mich neben meiner perfekten Schwester und wenn ich ihr jetzt noch erzähle, dass mich heute Morgen der Blitz getroffen hat, nachdem ich einem Jungen begegnet bin, den ich vorher noch nie gesehen habe, erklärt Mia mich wahrscheinlich für völlig bekloppt.

2

Mit wem kann ich nur darüber reden, was mir heute passiert ist. Die einzige, der ich mich anvertrauen würde, ist Hanna und sie muss sich heute um ihre beiden kleinen Geschwister kümmern. Damit kommen wir schon zu dem anderen großen Thema in meinem Leben. Die Mädels. Wo soll ich anfangen? Meine beste Freundin im Kindergarten und in der Grundschule war meine Nachbarin. Klara hat direkt neben mir gewohnt und wir haben jede freie Minute miteinander verbracht. Wir waren entweder bei ihr zu Hause, bei mir zu Hause, haben zusammen im Garten gespielt oder sind durch die Siedlung gelaufen und haben Verstecken gespielt. Klara hat mir quasi Fahrradfahren beigebracht. Ich hatte noch ein Fahrrad mit Stützrädern und eigentlich gar keine Lust mehr auf die Teile, aber meine Eltern hatten keine Zeit oder Lust, mit mir Fahrradfahren zu üben. Also habe ich einfach Klaras Fahrrad genommen, das schon keine Stützräder mehr hatte und bin losgefahren. Ich war mega stolz, allerdings fanden meine Eltern das nicht so amüsant.

Als es dann darum ging, sich für eine weiterführende

Schule zu entscheiden, haben meine Eltern mich zum Gymnasium geschickt, obwohl ich dafür eigentlich so ganz und gar nicht geeignet war und tatsächlich wohl auch nicht bin, und Klara ist auf die Gesamtschule gegangen. Ich war unendlich traurig, dass wir nicht mehr denselben Schulweg hatten und auch nicht mehr nebeneinandersitzen würden. Und obwohl wir weiterhin Tür an Tür wohnen, hat sich durch den Besuch von zwei unterschiedlichen Schulen unser Freundeskreis verändert und auch die Gemeinsamkeiten verschwanden nach und nach. Es dauerte nicht lange, bis wir eigentlich keinen Kontakt mehr miteinander hatten.

Als ich auf das Gymnasium kam, landete ich in der Klasse, in der auch die meisten Mitschüler aus meiner Grundschulklasse waren. Ich hatte mit den anderen Mädchen meiner Klasse allerdings nicht viel zu tun. Am ersten Schultag auf der weiterführenden Schule saß ich neben Pia. Sie war erst kurz zuvor in die Stadt gezogen und kannte niemanden. Ein Platz weiter saß Emma. Sie kam von einer anderen Grundschule und war etwas verloren in den ersten Tagen. Ich mochte Pia vom ersten Moment an und auch mit Emma kam ich gut klar, sodass sich daraus eine etwas verzwickte Dreierfreundschaft entwickelt hat, bei der immer eine zu viel ist. Das bin leider ich. Pia ist ein sehr nettes, hilfsbereites und liebenswertes Mädchen. Mit ihren hellblonden, schulterlangen Haaren sieht sie aus wie ein Engel und im Herzen ist sie auch einer. Emma ist eher das Teufelchen in der Gruppe. Sie hat ein kantiges Gesicht und ihre straßenköterblonden, dünnen Haare fallen ihr immer strähnig ins Gesicht. Sie ist durchtrieben und versucht einen Keil zwischen Pia und mich zu treiben. Ich glaube, sie hat ein Problem damit, Pia mit mir zu teilen. Es ist okay für sie, wenn wir uns zu dritt treffen, aber wenn ich mich mit Pia allein verabreden möchte, funkt sie dazwischen. Eigentlich ist Emma ganz witzig und man kann viel Spaß mit ihr haben, aber wenn es um wichtige Themen geht, die mich beschäftigen oder bewegen, dann ist sie definitiv nicht die Person, mit der ich darüber sprechen möchte. Ich weiß auch nicht, was sie für ein Problem mit mir hat. Auf der einen Seite möchte sie mit mir befreundet sein, auf der anderen gönnt sie mir den Dreck unter den Fingernägeln nicht. Vor drei oder vier Monaten hat mich ein Junge auf Social Media angeschrieben. Er ist eine Stufe über mir auf dem Gymnasium und wir haben uns ein paar Mal hin- und hergeschrieben. Ich fand ihn ganz nett, aber mehr konnte ich mir beim besten Willen nicht vorstellen. Ich habe Emma und Pia davon erzählt – wie man das unter Freunden so macht. Und was macht Emma? In den Pausen hat sie sich immer extra so hingestellt, dass ich automatisch in seiner Nähe stand. Mir war das fürchterlich unangenehm. Erst dachte ich, Emma wollte mir helfen, ein bisschen lockerer zu werden. Aber jedes Mal, wenn dieser Junge in unsere Nähe kam, hat Emma sich völlig peinlich und übertrieben benommen. Fremdschämen deluxe. Mir war das so peinlich, dass ich mich in den Pausen lieber zu anderen Mädchen aus meiner Klasse gestellt habe, mit denen ich sonst nicht so viel zu tun habe.

Also habe ich mich mit Paula und Kati angefreundet. Zwischen uns gibt es keine Rangordnung oder Rivalität. Wir verstehen uns einfach gut und durch die beiden habe ich mich dann auch mit Hanna angefreundet. Hanna ist bei den Jungs total beliebt, weil sie der Kumpeltyp ist. Sie hat immer einen frechen Spruch auf den Lippen und lässt sich nichts gefallen. Das imponiert mir. Mir fallen die passenden Sprüche immer erst ein, wenn ich abends im Bett liege und mir die Situation nochmal durch den Kopf gehen lasse. Aber Hanna kann mit den Jungs auf Augenhöhe rumalbern und auch mit Paula und Kati kommt sie gut klar. Seit ich die Pausen mit den drei Mädchen rumhänge, ist es um mich herum viel entspannter geworden.

Emma hat bis heute nicht verstanden, warum ich mich von ihr distanziert habe. Ich habe relativ schnell gemerkt, dass sie den Jungen, der mich kennenlernen wollte, auf einmal auch ganz toll fand und sich an ihn ranschmeißen wollte. Darum stand sie immer in seiner Nähe. Er hatte nur kein Interesse an Emma. Ich habe den Kontakt zu ihr dann auch außerhalb der Schule eingestellt, weil ich mit diesem Verhalten absolut nicht klarkam. Emma war beleidigt und sauer auf mich, weil ich nicht mehr so viel Zeit mit ihr verbringen wollte. Sie hat aber auch nie nachgefragt, woran das lag und ich hatte auch nicht wirklich ein gesteigertes Interesse daran, ihr zu erklären, was Freundschaft für mich bedeutet, und dass das, was wir haben, für mich keine Freundschaft ist. Vielleicht kommt sie irgendwann mal selbst dahinter. Allerdings habe ich da nicht allzu viel Hoffnung.

3

Da ich den Nachmittag irgendwie rumkriegen und den fragenden Blicken meiner Mutter entfliehen muss, ziehe ich mich an und schaue, ob jemand aus der Nachbarschaft draußen ist. In der Mitte unserer kleinen Reihenhaussiedlung befindet sich ein kleiner Spielplatz, der sich zum Treffpunkt der Jugendlichen entwickelt hat. Dort stehen ein paar Parkbänke und eine Tischtennisplatte. Meine Schwester Mia hängt auch oft mit mir dort ab und wir sind alle gut miteinander befreundet, auch wenn wir nicht alle gleich alt sind und die meisten schon ein, zwei, drei Jahre älter sind als ich. Darunter ist auch Leon. Er wohnt ein paar Häuser weiter und ist ein Jahr älter als ich. Wir verstehen uns super und können stundenlang quatschen. Er hat auch noch nie versucht, mich anzubaggern. Leon geht auf die Gesamtschule und wir sehen uns nur hin und wieder mal am Nachmittag oder am Wochenende. Aber seit einiger Zeit werden unsere Treffen immer seltener. Als ich am Spielplatz ankomme, muss ich leider feststellen, dass niemand dort ist und ich will schon wieder umdrehen, als ich von Weitem jemanden rufen höre.

»Hey Lea, warte!«

Als ich mich umdrehe, sehe ich, dass Leon auf mich zu gerannt kommt. Seine schwarzen, wuscheligen etwas zu lange nicht geschnittenen Haare fliegen nur so durch die Gegend, während er sich mir nähert. Mit seinen warmen braunen Augen strahlt er mich an und ich freue mich riesig ihn zu sehen.

»Hi Leon!«, begrüße ich ihn und wir nehmen uns zur Begrüßung in den Arm. Es tut so gut, ihn zu sehen.

»Was machst du?«, fragt Leon.

»Ich wollte gucken, ob jemand hier ist.«

»Ich hab' leider nicht viel Zeit. Ich bin mit einem Kumpel zum Basketballspielen verabredet.«

»Schade, wir haben schon so lange nicht mehr gequatscht«, antworte ich geknickt.

»Ist etwas passiert? Du siehst traurig aus.«

Darum ist Leon für mich ein ganz besonderer Mensch. Er kennt mich genau und bemerkt sofort, wenn irgendetwas nicht stimmt.

»Nein, alles gut. Ich finde es nur schade, dass wir uns so selten sehen.«

»Ich auch, Lea. Sorry! Ich schreib dir die Tage und dann machen wir mal was aus, okay?«

»Alles klar. Mach das!«

»Ich muss los. Bis bald!«

Damit drückt Leon mich noch einmal herzlich und verschwindet. Ich schaue ihm noch eine Weile nach und bin nun wirklich traurig. Es ist so schade, dass wir kaum noch Zeit füreinander haben. Dadurch fehlt mir ein sehr guter Freund. Wir scheinen uns momentan alle weiterzuentwickeln und dabei gehen manche Wege wohl unvermeidbar auseinander. Erst Klara und jetzt auch Leon. Warum verändert sich alles so schnell? Ich habe das Gefühl, dass sich die Erde schneller dreht als sonst und ich die Einzige bin, die mit dem veränderten Tempo nicht mithalten kann. Mit hängenden Schultern gehe ich nach Hause und anstatt über mein Gefühlschaos mit jemandem zu reden, nehme ich mir mein Tagebuch und schreibe mir den Kummer von der Seele.

4

Zwei Wochen später

Die letzten Tage fiel mir das Aufstehen gar nicht schwer. Jeden Morgen gilt mein erster Gedanke diesem Typen, der mich so wahnsinnig durcheinandergebracht hat und ich wünsche mir nichts sehnlicher, als ihn nochmal zu sehen. Ich springe immer schnell unter die Dusche und versuche meine Haare zu bändigen. Meistens laufe ich noch mit halb nassen Haaren los, weil ich nicht genug Zeit habe, sie zu trocknen. Das dauert auch einfach immer viel zu lange bei meinen dicken, schweren Haaren und diesen störrischen Locken. Das führt natürlich dazu, dass meine Locken sich noch wilder hochkräuseln, sodass ich über kurz oder lang meine Haare zu einem Zopf zusammenbinde, weil ich sonst aussehe, als hätte ich versehentlich in die Steckdose gepackt. Aber auch, wenn ich nicht genug Zeit und noch weniger Lust habe, mich morgens zu stylen, achte ich zumindest jeden Morgen darauf, dass ich ordentlich aussehe und mir meine Haare nicht so strubbelig ins Gesicht fallen. Jedes

Mal, wenn ich das Haus mit meiner Schultasche verlasse, bin ich voller Hoffnung, ihm noch einmal zu begegnen, nur leider wird diese Hoffnung immer wieder im Keim erstickt. Wenn ich dann in der Schule ankomme und ich die Enttäuschung darüber, ihn nicht gesehen zu haben, verarbeitet habe, geht mein Tag meistens den normalen Gang und ich verbringe viel Zeit mit meinen Freunden und lerne widerwillig für die Schule. Aber hin und wieder wandern meine Gedanken immer wieder zu diesem Kerl.

Unsere Begegnung ist nun schon zwei Wochen her und ich habe die Hoffnung, ihn wiederzusehen, schon fast aufgegeben. Doch wie jeden Morgen stehe ich auch heute wieder total nervös auf. Nachdem ich meine Haare mit Lockenspray und dem Diffusor in die richtige Form gebracht habe, ziehe ich mir eine kurze, blaue Jeans an, weil es sehr warm draußen ist, und dazu ein weißes, weites Shirt. Ich habe meine Kopfhörer im Ohr und laufe den gewohnten Schulweg. Als ich an der Ampel die Straße überquere und den Hügel hinabsehe, bleibt mir plötzlich das Herz stehen, als ich diesen mysteriösen Jungen schon in der Ferne unten am Hügel sehe. Er läuft diesmal auf meiner Straßenseite und kommt mir entgegen. Die Zeit scheint stillzustehen, bis wir fast auf einer Höhe sind. Unsere Blicke treffen sich und er schaut mir direkt und tief in die Augen, als würde er meine Gedanken lesen wollen. Er weicht meinem Blick nicht aus und auch ich kann meinen Blick nicht von ihm abwenden. Mein Herz beginnt wie wild zu schlagen, mein Bauch kribbelt, als wären Millionen Ameisen darin in Aufruhr, und ich wünschte, dieser Moment würde niemals vergehen. Vielleicht bilde ich es mir nur ein, aber ich habe das Gefühl, unsere Schritte werden etwas langsamer, als wir aufeinander zugehen. Als er genau auf meiner Höhe ist, werden meine Knie weich – es fühlt sich an, als würde ich auf Wolken laufen. Ich möchte wissen, wer er ist, wie er heißt, wo er wohnt und wann ich ihn wiedersehen kann. Aber anstatt ihm nachzugehen und ihn anzusprechen, gehe ich weiter, weil ich viel zu schüchtern bin. Verdammt!!! Ich bin so blöd. Wer weiß, wann ich ihn das nächste Mal wiedersehe?

Irgendwie überstehe ich diesen dämlichen Schultag und bin nach der Schule mit Hanna verabredet. Wir verbringen in den Pausen immer mehr Zeit miteinander und haben festgestellt, dass wir auf einer Wellenlänge sind und den gleichen trockenen Humor haben. Mit ihr vergeht die Zeit immer wie im Flug, weil wir aus dem Quatschen gar nicht mehr rauskommen und sich alles so leicht mit ihr anfühlt.

Hanna wohnt nicht weit von mir entfernt. Es sind nur fünf Minuten zu Fuß bis zu ihrer Wohnung. Ich klingele und wir verschwinden in ihrem Zimmer, um ungestört zu quatschen. Das ist nicht immer ganz einfach, weil Hannas Geschwister auch die meiste Zeit da sind und die

Wohnung nicht besonders groß ist, um sich aus dem Weg gehen zu können. Aber wenn Hanna Besuch hat, dann regelt ihre Mutter es irgendwie, dass wir ungestört sind.

Ich bin nach der Begegnung heute Morgen noch ziemlich durch den Wind und Hanna merkt, dass etwas nicht stimmt. Ihr ist wohl schon in der Schule aufgefallen, dass irgendetwas vorgefallen sein muss.

»Was ist los mit dir? Ist irgendwas passiert? Du bist schon den ganzen Tag so still.«

Ich bin ehrlich gesagt überrascht, wie aufmerksam Hanna ist. Dass ihr nicht entgeht, dass mich etwas beschäftigt, macht sie für mich nur noch liebenswerter. Also nehme ich all meinen Mut zusammen und Hanna hört aufmerksam zu.

»Da gibt es so einen Typen. Ich bin ihm vor zwei Wochen morgens auf dem Schulweg begegnet und heute Morgen wieder. Wir haben uns lange in die Augen geschaut und ich hatte ein mordsmäßiges Kribbeln im Bauch. Jetzt geht er mir irgendwie nicht mehr aus dem Kopf.«

»Ach krass. Du hast dich verliebt!« Hanna klatscht vor Begeisterung in die Hände und ich muss verlegen grunzen.

»Ich denke schon!«

»Erzähl, wer ist es denn?«

»Das ist ja das Problem! Ich habe keine Ahnung. Ich habe ihn vorher noch nie gesehen.«

»Hmm… Schwierig! Aber wir werden schon

herausfinden, wer er ist.«

Hanna lächelt geheimnisvoll.

»Und wie sollen wir das anstellen?«, frage ich.

»Wenn wir hier in der Bude rumhängen, werden wir es nicht erfahren. Also lass uns rausgehen. Die Jungs treffen sich nachmittags immer in der Stadt im Fußballkäfig auf dem Spielplatz.«

»Woher weißt du das?«, will ich wissen.

»Mein Cousin Levio hat mir davon erzählt. Er hängt oft dort ab. Wenn Levio auch da ist, kann ich versuchen, etwas über deinen Typen rauszubekommen.«

»Ich weiß nicht so recht.«

»Lea, du bist völlig durch den Wind. Willst du jetzt jeden Morgen darauf warten, dass dein geheimnisvoller Fremder dir nochmal zufällig begegnet und dann diesen Moment wieder an dir vorbeiziehen lassen? Das ist doch bescheuert.«

»Aber ich kann ihn doch auch nicht einfach anquatschen, wenn ich ihn irgendwo sehe.«

»Musst du ja auch nicht. Aber vielleicht bekommen wir einfach etwas über ihn heraus. Wie er heißt, wie alt er ist. Ob er eine Freundin hat«, entgegnet Hanna mir mit einem Augenzwinkern und ich fühle, wie mir die Hitze schon wieder ins Gesicht steigt.

»Nein, ich kann das nicht.«

»Stell dich nicht so an. Los jetzt. Du hast doch nichts zu verlieren.«

Ich bin ziemlich nervös, aber Hanna lässt sich von der

Idee nicht abbringen. Der Weg ist nicht weit. Viel zu schnell erreichen wir die Stadt und mir wird schlecht. Was mache ich denn jetzt, wenn er da ist? Ich traue mich eh nicht, ihn anzusprechen. Das ist doch total bekloppt, was ich hier mache. Ich will am liebsten wieder umdrehen, aber Hanna lässt sich nicht beirren und läuft zielstrebig auf den Spielplatz, der sich durch die halbe Stadt zieht. Dort, wo der Fußballkäfig, der Basketballkorb und auch die Tischtennisplatten stehen, sehen wir ein paar von den ‚coolen' Jungs aus unserer Stufe und ein paar von der Gesamtschule – nur ER scheint nicht da zu sein. War ja klar. Das wäre auch zu einfach gewesen.

Allerdings ist Levio tatsächlich da. Als er Hanna entdeckt, kommt er auf uns zu und begrüßt sie mit einer Umarmung und mir streckt er seine Hand entgegen. Ich stelle mich ihm vor und schüttle seine Hand.

»Schön, dich zu sehen, Hanna. Was macht ihr hier?«, möchte er wissen.

»Wir waren auf dem Weg in die Stadt und ich dachte, ich gucke mal, ob du hier bist. Haben uns ja schon lange nicht gesehen.«

»Wie schön. Wir spielen gerade eine Runde Fußball. Wollt ihr warten? Dann können wir nachher noch quatschen.«

Hanna merkt aber, dass ich mich nicht besonders wohl fühle und sagt:

»Nee sorry, wir gehen weiter. Ein anderes Mal. Mach's gut. Bis bald.«

Wir verabschieden uns und gehen weiter, weil wir uns irgendwie ziemlich beobachtet vorkommen. Die gucken uns alle an, als würden sie sich fragen, was wir hier zu suchen haben.

Hanna sieht mir direkt an, dass ich ein bisschen enttäuscht bin, und darum beschließen wir, auf dem Heimweg in einer Eisdiele in der Nähe von Hannas Wohnung ein Eis zu kaufen. Der kürzeste Weg dorthin führt über den Schulhof des Gymnasiums. Vorbei an der Sporthalle halten wir uns links und gehen ein paar Stufen hinunter zum Schulhof und mich trifft der Blitz. Dort spielen ein paar Jungs mit IHM Basketball. Herrje! Sieht er gut aus in seiner kurzen schwarzen Trainingshose, dem weißen Shirt und den weißen Turnschuhen – zum Anbeißen. Ich bleibe wie angewurzelt stehen und kann meinen Blick nicht von ihm abwenden. Hanna hat direkt registriert, dass mein Schwarm unter den Jungs sein muss.

»Wer ist es?«, fragt sie, nachdem sie meinen Blick gesehen hat.

Ich muss aussehen wie eine Tomate. Mein Gesicht glüht und mir kribbelt alles. Ich zeige Hanna unauffällig, wer der Grund meiner schlaflosen Nächte ist, und bin ziemlich überrascht, als Hanna mir dann auch noch direkt erzählen kann, wer er ist.

»Da hast du dir den größten Schwarm der Stadt ausgesucht!« Hanna muss sich das Lachen verkneifen.

Mich verlässt augenblicklich der Mut und ich lasse die

Schultern hängen. Hanna stupst mich von der Seite an und berichtet weiter.

»Das ist Ben. Er ist 17 und total beliebt bei den Mädchen. Alle wollen ihn haben.«

Na super – dann kann ich mir das ja abschminken. Verträumt und etwas entmutigt schaue ich Ben weiter zu, wie er mit den anderen Basketball spielt, und jede einzelne seiner Bewegungen sieht einfach nur perfekt aus.

»Da ist ja Leon!«, sage ich eher zu mir selbst, als ich ihn neben Ben entdecke. Die kennen sich? Hätte ich das mal früher gewusst.

»Leon und Ben sind dicke Kumpels. Levio erzählt oft von ihnen und ich habe ihn schon ein paar Mal auf einer Party von Levio getroffen. Die hängen fast jeden Tag alle zusammen ab.«

Das erklärt natürlich, warum Hanna die Jungs alle kennt und auch über Ben so gut Bescheid weiß. Ich bin noch total in Gedanken, während wir langsam die Treppe weiter hinunter zum Schulhof gehen, weil wir ja eigentlich zur Eisdiele laufen wollen, als Leon sich zu uns umdreht. In diesem Moment nimmt Ben ihm den Ball ab und wirft einen Korb. Leon winkt mir kurz zu, grinst mich an und ich winke ihm zurück. Kurz darauf schaut auch Ben in unsere Richtung und bleibt stehen. Er schaut für einen Moment zu mir, zeigt aber sonst keine Gemütsregung. Kein Lächeln, Nicken oder sonst irgendwas. Dann dreht er sich wieder zu Leon, die zwei unterhalten sich kurz und spielen anschließend weiter Basketball. Ich will nur noch weg. Das ist mir alles zu viel für einen Tag. Jetzt weiß ich, wie er heißt und mit wem er befreundet ist und dass ich ihn vermutlich überhaupt nicht interessiere. Wie bescheuert von mir, so etwas überhaupt zu denken.

»Woher kennst du Leon denn?«, fragt Hanna und reißt mich aus meinen Gedanken.

»Er wohnt ein paar Häuser weiter. Ich kenne ihn schon, seit wir in die Siedlung gezogen sind. Wir waren mal sehr gut befreundet, aber in letzter Zeit sehen wir uns kaum noch.«

»Na, dann kannst du doch über ihn bestimmt auch noch mehr über Ben erfahren.«

»Ich kann Leon doch nicht über Ben ausquetschen. Dann steckt er ihm das nachher noch. Nee, lass mal«, antworte ich nachdenklich.

»Komm, wir holen uns jetzt erstmal ein Eis und dann überlegen wir weiter, was wir machen können, damit du an deinen Traumprinzen rankommst.«

»Das ist doch hoffnungslos. Der hat bestimmt eine Freundin.«

»Ja, stimmt!«, erwidert Hanna und ich schaue sie nur völlig entgeistert an.

»Na klasse. Und wieso erzählst du mir das erst jetzt?«

»Das ist nichts Ernstes. Er hat immer mal hier und da eine Freundin. Das heißt aber nichts.«

»Mmmh«, kann ich darauf nur erwidern.

Bei der Eisdiele angekommen, kaufen wir uns jeder zwei Kugeln in einer Waffel, laufen ein paar Schritte und setzen uns ein paar Meter weiter auf eine Bank unter einer großen alten Eichen in den Schatten. Mir ist gerade nicht nach Reden und Hanna akzeptiert es. Sie lässt mich eine Weile mit meinen Gedanken allein.

Auch wenn ich vermutlich keine Chance habe, bei Ben zu landen, geht er mir einfach nicht aus dem Kopf. Wenn ich es doch versuche, irgendwie an ihn ranzukommen? Ben ist jawohl gut mit Leon befreundet. Das heißt, dass ich über Leon an Bens Nummer kommen könnte. Aber will ich das? Das ist ja oberpeinlich. Ich kann sowas nicht. Wenn Ben schon so viele Freundinnen hatte, hat er vermutlich auch schon ziemlich viele Erfahrungen gesammelt. Was soll er denn dann mit mir? Gemeinsamkeiten haben wir wahrscheinlich auch keine. Ich bin nicht sportlich, geschweige denn cool, witzig oder lässig. Ich bin recht groß und schlank und meine Eltern sagen immer, mit meinen langen, dunklen Locken und den blau-grünen Augen sehe ich sehr hübsch aus. Ja sicher, sie sind ja auch meine Eltern. Eltern finden ihre Kinder immer ganz toll. Völlig egal, wie sie im wirklichen Leben aussehen oder auf andere wirken. Das müssen sie ja auch schließlich. Ist die Hauptaufgabe von Eltern. Ihren Kindern weiszumachen, dass sie ganz bezaubernd sind – also auch so ein maximal durchschnittliches, dürrbeiniges Mädel wie ich, das jeden Morgen mit einem Vogelnest auf dem Kopf aufsteht, das sich nicht bändigen lässt, mit einer Mini-

Brust, die nicht einmal den kleinsten BH füllt und dann noch diesem wunderschönen Eulengestell auf der Nase, das jede Bibliothekarin vor Neid erblassen ließe. Wirklich! Ganz bezaubernd! Wann entwickelt sich mein Körper denn mal so, dass ich nicht mehr aussehe, wie ein kleines Mädchen? Ich merke ja, dass sich da langsam etwas tut, aber leider nur sehr, sehr langsam. Das Einzige, was sich allerdings gerade rasend schnell verändert, sind diese Gefühle, die plötzlich in mir aufkommen, mit denen ich überhaupt nicht umzugehen weiß. Dieses warme, wohlige, aber auch kribbelige Gefühl im Bauch, das ich habe, seit ich Ben dabei zusah, wie er Basketball spielte, möchte einfach nicht vergehen. Ich konnte meinen Blick nicht von ihm abwenden. Bei jeder seiner Bewegungen zeichneten sich seine Muskeln durch sein Shirt ab und als er sich mit seinem Ärmel den Schweiß von der Stirn wischte, hätte ich ihm am liebsten mein Shirt dafür zugeworfen oder ihm noch viel lieber den Schweiß persönlich getrocknet. Ich drehe durch. Kann bitte jemand diesen Film in meinem Hirn anhalten?

Hanna bricht die Stille und reißt mich aus meinen Gedanken.

»Also, wir brauchen einen Plan!«

Ich schaue sie nur völlig entgeistert an.

»Wozu? Es ist doch sinnlos. Du hast doch selbst gesagt, dass er eine Freundin hat.«

»Ja, sicher! Aber das heißt ja nichts.«

»Hanna, jetzt mal im Ernst! Was soll er denn mit so

einem Mauerblümchen wie mir?«

»Sei doch nicht immer so pessimistisch! Du bist hübsch, schlank, witzig und liebenswert. Ben wäre schön blöd, wenn er sich nicht unsterblich in dich verlieben würde. Hast du seinen Blick eben nicht gesehen? Er hat nur dich angeschaut. Mich hat er überhaupt nicht wahrgenommen.« Hanna ist wirklich lieb. Sie versucht krampfhaft, mich aufzubauen und zu ermutigen. Aber mal im Ernst. Das kann ich mir echt abschminken. Aber hat sie recht? Hat Ben tatsächlich nur zu mir geschaut? Ich weiß es nicht mehr. Ich bin wieder in meinen Gedanken versunken und Hanna neben mir isst nun auch wieder schweigend ihr Eis. Ich höre, dass sich von hinten Stimmen nähern, aber sehe mich nicht um und denke weiter über dieses Chaos in meinem Kopf nach, als mir jemand von hinten auf die Schulter tippt.

»Hey, was macht ihr hier?«, Leon steht hinter mir und grinst mich frech an.

»Wonach sieht es denn aus?«, fragt Hanna provokativ, als sie merkt, dass ich keinen Ton rausbekomme, weil neben Leon Ben steht und mich mit diesem tiefen, durchdringenden Blick, der mich völlig aus der Bahn wirft, fragend anschaut.

»Charmant wie immer, Hanna!«, antwortet Leon lachend und auch Ben und ich müssen uns ein Lachen verkneifen. Hanna ist kurz sprachlos. Das soll was heißen, denn sie ist ja sonst nicht auf den Mund gefallen. Aber sie sammelt sich schnell wieder und antwortet lässig:

»Wenn ich dich sehe, kann ich einfach nicht anders, Leon!«

Leon lacht noch einmal laut auf und wendet sich dann mir zu: »Lea, ich geh nach Hause. Wollen wir zusammen gehen?«

Ich bin völlig überfordert mit der Situation und weiß nicht, wie ich jetzt lässig mit Leon nach Hause gehen soll, wenn ich gerade erfahren habe, dass er mit Ben befreundet ist. Und was ist, wenn ich jetzt mit Leon gehe? Geht Ben dann mit? Gott, mir wird schwindelig. Ich schaue von Leon zu Ben und sehe seinen fragenden Blick mit einem leichten Lächeln im Gesicht. Hilfe! In meinen Gedanken formt sich gerade ein Satz: ‚Leon, geh schon mal vor. Ich geh noch mit zu Ben, reiße ihm seine Kleider vom Leib und hüpfe mit ihm unter die Dusche'. Mir ist heiß, wahrscheinlich glüht mein Gesicht und ich beobachte die Reaktionen der beiden Jungs. Sie schauen mich immer noch erwartungsvoll an. Gott sei Dank! Ich habe es nicht laut gesagt.

»Sorry, Leon. Ich wollte gleich noch mit zu Hanna«, antworte ich stattdessen, weil ich wirklich gerade nicht mehr weiß, wo oben und unten ist. Ich bin froh, dass ich auf der Bank sitze, denn anderenfalls würde ich jetzt wahrscheinlich umkippen, weil ich selbst im Sitzen spüre, dass meine Beine weich wie Wackelpudding sind.

Daraufhin verabschiedet Ben sich von Leon mit Handschlag und nickt Hanna und mir kurz zu. Zu cool für diese Welt! Er dreht sich um, läuft über die Straße und verschwindet geradewegs in einer kleinen

Reihenhaussiedlung. Das kann jetzt nicht wahr sein! Da wohnt er? Ich kann es nicht fassen. Hanna boxt mich mit dem Ellenbogen in die Seite und grinst mich verschwörerisch an.

»Wohnt Ben da drüben in den Häusern?«, fragt Hanna möglichst unaufgeregt.

Leon nickt nur knapp in Hannas Richtung, denn für ihn scheint diese Information absolut unwichtig zu sein, aber für mich bedeutet sie in diesem Moment alles. Ungefähr dreißig Meter von dieser Siedlung entfernt, sind wir uns heute Morgen begegnet.

»Wir sehen uns«, sagt Leon und drückt mich kurz.

»Ja, denk daran, dass wir uns mal wieder treffen wollten. Meld' dich!«, sage ich zum Abschied. Leon nickt mir lächelnd zu und macht sich auf den Weg nach Hause.

An diesem Tag gehe ich völlig geflasht nach Hause, setze mich schweigend zu meinen Eltern und meiner Schwester an den Esstisch und versuche, meine Gedanken zu sortieren. Auf die nervigen Fragen meiner Mutter habe ich allerdings nur sehr wenig Lust.

»Lea, schön dass du dich auch mal wieder zu Hause blicken lässt. Hast du Hunger?«

»Nicht so richtig«, antworte ich, allerdings scheint das bei ihr nicht angekommen zu sein, denn sie schaufelt mir Kartoffelsalat und Frikadellen auf meinen Teller, als hätte ich seit einer Woche nichts gegessen.

»Hier, iss mal was. Was hast du denn heute Nachmittag gemacht? Und wie lief es in der Schule?«

Was soll ich auf diese Fragen antworten? Vielleicht, dass ich in der Schule nichts gerafft habe – wie immer – und ich vermutlich die nächsten Wochen nur noch Vieren und Fünfen nach Haus bringen werde, weil ich nur noch an Ben denken kann? An diese warmen, grauen Augen und diesen unglaublich schönen Körper! Und dass ich ihn heute Nachmittag wiedergesehen habe und sich seitdem nur noch Filme vor meinem inneren Auge abspielen, in denen ich Ben vom Basketballkorb weg in eine stille Ecke auf dem Schulhof zerre, meine Arme um seinen Hals schlinge und wir uns wild küssen und berühren? Ich denke nicht, dass es das ist, was meine Eltern jetzt hören wollen. Obwohl ihre Reaktion darauf schon sehr interessant sein dürfte. Zum Glück erübrigt sich meine Antwort auf ihre Frage schnell, weil meine Schwester dazwischen quatscht. Ich bin ihr in diesem Moment sehr dankbar dafür. Mia plappert irgendwas über Tanzschritte aus ihrer Tanzschule. Sie ist seit ein paar Monaten in einem Tanzkurs und für sie gibt es nichts Anderes mehr. Ich höre die ganze Zeit nur noch Cha Cha Cha, Jive, Rumba. Kommt mir langsam an den Ohren wieder raus. Ich habe die Vermutung, dass da ein Kerl hinter stecken könnte. Vor ein paar Wochen hatte ich Mia in der Nachbarstadt mit einem Jungen gesehen, aber Mia hat mich nicht bemerkt, und ich wollte auch nicht, dass sie mich sieht und sich vielleicht ertappt fühlt. Ich habe sie auch nicht darauf angesprochen. Wenn sie mir von ihm erzählen möchte, höre ich gern zu. Bis dahin halte ich mich geschlossen und warte ab. Ist nicht meine

Baustelle. Ich habe meine eigene und möchte auch gerade nicht, dass meine Schwester oder meine Eltern darüber Bescheid wissen. Ich habe eigentlich eine gute Beziehung zu meinen Eltern. Sie respektieren mich und meine Ansichten, aber ich spüre immer eine gewisse Skepsis meinen Entscheidungen gegenüber. Ich habe oft das Gefühl, nicht gut genug zu sein. Sei es in der Schule oder auch zu Hause. Vielleicht bilde ich mir das auch nur ein und ich sehe mich einfach selbst so. Meine Eltern lieben mich aber auch mit all meinen Fehlern. Das weiß ich und ich bin ihnen dankbar, dass sie meine Launen oft kommentarlos ertragen. Aber ich habe dennoch nicht so eine innige Beziehung zu ihnen, dass ich ihnen von meinem Liebeskummer oder meinen geheimen Wünschen erzählen würde. Darum bin ich froh, dass ich hier gerade unter dem Radar laufe und alle Aufmerksamkeit auf Mia gerichtet ist. Ich bin in Gedanken sowieso schon wieder nur bei Ben.

Nachdem ich das Essen schweigend über mich habe ergehen lassen und eigentlich schon auf halbem Weg in mein Zimmer bin, ruft meine Mutter mir noch hinterher:

»Lea, vergiss nicht, dass wir am Wochenende zu Oma und Opa fahren!«

»Alles klar, hab' ich auf dem Schirm!«, entgegne ich knapp.

Es ist schon eine Weile geplant, dass wir meine Großeltern mal wieder besuchen, weil Opa schon lange krank ist und es ihm momentan nicht gutgeht. Ich würde mich zwar eigentlich lieber mit Freunden treffen, aber meine Großeltern sind mir auch wichtig und ich freue mich darauf, sie wiederzusehen. Zumindest hat meine Mutter es geschafft, dass ich mal für einen kurzen Moment nicht nur an Ben denke.

5

12 Tage später

Es regnet seit Tagen immer wieder. Morgens begegne ich
Ben leider nicht mehr zufällig auf dem Schulweg,
obwohl ich immer zu unterschiedlichen Uhrzeiten das
Haus verlasse, um zu sehen, wann er sich auf den Weg
macht. Am liebsten würde ich schon eine Stunde vorher
losgehen, mich an der Straßenecke verstecken und ihm
auflauern. Allerdings vermute ich, dass ich damit
eventuell etwas abschreckend wirken könnte.
Nachmittags kann ich mit Hanna auch nicht zum
Schulhof oder zum Fußballkäfig, weil es ständig regnet.
Hanna und ich verbringen aber dennoch viel Zeit
miteinander. Sie ist so einfühlsam und freut sich ehrlich
mit mir, dass ich verliebt bin. Sie hat auch ein Auge auf
einen Typen geworfen. Er hängt meistens in der Stadt ab
und darum gehen wir so oft wir können ins Eiscafé. Dort
sitzt man strategisch sehr gut, um relativ unauffällig zu
beobachten, wer in der Stadt auf- und abgeht. Hanna
flippt immer völlig aus, wenn sie Silvio sieht, traut sich

aber nicht, ihn anzusprechen. Also haben wir das gleiche Problem und versuchen uns gegenseitig Mut zu machen. Ich überlege schon die ganze Zeit, wie ich mich auf den Spielplatz schleichen kann, ohne dass alle direkt merken, dass ich nur wegen eines Typen da bin. Ich muss irgendwie versuchen, die anderen Mädels aus unserer Klasse dazu zu bringen, auch dorthin zu gehen. Vielleicht spreche ich morgen mal Emma, Pia, Kati und Paula an, ob sie Lust haben, sich mit uns dort zu treffen. Dann ist es auf jeden Fall weniger auffällig, als wenn Hanna und ich dort allein auftauchen. Emma und Pia wissen noch nichts von Ben und eigentlich möchte ich auch, dass es so bleibt. Aber Emma hat lautstark in der Pause verkündet, dass sie Finn aus der Parallelklasse ganz süß findet, und ich habe ihn zufällig auch auf dem Spielplatz gesehen.

Am nächsten Morgen bin ich schon sehr aufgeregt, weil es endlich aufgehört hat zu regnen und ich hoffe, Ben endlich wiederzusehen. Unsere letzte Begegnung ist jetzt schon 12 Tage her und es kommt mir vor wie eine Ewigkeit. In der Pause stehen wir Mädels alle zusammen und ich nehme meinen Mut zusammen und mache einen Vorschlag:

»Hey, Hanna und ich haben letztens gesehen, dass Jakob, Finn, Jan und noch ein paar andere nach der Schule immer in der Stadt im Fußballkäfig abhängen. Wollen wir uns da mal nachmittags treffen?«, frage ich möglichst lässig.

Emma hat direkt angebissen.

»Ja, coole Idee. Heute Nachmittag?«

»Ja, warum nicht«, antworte ich gelassen, obwohl ich innerlich Freudensprünge mache, weil mein Plan aufgeht.

»Paula, wollen wir auch mit?«, fragt Kati und ich freue mich sehr über Paulas zustimmendes Nicken.

»Cool! Dann um 16 Uhr am Fußballkäfig.« Vor Aufregung spielt mein Magen verrückt und mein Herz klopft wie wild. Nach unendlichen Unterrichtsstunden ist dieser Schultag vorbei und ich gehe schnell nach Hause, erledige meine Hausaufgaben in Windeseile und mache mich anschließend auf den Weg zu Hanna.

Ich hole sie ab und wir gehen langsam in die Stadt. Mit jedem Schritt, der mich näher an die Stadt bringt, wird mir komischer zu mute und zu guter Letzt ist mir einfach nur noch speiübel. Hanna neben mir ist auch etwas aufgeregt, weil es natürlich sein könnte, dass Silvio heute dort ist.

»Hanna, mir ist kotzübel.«

»Ach komm! Das ist unsere Chance an die Kerle ranzukommen!« Hanna hat gut reden. Sie ist einfach so cool und locker drauf. Ich dagegen bin völlig verkrampft.

»Du bist lustig! Wie ich dich kenne, laberst du Silvio wahrscheinlich gleich einfach an, wenn du ihn siehst, und ich stehe da wie eine Salzsäule, wenn Ben da sein sollte, und bekomme keinen Ton raus.«

Hanna muss lachen, denn meine Nervosität scheint

irgendwie belustigend zu sein. Das macht es für mich nur leider nicht einfacher.

Kurz bevor wir den Spielplatz erreichen, rufen von hinten Kati und Paula. Wir warten auf sie und gehen zu viert weiter. Es fühlt sich etwas entspannter an, aber eigentlich will ich noch immer am liebsten wieder umdrehen. Jetzt muss ich auch noch so tun, als wäre ich total locker drauf, weil ja niemand außer Hanna weiß, dass ich ein Auge auf Ben geworfen habe. Wir sind etwas spät dran – das war so geplant, damit wir nicht die ersten Mädels dort sind.

Als wir auf dem Spielplatz ankommen, sitzen auch schon Emma und Pia auf der Tischtennisplatte und um sie herum stehen ein paar Jungs aus unserer Klasse zusammen mit Finn, Jan und Jakob aus der Parallelklasse. Emma benimmt sich schon wieder oberpeinlich. Ich mag dieses Getue nicht. Wir gehen möglichst cool und lässig auf die Gruppe zu und setzen uns zu den anderen auf die Tischtennisplatte. Vor uns stehen Jan, Jakob und Finn. Alle drei süße Typen, aber mich interessiert nur einer, den ich leider nirgendwo entdecken kann.

»Hey, cool, dass ihr auch mal hierherkommt«, sagt Jan in die Runde und dann bleibt sein Blick an mir hängen. Ich glaube, ich habe bis heute noch nie ein Wort mit ihm gewechselt. Er lächelt mich freundlich an und erwartet wohl irgendeine Antwort von mir. Ich kann ihm jetzt wohl kaum auf die Nase binden, dass ich hier bin, um

Ben hinterher zu spionieren.

»Wenn wir gewusst hätten, dass ihr hier seid, wären wir natürlich schon viel eher mal hier aufgekreuzt«, antworte ich stattdessen und wundere mich im gleichen Moment über meine lockere Antwort. Kam das aus meinem Mund?

Jan und Jakob grinsen mich frech an und fangen an zu lachen. Jan lässt mich allerdings nicht mehr aus den Augen und sein Blick, der die ganze Zeit an mir haftet, macht mich irgendwie leicht nervös.

Wir quatschen noch kurz locker miteinander, dann gehen die Jungs wieder zu den anderen, um weiter Fußball zu spielen. Ich schaue ihnen hinterher und traue meinen Augen nicht. Auf einer kleinen Mauer hinter dem Fußballtor sitzen noch ein paar Jungs, die jetzt zu Jan, Jakob und Finn schauen und anschließend in unsere Richtung. Einer der Jungs lehnt sich sehr weit nach vorne, um mehr sehen zu können und schaut zu uns. Er verweilt so in der Position, während ich ihn anschaue und einfach nicht wegsehen kann. Es ist Ben. Er ist zu weit weg, um genau sehen zu können, wohin er schaut, aber ich kann seinen Blick auf mir spüren. Hanna hat ihn nun auch bemerkt und sie stupst mich an. Ich nicke nur und bekomme keinen Ton raus. Emma hat uns wohl leider beobachtet und schaut nun auch in Bens Richtung.

»Na, Lea, wer ist das denn?«

»Wen meinst du?«, antworte ich und versuche, mir nichts anmerken zu lassen.

»Der Typ da drüben!«, antwortet Emma und nickt in

Bens Richtung. Wie peinlich!

»Keine Ahnung!«, antworte ich möglichst lässig.

Emma lässt sich so schnell nicht abwimmeln und bohrt weiter nach. Aber ich werde einen Teufel tun, ihr irgendwas zu erzählen.

»Und wieso schaut er dich dann so an?«

Okay, wenn Emma es auch aufgefallen ist, dann muss ja vielleicht was dran sein und ich habe es mir nicht eingebildet. Emma bringt sich schon wieder in die ,den mach ich mir klar-Position' und setzt ihr möchtegern-unwiderstehliches Lächeln auf. Mann, ich dachte, sie steht auf Finn. Warum macht sie sich den nicht einfach klar und lässt mich und vor allem Ben in Ruhe?

»Keine Ahnung!«

»Ja klar, jetzt sag schon! Ich hab' ihn vorher noch nie gesehen«, erwidert Emma.

»Ich auch nicht.« In diesem Moment erkenne ich Leon in der Gruppe nicht weit von Ben entfernt und er schaut nun auch in unsere Richtung, hebt seine Hand und winkt mir zu. Ich winke automatisch zurück und muss lächeln. Emma hat natürlich alles genauestens beobachtet.

»Ja sicher, du hast keine Ahnung, wer das ist.«

»Ach, du meinst Leon? Mit ihm bin ich schon seit Jahren befreundet«, antworte ich nun grinsend und bin insgeheim unendlich dankbar, dass Leon in genau dem richtigen Moment gewunken hat.

»Nein, den meine ich nicht. Tu doch nicht so!«

»Emma, ich habe echt keine Ahnung, was du von mir willst!«, antworte ich nun wirklich genervt und meine

Tonlage ist eindeutig ein paar Nummern tiefer gerutscht, als ich es eigentlich wollte.

»Du musst mich ja nicht gleich so anzicken!«, blökt Emma jetzt in meine Richtung.

Mir wird das alles zu blöd. Ich schaue Hanna an und sie versteht mich sofort, weil ihr auch Emmas merkwürdig schiefer Blick aufgefallen ist. Hannas Silvio ist sowieso nicht hier und wir beschließen woanders hinzugehen. Ich würde zwar noch lieber hierbleiben und Ben beobachten, aber ich habe auch keine Lust, Emma dabei zuzusehen, wie sie als nächstes bei Ben ihre Charmeoffensive startet. Dann tue ich lieber so, als wäre mir das hier alles zu langweilig. Wir wollen gerade aufstehen, da kommen Jan und Jakob geradewegs auf uns zu.

»Hey, wollt ihr schon wieder gehen? Wo wollt ihr denn hin?«, fragt Jan.

»Keine Ahnung, aber mir ist hier zu viel Zickenalarm«, sage ich und nicke in Emmas Richtung.

Die beiden Jungs schauen sich an und grinsen.

»Kann ich verstehen«, antwortet Jan. »Wir wollen gleich zum Gymnasium. Kommt ihr mit?«

Hanna und ich schauen uns an und sind etwas verblüfft, dass die Jungs uns mitnehmen wollen. Aber sie müssen uns natürlich nicht zweimal bitten und so machen wir uns gemeinsam auf den Weg zum Gymnasium. Als wir fast angekommen sind, drehe ich mich um, weil ich das Gefühl habe, dass jemand hinter uns herläuft, und ich habe echt keine Lust, dass Emma sich an uns dranhängt. Aber es ist nicht Emma. Es sind Ben, Leon und noch ein paar andere. Leon grinst mich frech an und als ich zu Ben schaue, treffen sich unsere Blicke und ein zartes Lächeln umspielt seinen Mund. Ich habe auf einmal das Gefühl, dass mein Körper nicht mehr zu mir gehört. Meine Knie sind weich wie Wackelpudding, mein Bauch kribbelt, als hätten die Schmetterlinge darin den Turbo gezündet und mein Herz schlägt ein paar Extra-Schläge. Als ich wieder nach vorne schaue, schaffe ich es gerade noch rechtzeitig der Laterne auszuweichen, die ganz plötzlich vor mir auftaucht. Das hätte mir jetzt noch gefehlt, aber es hätte definitiv zu mir gepasst. Wenn irgendjemandem so was Peinliches passiert, dann bin ich es. Ich muss aufpassen, wo ich hintrete, denn irgendwie ist mir gerade ziemlich schwindelig. Dass sich das hier alles so entwickelt, hätte ich niemals erwartet. Auf dem Schulhof des Gymnasiums sind schon ein paar andere Jungs und wir erblicken sofort Silvio. Was für ein Glückstag für Hanna und mich. Ich strahle sie an und sie grinst wie ein Honigkuchenpferd. Wir setzen uns auf die Tischtennisplatte und beobachten, wie die Jungs Basketball spielen. Hin und wieder erhasche ich einen Blick von Ben und der Blick gilt mir – nur mir. Das spüre ich ganz tief in mir. Ich wünsche mir so sehr, dass er mich anspricht, aber leider tut er es nicht. Die Atmosphäre zwischen uns ist wie aufgeladen. Es fühlt sich an, als würde die Luft knistern, jedes Mal, wenn sich unsere Blicke treffen. Ich versuche, meine Gedanken zu sortieren, nur leider werde ich von Jakob und Jan immer wieder aus meinen Träumen und Gedanken gerissen, wenn sie sich zu uns setzen und mit uns quatschen. Sie wirken sonst immer so cool und unnahbar, aber eigentlich sind sie echt witzig.

Eine halbe Stunde später ruft Ben in die Runde, dass er zum Training muss, und verabschiedet sich von Leon. Er steht ungefähr zehn Meter von mir entfernt und nickt nun kurz in unsere Richtung, wo auch Jakob und Jan sitzen. Unsere Blicke treffen sich, um seine Mundwinkel zuckt ein kleines Lächeln und wie von selbst, ohne dass ich meine Gesichtsmuskeln irgendwie unter Kontrolle hätte, muss ich sein Lächeln erwidern, bevor er sich umdreht und geht. Herrje. Mein Herz schlägt mir bis zum Hals. Hanna hat sich mittlerweile ein bisschen mit Silvio unterhalten. Er kam mit seinen Kumpels an die Tischtennisplatte und Hanna hat einfach ein Gespräch mit ihm angefangen. Sie ist so cool – beneidenswert. Ich hätte mir schon längst ins Höschen gemacht. Jakob und Jan scheinen Silvio allerdings nicht besonders zu mögen, denn sie drücken ihm die ganze Zeit blöde Sprüche und dieses Verhalten nervt mich extrem. Was ist los mit ihnen? Sind sie eifersüchtig? Und dann kommen auch noch Emma und Pia dazu. Das hat mir jetzt gerade noch gefehlt. Emma baut sich vor mir auf wie ein Gockel und zickt mich an:

»Warum seid ihr denn einfach gegangen, ohne was zu sagen?«

»Weil wir es können«, entgegne ich und daraufhin schmeißen sich Jakob und Jan fast vor Lachen weg. Emma guckt nur doof aus der Wäsche. 1:0 für mich.

Zum Glück kommt in diesem Augenblick Leon auf mich zu und Emma guckt nur noch dämlicher als er seinen Arm um meine Schultern legt.

»Hey Lea, kommst du mit? Ich geh nach Hause«, fragt er und ich spüre Emmas Blicke auf mir, die sich in mich hineinzubohren scheinen. Ich schaue zu Hanna, die noch wild mit Silvio beschäftigt ist und mir nur kurz zunickt.

»Ja klar! Lass uns gehen!« Ich rufe noch ein Ciao in die Runde und gehe dann langsam neben Leon her. Wir quatschen ein bisschen über die Schule und was wir in den Herbstferien so geplant haben. Wie kann ich denn das Gespräch jetzt auf Ben lenken? Soll ich Leon einfach nach ihm fragen?

»Das sind also deine Kumpels, die du mir vorziehst und wegen denen du keine Zeit mehr für mich hast?«, frage ich Leon mit einem frechen Grinsen auf dem Gesicht.

»Ja, sorry. Ich finde es auch sehr schade, dass wir uns nicht mehr so häufig sehen. Aber wenn du jetzt auch hier mit uns abhängst, sehen wir uns ja! Wer ist es denn??«

Oh nein. Leon kennt mich einfach zu gut.

»Was meinst du?«

»Ach Lea, tu nicht so. Da steckt doch bestimmt ein Kerl dahinter. Warum solltest du sonst auf einmal bei uns aufkreuzen?«

»Ja, du natürlich!«, lache ich.

»Nee, im Ernst. Wer ist es? Jan? Der hing heute ziemlich an dir dran.«

»Ja, richtig. Er hing an mir dran. Aber ich habe kein Interesse an ihm.«

»Da wird er aber nicht begeistert sein. Wer ist es dann?«

»Boah Leon, nerv nicht! Da ist keiner.«

»Du kannst mir nichts vormachen. Ich krieg das schon noch raus!«

Zum Glück kommen wir gerade in unserer Siedlung an und wir setzen uns noch eine Weile zu ein paar Freunden auf den Spielplatz.

Ein gelungener Tag. Auch wenn ich mit Ben noch kein Stück weiter bin, so habe ich das Gefühl, dass es okay ist, wenn wir hin und wieder bei den Jungs auftauchen und ich habe vielleicht ab und zu Glück, Ben wiederzusehen. Ich werde aber wohl keine Chance bei ihm haben. Hanna hat von ihrem Cousin erfahren, dass Bens Freundin zwei Jahre älter ist als er. Was soll er dann mit so einem jungen Hüpfer wie mir? Aber ich bin auch einfach nur froh, wenn ich ihn ab und zu mal sehe und er mir einen tiefen Blick zuwirft. Was immer dieser Blick auch bedeuten mag, mir bedeutet er alles und macht mich glücklich.

6

5 Tage später

In den folgenden Tagen entwickelt sich in der Schule eine Freundschaft zwischen den Jungs aus der Parallelklasse und Hanna, Kati, Paula und mir. Wir stehen in den Pausen viel zusammen und quatschen. Bis jetzt sind die Jungs immer auf den Fußballplatz verschwunden, aber das hat sich nun geändert. Ich finde es sehr angenehm, weil ich mit ihnen und Hanna einfach Quatsch machen und so sein kann, wie ich bin. Ich kann witzig sein, aber auch nachdenklich und sie akzeptieren es kommentarlos. Bei Emma habe ich immer das Gefühl, aufpassen zu müssen, was ich sage. Das ist auf Dauer anstrengend. Heute ist Freitag und wir freuen uns alle aufs Wochenende. Noch zwei Wochen Schule und dann sind Herbstferien. Wie sich herausstellte, fahren die Jungs auch alle nicht in den Urlaub. Wenn das Wetter gut ist, treffen sie sich zum Fußballspielen und sie fragten uns, ob wir auch mal dazu kommen möchten. Jaaaaa. Sowas von gerne! Für heute Nachmittag haben wir uns auch verabredet. Hanna und ich wollen mal am Fußballkäfig vorbeigehen.

Die letzten Schulstunden vergehen leider wieder nur sehr, sehr langsam. Doppelstunde Mathe – mein größter Alptraum. Endlich klingelt der Schulgong und ich bin entlassen. Hanna und ich gehen schnell nach Hause, essen eine Kleinigkeit, machen unsere Hausaufgaben und eine Stunde später stehe ich vor Hannas Tür, um sie abzuholen. Eigentlich schminke ich mich fast nie, weil meine langen dunklen Wimpern auch so auffällig genug sind, aber heute habe mal etwas Wimperntusche aufgetragen und die Brille in die Tasche gesteckt. So sehe ich zwar nicht so richtig gut, aber ich fühle mich definitiv attraktiver. Als Hanna die Tür öffnet, höre ich nur:

»Wow.«

Ihre Reaktion bestätigt mich darin, dass es eine gute Idee war. Ich trage eine enge schwarze Hose und ein weites gelbes Shirt, das meine sonnengebräunte Haut betont. Ich fühle mich gut und hoffe, dass Ben mich heute so sieht.

Ich bin unheimlich nervös. Es kommen nur unfertige Sätze aus mir raus, weil ich keinen klaren Gedanken fassen kann. Hanna lacht sich den halben Weg schlapp.

»Lea, entspann dich! Du siehst super aus und wenn Ben dich so sieht, fallen ihm bestimmt die Augen raus.«

»Danke! Ich fühle mich schon viel besser!«, entgegne ich gereizt.

»Jetzt mal im Ernst. Mach dich mal locker! Ben wird verrückt nach dir sein. Und wenn er nicht da ist, dann kannst du ja stattdessen Jan ein bisschen den Kopf verdrehen.«

»Boah, Hanna. Hör bloß auf!«

»Was denn? Das sieht doch ein Blinder, dass Jan auf dich steht.«

»Aber ich will ja nicht Jan, sondern Ben.«

»Abwarten!«

»Wie kannst du denn nur so cool bleiben, wenn du weißt, dass du Silvio gleich begegnen könntest?«

»Ich bin auch nervös, das kannst du mir glauben.«

»Ja sicher!«, entgegne ich, denn man merkt ihr absolut nicht an, dass sie aufgeregt ist. Sie ist einfach die Coolness in Person.

»Doch, echt. Aber vielleicht nicht ganz so doll wie du!« Bei diesen Worten fängt Hanna laut an zu lachen und ich stimme in ihr Lachen ein. Dadurch löst sich meine Anspannung ein bisschen.

Auf dem Spielplatz angekommen, muss ich erst einmal schlucken, als ich sehe, dass schon alle da sind. Jakob, Jan, Finn, Leon, Silvio und auch Ben. Natürlich auch noch viele andere, aber die interessieren uns nicht. Augenblicklich setzt mein Schmetterlingsdilemma im Bauch ein, sodass ich nicht mal mehr ruhig atmen kann. Mein Herz klopft mir bis zum Hals und ich würde am liebsten direkt wieder umdrehen.

Emma und Pia sind zum Glück nicht da, dafür aber Paula und Kati. Wir setzen uns zu ihnen auf die Mauer hinterm Fußballtor, um den Jungs beim Fußballspielen zuzusehen. Wir winken ihnen zu, als sie uns entdecken. Ben steht mit dem Rücken zu mir, dreht sich dann zu uns um und ich spüre seinen Blick. Zu meiner Verwunderung verharrt er in seiner Position und schaut nicht weg.

»Er schaut dich an. Nein, er gafft dich an«, flüstert Hanna mir zu und die Schmetterlinge in meinem Bauch fahren Achterbahn. Daraufhin fängt Hanna an zu lachen und ich muss grinsen, während mein Blick immer noch an Ben klebt. Auf Bens Gesicht taucht ein breites Grinsen auf und mit diesem Grinsen löst er langsam seinen Blick von mir und dreht sich zurück zu seinen Kumpels, aber das Grinsen will nicht so schnell aus seinem Gesicht verschwinden.

»Siehst du! Hab' ich doch gesagt! Ihm werden die Augen rausfallen, wenn er dich so sieht!«

Ich kann nur lächeln und bin im siebten Himmel. Kurz darauf höre ich, wie jemand Bens Namen ruft. Am Eingang des Fußballkäfigs steht ein hübsches, großes, dunkelhaariges Mädchen. Ben rennt sportlich zu ihr und begrüßt sie mit einem kurzen Kuss auf den Mund. Mir bleibt die Luft weg. Ich kann nicht mehr atmen. Ben und das Mädchen unterhalten sich kurz, während sie eng beieinanderstehen. In mir steigt ein fieses Gefühl auf. Es umschließt mein Herz und scheint es langsam erdrücken zu wollen. Ich muss mit ansehen, wie vertraut sie miteinander umgehen und wie Bens Freundin ihre Hand wie selbstverständlich auf seinen Arm legt und dann seine Hand hält. In mir toben die unterschiedlichsten Gefühle. Ich bin eifersüchtig auf dieses Mädchen, auf die Berührungen, die ich so gerne mit Ben erleben möchte. Kurz darauf verschwindet sie wieder und Ben läuft zurück zu seinen Kumpels. Sein Blick streift meinen kurz und mir wird schlecht. Das war's dann. Warum guckt er mich so an, wenn er doch eine Freundin hat? Ich bin enttäuscht. Enttäuscht, weil er eine Freundin hat und ich keine Chance bei ihm habe, und wütend, weil er mir mit seinen Blicken etwas anderes signalisiert hat. Oder habe ich mir das nur eingebildet? Nein, das kann nicht sein. So etwas kann man sich nicht einbilden. Wieso macht mich das denn jetzt so fertig? Ich wusste doch, dass er eine Freundin hat. Es war nur eine Frage der Zeit, bis ich sie zusammen sehe. Sowieso ist es merkwürdig, dass sie nie dabei ist, wenn Ben nachmittags mit seinen Kumpels unterwegs ist. Ich will nur noch nach Hause. Hanna hat die Szene auch beobachtet und drückt kurz aufbauend meine Hand. Sie möchte noch nicht gehen, weil Silvio hier ist, und wenn ich jetzt allein gehe, dann fragen sich die anderen, was ich für ein Problem habe, und ich will nicht, dass jemand merkt, wie unglücklich ich gerade bin, weil ich keine Chance haben werde, Ben näher kennenzulernen.

Ich lasse den Nachmittag über mich ergehen. Jan und Jakob stehen die meiste Zeit bei uns und machen Scherze.

Meine Versuche, locker und lustig zu sein, scheitern kläglich. Jan wirft mir hin und wieder einen fragenden Blick zu. Ich glaube, er merkt, dass etwas nicht stimmt, aber er traut sich nicht zu fragen und ich bin wirklich erleichtert, dass er es nicht tut. Ich mag ihn. Er hat so eine warme, einfühlsame Art und ist auch wirklich sehr attraktiv. Er ist groß und schlank und seine blauen Augen passen perfekt zu seinen blonden Haaren.

Nachdem sich schon ein paar Leute verabschiedet haben, frage ich Hanna, ob sie mit mir nach Hause gehen möchte, aber sie möchte lieber noch bleiben. Sie versteht aber, dass mir nicht mehr danach ist, Ben zuzusehen und zu wissen, dass er für mich unerreichbar bleiben wird. Immer wieder wandert mein Blick zu Ben und ich habe wieder das Bild von diesem Kuss und dieser innigen Beziehung zwischen Ben und dem Mädchen im Kopf. Ich möchte diese Bilder gerne wegschieben, aber sie kommen immer wieder. Mir ist nach Weinen zu mute, als plötzlich Jan neben mich tritt.

»Warum möchtest du denn schon nach Hause?«, fragt er.

»Ich bin heute einfach nicht so gut drauf.«

Täusche ich mich? Oder kann ich in seinem Blick Enttäuschung erkennen? Dann mischt sich plötzlich Finn ein.

»Wir wollen eh gleich zum Gymnasium. Du musst doch in die Richtung, oder? Dann musst du nicht den ganzen Weg allein gehen.«

Wie lieb von den Jungs. Ich frage mich allerdings, was daran so schlimm sein soll, den Weg allein zu gehen. Von dem Spielplatz bis zum Gymnasium sind es circa zehn Minuten. Von da aus bis nach Hause nochmal zehn. Was genau bringt es mir jetzt, wenn die Jungs mich begleiten? Mir ist das gerade alles zu viel, aber ich stimme widerwillig zu. Allerdings war mir in diesem Moment nicht klar, was dann passiert.

Jan und Finn gehen zu Ben und den anderen und alle zusammen laufen auf Hanna und mich zu und so gehen wir gemeinsam zum Gymnasium. Hanna mit Silvio im Schlepptau. Da bahnt sich etwas an und ich freue mich sehr für Hanna. Ich werde aber gerade tierisch nervös. Neben mir läuft Jan und er redet ununterbrochen auf mich ein, aber ich höre nur die Hälfte von dem, was er sagt. Mein Kopf fühlt sich an wie ein großer Wattebausch, denn circa zwei Meter hinter mir läuft Ben. Ich spüre seinen Blick auf mir und mir ist so unerträglich warm. Ich würde mich am liebsten umdrehen, ihn in meine Arme schließen und nie mehr loslassen. Die zehn Minuten zum Gymnasium kommen mir vor wie drei Stunden. Endlich sind wir angekommen und Jan dreht sich zu mir.

»Bleib doch noch ein bisschen.«

Ben bleibt neben Jan stehen und schaut mich fragend an. Was erwartet er jetzt von mir? Was soll ich sagen?

»Okay, ein paar Minuten noch.«

Ben schaut mich immer noch an, sieht zu Jan, der wie ein Honigkuchenpferd grinst, und sieht dann wieder zu mir. Ich habe die Befürchtung, Ben denkt, dass da etwas zwischen Jan und mir läuft. Aber ich habe doch eigentlich nur Augen für Ben und mein Blick klebt immer noch an seinem. Jan schubst Ben in die Seite und zeigt mit dem Kopf in Richtung Spielfeld. Er löst den Blick von mir, schaut etwas irritiert zu Jan, dreht sich weg und geht zu den anderen Jungs. Jan hinter ihm her. Sie reden leise über etwas und ich frage mich, was da gerade passiert ist. Wenn Jan mich mag und Ben das weiß, dann wird Ben natürlich auch niemals auf die Idee kommen, mich anzusprechen, weil sie dicke Kumpels sind. Ganz davon abgesehen, dass Ben eine hübsche Freundin hat. So oder so sieht es hoffnungslos für mich aus. Und was mache ich jetzt mit Jan? Bilde ich mir seine Zuneigung ein?

Hanna setzt sich zu mir und wir haben mal ein paar ungestörte Minuten.

»Und wie läuft es bei euch?«, frage ich Hanna, die bis über beide Ohren grinst.

»Ich habe seine Nummer«, antwortet Hanna mit einem noch breiteren Grinsen.

»Echt? Wie cool! Und jetzt?«

»Wir haben uns für morgen Mittag wieder hier verabredet.«

»Soso. Das läuft ja wie am Schnürchen für dich!«, entgegne ich und freue mich unendlich für Hanna. Sie hat es so sehr verdient, denn sie ist einfach der liebenswerteste Mensch, den ich kenne.

»Kommst du morgen mit?«, fragt sie mich.

Ich überlege erst, bevor ich antworte.

»Ich weiß nicht so recht. Ich glaube, ich habe ein Problem.«

Hanna weiß, worauf ich hinauswill.

»Ich weiß. Das war Bens Freundin. Aber keiner versteht, warum sie zusammen sind. Sie ist fies und unfreundlich und kommandiert Ben immer nur rum. Aber er lässt es über sich ergehen. Warum weiß keiner. Ben hatte bis jetzt immer nur kurze Beziehungen. Das ist bestimmt nichts Ernstes. Aber da gibt es ja auch noch jemand anderen, oder?«

Hanna grinst mich verschwörerisch an.

»Meinst du Jan?«, frage ich sie.

»Ja, klar. Ich habe doch gesehen, wie super ihr euch verstanden habt, und er ist dir keinen Millimeter von der Seite gewichen.«

Da hat sie recht, aber eigentlich wollte ich es gar nicht.

»Ich bin total verwirrt. Ich will doch nur Ben, aber er wird für mich unerreichbar bleiben. Und Jan ist so lieb, einfühlsam und aufmerksam.«

Hanna lächelt mich aufmunternd an und nickt, während ihre wilden schwarzen Locken hin und her hüpfen.

»Solange Ben mit seiner Freundin zusammen ist, macht es ja keinen Sinn, ihm hinterherzulaufen. Vielleicht gibst du stattdessen Jan eine Chance? So wie es aussieht, ist er verrückt nach dir.«

Hanna nickt in Jans Richtung und als ich ihrem Blick

folge, sehe ich Jan am Spielfeldrand stehen und ertappe ihn dabei, wie er mich beobachtet. Hanna und ich müssen lachen und ich fühle mich ein wenig besser. Wir verabreden uns für den nächsten Tag und ich verabschiede mich mit einem Winken von Jan, Leon und Jakob. Ben steht in einer anderen Ecke. Als ich zu ihm sehe, treffen sich unsere Blicke und ich muss automatisch lächeln. Auch auf Bens Gesicht erstrahlt ein zartes Lächeln und er nickt mir kurz zu. Berauscht von diesem Tag und den Emotionen, die ich heute alle durchlebt habe, trete ich den Heimweg an. Ich kann keinen klaren Gedanken fassen. Noch immer geht mir das Bild von Ben und seiner Freundin nicht aus dem Kopf. Zuhause öffne ich leise die Tür, um möglichst unentdeckt reinzugehen. Ich bin gerade nicht in der Stimmung für eine muntere Fragestunde meiner Mutter. Sie ist zum Glück sehr angestrengt damit beschäftigt, das Abendessen vorzubereiten, und ruft mir nur ein knappes »Hallo« zu. Ich grüße zurück und lege den klimpernden Schlüssel auf die Kommode im Eingang. Wieder erscheint dieses Bild vor meinem geistigen Auge. Sie nimmt Bens Hand und schaut ihn verliebt an. In meinem Hals bildet sich ein großer Kloß und die Tränen suchen sich langsam ihren Weg nach draußen. Ich schlurfe die Treppe hoch und schließe meine Zimmertür hinter mir. Meine Jacke kann ich nur noch achtlos auf den Boden werfen, denn nun kann ich die Tränen nicht mehr zurückhalten, während ich mich aufs Bett fallen lasse. Wieso schenkt Ben mir solche Blicke, obwohl er eine Freundin hat? Es tut so unendlich weh. Die Gewissheit, dass Ben für mich unerreichbar bleiben wird, bringt mich um. Die Tränen laufen, ohne versiegen zu wollen, heiß über meine Wangen.

7

Ein Tag später

Ich habe eine unruhige Nacht hinter mir, weil mir so viele Gedanken durch den Kopf gehen. Was ist das zwischen Ben und mir? Wenn sich unsere Blicke treffen, fühlt es sich an, als geht ein Stromschlag durch meinen ganzen Körper, und auch Ben erwidert meine Blicke aus seinen wunderschönen, grauen Augen. Sofort taucht das Bild von ihm und seiner Freundin vor meinem inneren Auge auf und mir wird schlagartig bewusst, dass er mich niemals ansprechen wird. Und schon gar nicht, wenn Jan weiter so an mir klebt. Und was ist überhaupt mit Jan? Ich merke, dass er mich mag und meine Nähe sucht. Ich mag ihn auch, er ist nett und ein hübscher Kerl, aber so etwas wie bei Ben empfinde ich einfach nicht, wenn wir uns sehen. Und sollte bei seinem ersten Freund nicht ein Feuerwerk der Gefühle explodieren?

Diese Gedanken machen mich verrückt. Alles dreht sich nur noch um diese Kerle und ich kann mich auf nichts anderes mehr konzentrieren. Vielleicht sollte ich einfach aufstehen, obwohl es erst acht Uhr ist und für einen Samstag definitiv viel zu früh. Der Rest meiner Familie schläft noch. Was soll ich also machen? Ich nehme mir mein Buch und lese ein paar Seiten, aber auch darauf kann ich mich nicht konzentrieren. Normalerweise verschlinge ich Bücher innerhalb von zwei Tagen, aber jetzt hänge ich schon seit zwei Wochen an diesem Roman und komme einfach nicht weiter. Sobald ich eine Seite gelesen habe, frage ich mich, was in den letzten Zeilen stand und ich muss wieder von vorne anfangen. Nervig. Ich ärgere mich über mich selbst und erkenne mich nicht mehr wieder. Wieso machen die Jungs mich so wuschig?!

Auf meinem Handy suche ich nach Ben. Wenn ich mir sein Foto im Internet ansehe, bin ich wie hypnotisiert von diesem umwerfenden Lächeln. Ich würde ihm gerne eine Freundschaftseinladung schicken, traue mich aber nicht. Jan und Jakob sind schon seit einer Weile mit mir auf Social Media befreundet, aber Ben leider nicht. Und ich kann einfach nicht den ersten Schritt machen. Schon gar nicht jetzt, nachdem ich ihn mit seiner Freundin gesehen habe.

Hanna scheint auch nicht mehr schlafen zu können, denn sie ist schon online. Ich schreibe ihr.

>*Moin Süße, was ist los? Kannst du nicht schlafen?*<

>*Nee, zu aufgeregt. Und du?*<

>*Zu durcheinander*<, antworte ich.

>Holst du mich um 13 Uhr ab?<

>Alles klar, mache ich. Aber wie soll ich es so lange hier noch aushalten?<

>Keine Ahnung! Frag mich mal! Ich muss jetzt noch Babysitten, weil meine Eltern einen Termin haben. Zum Kotzen!<

Mist! Ich hatte gehofft, Hanna hat schon früher Zeit. Dann hätten wir die Zeit gemeinsam totschlagen können. Aber so muss ich mich wohl noch gedulden. Die Zeit will einfach nicht vergehen, also lerne ich freiwillig Englisch-Vokabeln.

Endlich. Ich stehe pünktlich um 13 Uhr vor Hannas Tür. Ich habe mich ein bisschen geschminkt, meine Haare mühsam geglättet und trage enge Jeans und ein enges blaues Shirt. Meine Brille habe ich vorsichtshalber in die Tasche gestopft. Hanna hat sich auch geschminkt und sieht umwerfend aus. Wir laufen beide etwas aufgeregt und angespannt in Richtung Gymnasium. Als wir dort ankommen, sitzen Silvio, Paula, Kati, Jan und Jakob auf der Tischtennisplatte. Wir setzen uns zu ihnen und ich lasse meinen Blick über den Schulhof schweifen, aber von Ben keine Spur. Enttäuschung macht sich breit, aber ich versuche, es mir nicht anmerken zu lassen.

Jan belagert mich sofort. Ich muss ein Stück zur Seite rutschen, damit er sich neben mich setzen kann. Hanna ist direkt mit Silvio in ein intensives Gespräch vertieft und mir bleibt nichts anderes übrig, als mich mit Jan zu unterhalten. Er redet ununterbrochen auf mich ein und stellt mir verdammt viele Fragen. Irgendwie süß. Ich werde das Gefühl nicht los, dass er ein bisschen nervös ist. Meinetwegen?

»Mensch, du bist aber ziemlich neugierig«, sage ich lächelnd zu Jan, nachdem er mich über meine Noten und Lieblingsfächer ausgequetscht hat.

Jan wird leicht rot, sieht verlegen auf den Boden und kratzt sich dabei am Hinterkopf. Mit dieser Reaktion habe ich jetzt nicht gerechnet und ich muss ein bisschen kichern.

»Ist schon okay, frag ruhig weiter«, sage ich leise und Jan entspannt sich wieder. Jetzt stelle ich ihm zur Abwechslung ein paar Fragen zu seiner Familie und der Schule. Es entwickelt sich ein nettes, entspanntes Gespräch, bis wir unterbrochen werden, als die anderen Jungs Jan zum Basketballspielen überreden. Jetzt kann ich ein wenig durchatmen. Mit Jan zu reden, fühlt sich so einfach und locker an. Es entsteht keine unangenehme Stille, in der man krampfhaft überlegt, was man als nächstes ansprechen kann. Und wenn wir mal nichts zu sagen haben, ist es auch okay, wenn wir einfach schweigend nebeneinandersitzen und den anderen beim Basketballspielen zusehen. Dennoch wandert mein Blick immer wieder suchend über den Schulhof und ich bin jedes Mal erneut enttäuscht, wenn ich feststellen muss, dass Ben nicht da ist.

Eine halbe Stunde später baut sich Jan vor mir auf.

»Ich muss jetzt zu einem Fußballspiel. Sehen wir uns die Tage?«, fragt er mich vorsichtig.

»Bestimmt!«, antworte ich mit einem Lächeln.

Jan erwidert mein Lächeln, dreht sich um und verschwindet. Jetzt sitze ich allein mit Paula und Kati auf der Tischtennisplatte. Hanna ist mit Silvio irgendwohin verschwunden, denn auf dem Schulhof kann ich sie nirgendwo entdecken. Paula, Kati und ich sehen den Jungs beim Basketballspielen zu und ich bin schon kurz davor, nach Hause zu gehen, weil mir langweilig wird, als ich in der Ferne zwei Jungs auf den Schulhof kommen sehe. Mein Herz setzt für einen Moment aus und mir stockt der Atem, als ich erkenne, dass es Leon und Ben sind. Lea, beruhig dich! Einatmen! Ausatmen! Und bitte nicht rot werden!

Dann passiert das Unglaubliche. Sie kommen direkt auf mich zu, nachdem sie kurz die anderen Jungs begrüßt haben. Leon nimmt mich wie gewohnt zur Begrüßung in den Arm und Ben steht etwas unsicher neben Leon und lächelt mich zurückhaltend an. Ich schenke ihm ein breites Lächeln und ein leises »Hi«. Sein Lächeln wird breiter und erreicht seine Augen.

»Seid ihr schon lange hier?«, fragt Leon uns.

»Seit einer Stunde circa. Ich wollte eigentlich gerade gehen.« Was rede ich denn da??

»Schade, bleib doch noch was. Wir haben schon lange nicht mehr gequatscht!«, sagt Leon.

Ich sehe von ihm zu Ben und bemerke, wie er mich

noch immer anlächelt und kaum merklich nickt. Gilt das Nicken mir? Möchte er, dass ich bleibe? Ich schaue wieder zu Leon, der mich jetzt blöd angrinst.

»Na gut, wenn ich dich damit glücklich mache, dann bleibe ich natürlich.«

Ich sehe, dass Bens Muskeln sich etwas entspannen, nachdem ich diese Worte gesagt habe. Ich erwarte, dass sie erstmal zu den anderen gehen, um mit ihnen Basketball zu spielen, aber stattdessen setzen sich Leon links und Ben rechts von mir auf die Tischtennisplatte. Es ist nicht so viel Platz auf der Platte, sodass Ben mein Bein mit seinem berührt. Ich spüre die Wärme seines Körpers durch den dicken Stoff meiner Jeans und kann keinen klaren Gedanken mehr fassen, weil diese Wärme durch meinen kompletten Körper zu fließen scheint. Für einen kurzen Moment berühren sich nun auch unsere Hände, als ich mich leicht nach hinten lehne, um mich auf der Platte abzustützen. Bei dieser Berührung fährt augenblicklich ein Stromschlag durch meinen Körper und mein Kopf dreht sich wie von selbst in Bens Richtung. Auch er scheint die Berührung gespürt zu haben, denn er schaut im gleichen Moment zu mir. Wir sind uns sehr nah und schauen uns tief in die Augen. Ein zartes Lächeln umspielt seinen Mund und ich fühle mich von ihm wie magisch angezogen. Es ist ein intensiver Moment, die Luft scheint zu knistern und ich wünsche mir so sehr, dass dieser Augenblick niemals vergeht.

Und dann Leon. Mann, merkt der noch was?

»Wie geht's eigentlich Mia? Ich hab' sie schon lange

nicht gesehen.«

Mir doch egal, will ich am liebsten antworten. Ich will Ben küssen und jetzt nicht an meine Schwester denken. Aber da ist die Magie leider auch schon verflogen und ich löse widerwillig meinen Blick von Ben, um Leon von Mia und ihrem neuen Freund aus der Tanzschule zu berichten. Ich mache mich ein wenig über sie und ihre Tanzkurse lustig und habe bei meinen Erzählungen die Lacher von Leon und Ben auf meiner Seite. Nachdem wir eine Weile gequatscht haben, spielen die zwei mit den anderen Jungs Basketball und ich versuche, mich zu entspannen. Das gelingt mir aber nur sehr schwer, denn mein Blick heftet an Bens geschmeidigen Bewegungen, wenn er mit dem Ball läuft und Körbe wirft, als hätte er sein Leben lang nichts anderes gemacht. Zwischendurch schaut Ben in meine Richtung und unsere Blicke treffen sich. Eigentlich müsste ich verlegen wegschauen, denn er muss ja denken, ich habe sie nicht mehr alle, so wie ich ihn anstarre. Aber so sehr ich mich auch dazu zwinge, woanders hinzuschauen, es möchte mir einfach nicht gelingen und so beobachte ich ihn einfach immer weiter und zwischendurch ruht auch sein Blick immer etwas zu lange auf mir, um unbedeutend zu sein. Kurze Zeit später verabschiedet Ben sich von seinen Kumpels, weil er zum Training muss. Er geht aber nicht, ohne noch einmal in meine Richtung zu blicken, mich anzulächeln und mir mit einem Nicken »Tschüss« zu sagen.

Ich schwebe im siebten Himmel. Vielleicht fühlt er

auch etwas, wenn wir uns aus Versehen berühren oder unsere Blicke sich treffen? Allerdings muss ich mir auch wieder in Erinnerung rufen, dass er eine Freundin hat. Ich hatte es wohl für einen kurzen Moment vergessen. Er anscheinend auch…

Kurze Zeit später verabschieden Kati, Paula und ich uns auch von den anderen und gehen nach Hause. Für heute haben die Jungs genug Gefühlschaos in mir ausgelöst. Das muss ich erstmal alles sacken lassen. Zuhause lege ich mich aufs Bett, starre an die Decke und streichle die Stelle an meiner Hand, die Ben berührt hat, denn ich habe das Gefühl, die Berührung noch immer spüren zu können.

8

Zwei Tage später

Schon wieder Montag. Warum müssen die Wochenenden immer so schnell vergehen? Ich bin hundemüde und könnte auf der Stelle einschlafen. Was redet unser Lehrer da vorne überhaupt? Und welches Fach haben wir gerade? Mensch, was ist nur mit mir los? Ich verstehe nur Bahnhof. Meine Nächte sind momentan nicht so richtig erholsam, weil ich ständig wach werde und nicht mehr einschlafen kann. Schuld daran ist Ben, der auch nachts in meinen Gedanken und Träumen rumgeistert und mich nicht zur Ruhe kommen lässt. Das einzige Highlight ist, dass unser Lehrer gerade verkündet, dass wir am kommenden Freitag einen Klassenausflug in die Eissporthalle unternehmen. Ich freue mich riesig darauf, denn ich liebe Eislaufen. Ich mag den Geruch des Eises, der Spinte und stinkenden Socken und des alten Frittierfetts aus dem Imbiss, der durch die ganze Halle zieht. Nachdem ich den Schultag hinter mich gebracht und meine Hausaufgaben erledigt habe, ruft Hanna mich völlig aufgebracht an:

»Du wirst es nicht glauben!«, brüllt Hanna zur Begrüßung durchs Handy.

»Was ist passiert?« Ich bin auch schon völlig nervös, wenn ich ihre aufgeregte Stimme höre.

»Du wirst nicht glauben, wer am Freitag auch mit seiner Klasse Eislaufen fährt.«

»Wer denn?« Langsam werde ich wirklich nervös.

»Rate mal!«

»Boah Hanna, mach mich nicht fertig! Sag schon!«

»Ben!«, erwidert Hanna und ich denke, ich habe mich verhört.

»Nein, das kann nicht sein!«

»Oh doch!«, sagt Hanna.

»Nicht dein Ernst!«

»Oh doch!«

»Jetzt mal im Ernst. Ich kann da unmöglich hinfahren, wenn Ben auch da ist.«

»Wieso denn nicht? Das ist doch die Chance! Jan ist auf jeden Fall nicht da, um dazwischen zu funken. Und seine Freundin auch nicht.«

Die hatte ich schon fast vergessen, nachdem ich die ganze Zeit nur an unsere kurze Berührung denken kann.

»Wir hatten heute in der Schule gar keine Gelegenheit über dich und Silvio zu sprechen. Wohin seid ihr denn vorgestern eigentlich verschwunden?«, frage ich Hanna.

»Silvio wollte mit mir allein sein. Darum sind wir eine Runde spazieren gegangen und es war so schön.«

Anschließend erzählt Hanna mir in den blühendsten

Einzelheiten, wie der Nachmittag mit Silvio verlief, und sie ist bis über beide Ohren verliebt. Ich freue mich unendlich für sie. Ich erzähle Hanna noch die Kurzfassung von meiner Berührung mit Ben und sie sagt nur:

»Na siehst du! Wer weiß, wofür das gemeinsame Eislaufen gut ist.«

Die nächsten Tage werden schwer für mich. Ich kann mich kaum auf die Schule konzentrieren. Zum Glück schreiben wir diese Woche nur eine Deutscharbeit und nicht Mathe. Die hätte ich dann vermutlich komplett verhauen, aber Deutsch liegt mir. Da geht hoffentlich nicht so viel schief.

9

Vier Tage später

Freitag. Ausflugstag. Eislaufen zusammen mit Ben. Ich raste aus. Ich werde schon wach, bevor mein Wecker überhaupt klingelt, gehe duschen und versuche, meine wilden Locken zu bändigen, damit mir diese widerspenstigen Strähnen nicht immer ins Gesicht fallen. Ich benutze ein wenig Puder und Wimperntusche und ziehe mir dann eine gemütliche, eng sitzende Jeans, ein enges schwarzes Shirt und einen weit geschnittenen hellgrauen Pulli an. Meine Mutter steht in der Küche und wartet mit dem Frühstück.

»Guten Morgen! Hier! Iss was!«, fordert sie mich wie jeden Morgen auf.

»Hmmm!«, presse ich raus. Meine Mutter hat nach mittlerweile sechzehn Jahren immer noch nicht verstanden, dass sie mich morgens nicht anquatschen soll. Ich bin der absolute Morgenmuffel und hasse es, wenn man mir vor 8 Uhr irgendwelche Gespräche aufzwängen will. Ich frag mich, woher sie diese wahnsinnige Geduld nimmt, jeden Morgen aufs Neue zu versuchen, meine schlechte Laune zu kurieren. Warum sie nicht einfach aufgibt und mich ohne Frühstück und Gelaber in die Schule ziehen lässt, ist mir ein Rätsel.

»Was soll das heißen? Setz dich hin und mach dir Frühstück. Sonst kippst du noch beim Eislaufen um.«

»Kein Hunger!«

»Du musst aber was essen!«

»Mmmhh.«

Bevor sie mich noch weiter zutextet, schnappe ich mir meine Schlittschuhe und meinen Rucksack und laufe zur Haltestelle, an der sich meine Klasse heute trifft.

Wir fahren mit dem Bus in die Nachbarstadt. Ich hatte schon Panik, dass wir alle zusammen im Bus mit Bens Klasse fahren, aber zum Glück ist das nicht der Fall. So kann ich nochmal in Ruhe durchatmen und mich mental auf diesen Vormittag vorbereiten. Ich sitze am Fenster, neben mir Hanna und hinter uns Pia und Emma. Die Mädels reden alle wirres Zeug durcheinander. Ich kann ihnen nicht folgen, weil ich in Gedanken nur bei Ben bin.

»Lea, alles klar?«, fragt Hanna und reißt mich aus meinen Gedanken.

»Geht so.«

»Mach dir nicht in die Hose. Es wird bestimmt lustig«, versucht Hanna mich aufzubauen.

»Ja, bestimmt. Ich bin völlig verkrampft. Was soll denn daran lustig werden? Außer, dass ich mich wahrscheinlich ständig auf die Nase lege, weil ich vor

Aufregungen keinen Fuß vor den anderen stellen kann.«

Plötzlich mischt Emma sich ein.

»Was ist denn mit Lea heute los? Hat sie ihre Tage?«, fragt sie in die Runde und ich ernte blöde Blicke von den Jungs um uns herum. Am liebsten würde ich ihr mit meinem Schlittschuh einen überbraten, aber sie ist den Ärger nicht wert.

Ich versuche, sie zu ignorieren. Hanna will schon einschreiten und etwas sagen, aber ich ergreife ihren Arm und halte sie zurück, indem ich ihr einen warnenden Blick zuwerfe.

»Lass sie labern!«, sage ich nur.

»Ich hab' das gehört«, höre ich Emma meckern.

»Prima«, entfährt es mir schnippisch. Danach lässt sie mich zum Glück in Ruhe. Der Tag kann eigentlich nur katastrophal enden, so wie ich drauf bin.

Wie soll ich mich nur gleich verhalten, wenn er dort auftaucht? Wird er mich begrüßen? Und wenn ja, wie? Ich schaue aus dem Fenster und beobachte, wie die Landschaft an mir vorbeifliegt. Gefühlt kenne ich jeden Baum und jedes Haus, weil ich diesen Weg schon so oft mit dem Bus gefahren bin. Ich merke nicht, wie die Zeit vergeht, bis wir dann an der Haltestelle vor der Eissporthalle ankommen und alle aussteigen. Augenblicklich spüre ich, wie mich die Nervosität erneut überkommt. Wir waren wohl einen Bus früher unterwegs, denn als wir die Eissporthalle betreten, sind wir die Einzigen dort. Es begrüßt mich der gewohnte Duft nach Gummimatten, Eis und Frittenfett. Ich war oft mit meiner Schwester Eislaufen. Dadurch, dass ich mich auf dem Eis sicher fühle und ich in der Eissporthalle jeden Winkel kenne, entspanne ich mich von Minute zu Minute ein wenig mehr.

»Komm Hanna, lass uns ein paar Runden drehen, bevor ich noch völlig durchdrehe!«

Ich schnappe mir Hanna und wir fahren ein paar Runden über das Eis und es gelingt mir, für ein paar Minuten das Rattern meiner Gedanken zu ignorieren. Allerdings dauert es nicht lange, bis sich meine Welt auf den Kopf stellt. Ungefähr eine halbe Stunde später trifft Ben mit seiner Klasse in der Eissporthalle ein. Ich sehe ihn direkt, als er durch die Tür tritt und zu den Spinten geht, um sich seine Schlittschuhe anzuziehen. Neben ihm läuft Leon. Ich hatte mir vorher noch gar keine Gedanken darüber gemacht, dass die zwei in einer Klasse sind und Leon deshalb heute auch hier ist. Das kann ja was werden. Hanna bemerkt, dass ich mich augenblicklich verkrampfe, nimmt meine Hand und fährt mit mir ein paar Runden. Sie redet auf mich ein, um mich abzulenken, aber ich kann ihren Erzählungen nicht folgen.

»Jetzt entspann dich! Das ist heute deine Chance«, versucht Hanna, mir Mut zu machen. Aber es funktioniert nicht. Mein Herz rast wie verrückt, mein Bauch kribbelt und mir ist furchtbar übel.

»Leon ist ja auch dabei. Ich kann mich nicht an Ben ranschmeißen, wenn Leon dabei ist.«

»Wieso denn nicht?«

Ich komme nicht mehr dazu zu antworten, denn in diesem Augenblick betreten Ben und Leon die Eisbahn. Sie machen ein paar Schritte und dann sieht Ben sich um. Er macht das anscheinend auch nicht zum ersten Mal, denn er gleitet elegant und sportlich über das Eis und sieht dabei zum Anbeißen aus. Was soll ich sagen? Ich bin hin und weg. Vor lauter Aufregung komme ich ins Rutschen und Straucheln. Hanna packt meinen Arm und stützt mich, sodass ich mich schnell wieder fange und glücklicherweise wieder sicher stehe. Puuuh… Glück gehabt. Hat keiner gesehen. Ben und Leon haben uns erblickt, fahren auf uns zu und kommen gekonnt vor uns zum Stehen. Ich bin wie gefesselt von Bens unwiderstehlichem Lächeln und seinem warmen Blick.

»Hey, das ist ja eine Überraschung, dass ihr heute auch hier seid«, höre ich ihn sagen.

»Hi!«, presse ich heraus und lächle ihn an. Vielleicht sollte ich auch mal Leon begrüßen. Ich löse meinen Blick von Ben und sehe in Leons strahlendes Gesicht. Er nimmt mich herzlich in den Arm und ich erwidere seine Umarmung.

»Ja, das ist ja mal ein cooler Zufall«, wirft er jetzt ein. Sein Lächeln wird zu einem schrägen Grinsen, dass ich nicht so recht deuten kann. Ich bin verwirrt und kann nicht mehr antworten, weil mir mein Herz wie wild in meinen Ohren pocht.

Als die zwei weiter zu ihren Kumpels fahren, haben beide ein breites Grinsen auf dem Gesicht und ich komme mir ziemlich bescheuert vor.

»Boah, wie peinlich! Ich habe keinen Ton rausbekommen«, jammere ich Hanna ins Ohr.

»Ach Quatsch! Du hast ihn doch begrüßt. Sei nicht so kritisch. So wie er grinst, scheint ihm das gereicht zu haben«, antwortet Hanna mir mit einem Augenzwinkern.

»Ich kann mich in seiner Gegenwart einfach nicht entspannen. Er muss mich doch für völlig verkrampft halten.«

»Lea, du machst dir viel zu viele Gedanken! Er mag dich! Sonst wäre er doch gar nicht erst direkt zu uns gefahren, um dich zu begrüßen. Und er hat eigentlich nur dich begrüßt, denn er hat mich keines Blickes gewürdigt, falls dir das nicht aufgefallen sein sollte.«

»Meinst du echt?« Es ist mir tatsächlich nicht aufgefallen. »Aber ich will gar nicht wissen, was Leon jetzt denkt. Er muss ja merken, dass ich nicht ganz normal bin.«

»Und wenn schon. Er ist doch dein Freund und so wie ich ihn einschätze, wird er dich nicht in irgendeine blöde Situation bringen.«

»Na hoffentlich hast du recht!«

Ich habe nur noch Augen für Ben und muss aufpassen, dass den anderen nicht auffällt, wie nervös ich bin. Besonders Emma soll nicht merken, dass ich ein Auge auf Ben geworfen habe, sonst schmeißt sie sich hemmungslos an ihn ran. Es fällt mir allerdings sehr schwer, ihn nicht die ganze Zeit anzustarren. Ich versuche, so normal wie möglich zu sein und albere mit Hanna, Paula und Kati rum. Ich fahre rückwärts und Hanna schiebt mich an. Ich merke erst zu spät, was sie vorhat. Sie schiebt mich durch die halbe Eishalle, doch plötzlich werde ich abrupt ausgebremst und spüre breite Schultern in meinem Rücken. Ich verliere das Gleichgewicht und befürchte, dass ich einen sehr unansehnlichen, harten Fall hinlegen werde. Aber stattdessen fangen mich zwei starke Arme auf. Ich sehe vor mir Hanna mit einem breiten Grinsen stehen und ahne, was gerade passiert ist. Die Arme halten mich noch immer und ich spüre einen großen, sportlichen Körper hinter mir, gegen den ich immer noch lehne. Ich atme tief ein und kann das Parfum meines Retters riechen. Als ich mich umdrehe und in diese wunderbaren grauen Augen blicke, falle ich fast in Ohnmacht. Ben hält mich noch immer fest, während ich jetzt ganz nah an seinem Körper stehe und nach oben in seine Augen blicke. Ben erwidert meinen Blick mit einem frechen Grinsen im Gesicht.

»Du bist aber heute stürmisch unterwegs«, höre ich ihn leise sagen.

Ich muss mich kurz sammeln und lächle ihn vorsichtig an.

»Danke, dass du mich aufgefangen hast«, presse ich heraus und kann ihn einfach nur anlächeln.

»Immer wieder gern«, erwidert Ben, lässt mich vorsichtig los, um zu schauen, ob ich sicher stehe und fährt dann lächelnd weiter. Ich grinse immer noch und würde Hanna am liebsten den Hals umdrehen. Sie lacht mich nur breit an.

»Na, wenn der nicht genossen hat, dich aufzufangen, dann weiß ich gar nichts mehr.«

Ich versuche, mich zu entspannen und genieße einfach den Augenblick der Nähe, den ich mit ihm hatte. Ich spüre noch seine starken Arme und seinen Atem in meinem Nacken. Hanna und ich fahren weiter und ich versuche, mir meine Unsicherheit nicht anmerken zu lassen. Nachdem der erste Schock und die Wut auf Hanna verflogen sind, bin ich ihr dankbar, denn so einen Moment wie diesen werde ich vermutlich nicht noch einmal erleben.

Hinter mir höre ich Leons Stimme und er verlangsamt sein Tempo, als er meine Höhe erreicht hat.

»Na, alles klar? Cool, dass wir heute beide hier sind. Sonst sehen wir uns ja leider nicht mehr so oft.«

»Stimmt! Woran liegt das wohl?«, frage ich lachend.

»Keine Ahnung! Was meinst du?«, stellt Leon sich doof.

»Du hast einfach keine Zeit mehr für mich!«, necke ich ihn und boxe ihm spielerisch in die Seite. Leon krümmt sich übertrieben und fängt an zu lachen.

»Bist du eifersüchtig auf meine Freunde?«, fragt er und sein Grinsen sieht irgendwie verdächtig aus. Worauf läuft diese Unterhaltung hier hinaus?

»Vielleicht ein bisschen!«, sage ich ebenfalls mit einem fetten Grinsen. Unser Gespräch wird unterbrochen, weil Ben sich neben Leon gesellt und nun auch auf unserer Höhe weiterfährt.

»Ben, wir können nicht mehr so viel Zeit miteinander verbringen!«, sagt Leon ernst zu Ben.

»Was ist los? Machst du mit mir Schluss?«, antwortet Ben und lacht sich schlapp. Himmel! Dieses Lachen, diese Grübchen… Ganz tief durchatmen und locker bleiben!

»Ja, es tut mir leid, aber Lea ist eifersüchtig, weil wir so viel Zeit miteinander verbringen«, antwortet Leon, nachdem sein Lachanfall verflogen ist.

»Oh, ja wenn das so ist! Das verstehe ich natürlich!« Ben lacht noch immer und grinst nun breit in meine Richtung. Mein Herz pocht mir bis zum Hals.

»Er gehört ganz dir!«

»Wie nett von dir!«, antworte ich grinsend. »Aber jetzt habe ich ein schlechtes Gewissen, weil ich mich zwischen eure Beziehung gedrängt habe!«

Ben lächelt mich noch immer an und ich muss mich wahnsinnig konzentrieren, einen Schritt vor den anderen zu setzen.

»Ich wüsste da eine Lösung!«, geht Leon dazwischen. »Wie wäre es, wenn du dich einfach als Kerl verkleidest und wir dich in unsere Jungs-Clique einschleusen. Dann haben wir alle was davon!« Leon lacht sich schlapp und ich werde das Gefühl nicht los, dass er etwas ahnt.

»Super Plan!«, entgegne ich lachend und Ben wirft mir noch ein schiefes Lächeln zu, bevor er und Leon weiter zu ihren Klassenkameraden vorfahren. Hanna nimmt meine Hand.

»Atmen nicht vergessen, Süße!«

Ich muss sofort lachen, weil sie so recht hat. Ich habe für eine ganze Weile den Atem angehalten!

»Mann, da sprühen die Funken zwischen euch! Mich wundert es, dass das Eis noch nicht schmilzt!«

Ich komme aus dem Lachen nicht mehr raus. Aber nach dieser Aktion habe ich komplett weiche Knie.

»Hanna, hör auf! Ich leg mich gleich noch auf die Nase, wenn du noch mehr so Kommentare von dir lässt! Wollen wir uns mal hinsetzen? Ich glaub, ich brauch eine Pause.«

Hanna und ich setzen uns außerhalb der Eisbahn auf die Tribüne zu ein paar Leuten aus unserer Klasse und blödeln zusammen rum. Aus dem Augenwinkel sehe ich, dass Ben auf uns zukommt, und ich halte schon wieder den Atem an. Er macht Anstalten, sich zu uns zu setzen. Sein Kumpel neben ihm grinst die ganze Zeit blöd, während Ben hingegen sehr konzentriert aussieht. Unsere Blicke treffen sich und es ist wieder so ein magischer Moment. Ich bin wie von seinem Blick gefesselt und kann nicht wegschauen, aber auch er schaut nicht weg. Er blickt mir tief in die Augen, als wolle er meine Gedanken lesen. Sein Freund neben ihm macht währenddessen blöde Witze, die ich nicht verstehe, weil ich gerade in meiner eigenen Welt lebe.

»Hey Ben, da ist doch noch ein Platz. Setz dich doch dahin!«, höre ich diesen Typen reden und er deutet dabei auf den Platz direkt neben mir.

Mir wird schlecht, denn Ben tut genau das. Er hält meinem Blick stand und setzt sich neben mich. Ich kann sein Parfum riechen, so nah ist er mir. Ich lächle ihn von der Seite an und er erwidert mein Lächeln. Himmel… mein Bauch fühlt sich an, als würden darin tausend Schmetterlinge einen wilden Tanz fliegen. Ich nehme all meinen Mut zusammen.

»Sorry, dass ich dich vorhin angefahren habe. War keine Absicht.«

»Kein Problem. Ist ja nichts passiert«, antwortet Ben und lächelt mich noch immer an. Er möchte noch etwas sagen, aber da wird er von zwei Mädels aus seiner Klasse auf dem Eis gerufen, die mit ihm Eislaufen möchten. Er winkt ihnen kurz zu.

»Später!«

Möchte er lieber bei mir sitzen bleiben? Das kann nicht sein und doch ist es das, was ich mir so sehr wünsche, vor allem jetzt, da Leon sich irgendwo weit entfernt aufhält. Er dreht sich wieder zu mir und schaut mich an. Er ist mir so nah, dass ich seinen Atem spüre. Es wäre ein Leichtes, ihn jetzt zu küssen. Ich müsste mich nur ein kleines Stückchen vorbeugen. Ich merke, wie mein Blick durch sein Gesicht wandert und auch Bens Blick wandert zu meinen Lippen. Da liegt etwas in der Luft. Ich spüre es tief in mir – in meinem Herzen und in meinem Bauch. Bevor aus diesem Moment etwas wachsen kann, sehe ich, wie Leon sich uns nähert und Ben lässt sich ablenken.

»Hey, kommst du mit uns aufs Eis?«, fragt er Ben und schaut von ihm zu mir und dann wieder zu Ben und fängt an zu grinsen. Mensch, Leon weiß doch bestimmt Bescheid. Er kennt mich einfach zu gut. Wie peinlich. Ben zögert kurz, schaut wieder zu mir und flüstert:

»Bis später!«

Leon bleibt vor mir stehen und richtet sein Wort an mich:

»Lea, komm doch auch mit!«, höre ich ihn sagen und dieses dämliche Grinsen auf dem Gesicht wird von Sekunde zu Sekunde breiter. Was ist nur los mit ihm?

»Ich brauche noch eine kurze Pause«, antworte ich und Leon läuft mit einem kurzen Nicken weiter in Richtung Eis.

Und das war's. Mist. Was war das? Hanna nimmt meine Hand und fragt mich, ob es mir gutgeht, weil ich wohl keine Farbe mehr im Gesicht habe. Ich schaue sie fragend an.

»Hast du das gesehen?«

»Oh ja…. Alle haben das gesehen!«, antwortet Hanna.

Ich werde augenblicklich rot wie eine Tomate, denn ich merke, dass mich Emma, Pia und die anderen anstarren, als wäre ich gerade mit meinem Ufo aus dem Paralleluniversum auf der Erde gelandet. Ich muss weg. Ich stehe auf, verschwinde auf die Toilette und bleibe eine Weile dort, um mich zu sammeln, bis ich Hanna höre.

»Ist alles in Ordnung?«

»Nichts ist in Ordnung. Was war das gerade? Habe ich das geträumt?«, möchte ich von Hanna wissen.

»Nein, das war kein Traum. Das war ziemlich heiß! Ich habe es quasi knistern hören und ich würde sagen, dass er ein Auge auf dich geworfen hat«, antwortet Hanna.

Ich bin ratlos.

»Und was mache ich jetzt? Ich kann da nicht wieder raus. Ich weiß nicht, wie ich mich ihm gegenüber verhalten soll. Als wäre das gerade nicht passiert? Ich wollte auch gar nicht, dass das irgendjemand mitbekommt, und jetzt weiß Emma doch bestimmt Bescheid. Dann ist es nur eine Frage der Zeit, bis sie sich an ihn ranschmeißt.«

Hanna versucht mich zu beruhigen.

»Emma wird bei ihm keine Chance haben. Das weiß ich ganz genau. Darüber musst du dir keine Gedanken machen.«

Das beruhigt mich ein wenig, allerdings frage ich mich, was sie da so sicher macht.

»Da ist doch etwas zwischen uns. Ich kann mir das nicht einbilden.«

»Das denke ich allerdings auch.«

»Aber Ben hat doch eine Freundin und die beiden sahen so vertraut aus. Wieso lässt er es dann immer wieder zu solchen Momenten kommen?«

»Vielleicht weiß er selbst gerade nicht, was er will. Keine Ahnung?«, erwidert Hanna ratlos.

»Der macht mich fertig!«

»Komm Lea, wir fahren noch ein bisschen rum und du versuchst, ganz locker zu sein.«

»Sehr witzig!«

»Komm, du schaffst das!«

»Und was ist eigentlich mit Leon los? Warum grinst er mich die ganze Zeit so bescheuert an? Ahnt er was?«

»Vielleicht? Er kennt dich schließlich ziemlich gut.«

»Ich wusste doch, dass das hier eine einzige Katastrophe wird.«

Die letzte Stunde in der Eishalle vergeht wie im Flug. Hin und wieder kreuzen sich Bens und mein Weg und wir werfen uns einen Blick oder ein Lächeln zu. Leon kommt kurz vor Schluss zu mir und grinst immer noch so dämlich.

»Jetzt waren wir den ganzen Tag hier zusammen und haben fast gar nicht miteinander geredet«, beklagt er sich.

»Stimmt. Schade eigentlich.«

»Wann sehen wir uns denn mal wieder?«

»Keine Ahnung, du weißt ja, wo du mich findest«, antworte ich mit einem breiten Lächeln. In dem Moment taucht Ben neben Leon auf und lächelt mich an.

»Leon, wir müssen los, sonst verpassen wir den Bus«, sagt er und wendet sich dann wieder mir zu.

»Ciao!«, höre ich ihn sagen und er schenkt mir ein unwiderstehliches Lächeln. Ich kann dieses Lächeln nur erwidern und bin heilfroh, dass meine Stimme nicht wieder versagt, als ich mich von ihm verabschiede.

»Bis dann!«

Ich wende mich Leon zu und drücke ihn zur Verabschiedung.

»Meld' dich! Bis bald!«, sage ich zum Abschied. Dann machen die zwei sich vom Eis und ziehen ihre Schlittschuhe aus. Wir nehmen einen Bus später und ich bin an diesem Tag ehrlich gesagt froh, als ich endlich zu Hause bin. Ich möchte allein sein und mein Gedankenkarussell sortieren.

10

Zwei Tage später

Ich werde unsanft vom Piepen meines Handys geweckt. Ein Blick auf die Uhr verrät mir, dass es erst 8:20 Uhr ist. Wer schreibt mir denn so früh an einem Sonntagmorgen? Nachdem ich mit einem offenen Auge mein Handy gefunden habe, lese ich eine Nachricht von Hanna:

>*Hast du heute Zeit? Ich muss dir was Wichtiges erzählen.*<

>*Dir auch einen schönen guten Morgen. Hast du mal auf die Uhr geguckt? Es ist Sonntag!*<

>*Ja, sorry! Aber es ist wirklich wichtig! Wann kannst du bei mir sein?*<

>*Darf ich noch duschen und frühstücken? Dann kann ich um 10 Uhr bei dir sein.*<

>*Ausnahmsweise!*<

Was ist denn nur passiert? Es muss schon sehr wichtig sein, wenn sie mir das nicht einfach am Telefon sagen kann. Und diese Gewissheit macht mich zugegebenermaßen sehr unruhig. Nachdem ich geduscht und mich aufgehübscht habe, gehe ich runter in die Küche und muss feststellen, dass ich die erste bin. Der Rest meiner Familie schläft wohl noch. Ich decke den Frühstückstisch, schmeiße ein paar Aufbackbrötchen in den Ofen und setze Kaffee für meine Eltern auf. Wenn ich schon mal dabei bin, kann ich auch direkt noch ein paar Eier kochen. Zwanzig Minuten später taucht meine Mutter hinter mir in der Küche auf.

»Guten Morgen, Lea! Träume ich?«

»Guten Morgen, Mama.« Ich schenke ihr ein Lächeln und kümmere mich weiter ums Frühstück.

»Was ist hier los?«

»Nichts ist los. Ich bin gleich mit Hanna verabredet und dachte, ich mache euch Frühstück.«

»Wie schön! Kannst du gerne öfter machen.«

Meine Mutter schenkt mir ein Lächeln und ich freue mich, dass ich ihr damit wirklich eine Freude bereitet habe. Ich setze mich mit ihr an den Tisch, esse ein Brötchen und unterhalte mich noch ein wenig mit ihr, während sie ihren ersten Kaffee trinkt und darauf wartet, dass sich mein Vater zu ihr gesellt. Kurz darauf, mache ich mich auf den Weg zu Hanna.

Wir sitzen in ihrem Zimmer auf dem Bett und trinken selbstgemachte Limo von ihrer Mama. Ich liebe ihre Mama. Sie macht die leckerste Limo und es gibt immer etwas leckeres Selbstgebackenes, wenn ich bei Hanna zu Besuch bin.

Hanna redet die ganze Zeit von Silvio und wie super sie sich verstehen und wie gut es sich anfühlt, in seiner

Nähe zu sein. Ich höre ihr auch immer gerne zu, aber in diesem Moment bin ich etwas unaufmerksam, weil ich mich die ganze Zeit frage, was Hanna mir eigentlich so dringend erzählen muss. Nachdem sie ihre Gefühlslage in epischer Breite dargelegt hat, platze ich förmlich vor Spannung.

»Hanna, ich freu mich ja wirklich riesig für dich und ich höre auch immer sehr gerne zu, wenn du mir von deinen Gefühlsregungen berichtest, aber ich kann mich darauf gerade nicht so richtig konzentrieren. Was wolltest du mir denn so Wichtiges sagen?«

»Oh ja, sorry!«, lacht Hanna laut los. »Also, sitzt du bequem?«

»Hanna! Du machst mich fertig!«

»Ben ist nicht mehr mit seiner Freundin zusammen. Er hat sich gestern von ihr getrennt.«

»Ist nicht wahr!«, entfährt es mir, während mein Herz augenblicklich einen großen Hüpfer macht und ich mein Glück noch nicht ganz fassen kann. Hat es vielleicht etwas mit mir zu tun und unserer merkwürdigen Situation beim Eislaufen? Hat er es auch gespürt?

»Woher weißt du das denn?«

»Wir hatten gestern Abend Besuch von meiner Family. Levio war auch da und dann habe ich ihn mal ein bisschen ausgequetscht. Ben kam wohl gestern Nachmittag zu den Jungs auf den Schulhof und Levio hat mitbekommen, wie Ben Leon erzählt hat, dass er Schluss gemacht hat. Mehr wusste Levio aber auch nicht dazu.«

Ich schaue Hanna nur ungläubig an, weil es in meinem

Kopf einfach nicht nach einem Zufall klingt, sondern einfach danach, dass ich ihm vielleicht doch etwas bedeute und dass die Blicke, die er mir zuwirft, vielleicht doch nicht nur freundschaftlich sind? Hanna lächelt verschmitzt, weil sie vermutlich genau weiß, was gerade in meinen Kopf vor sich geht, und sie durchbricht mein Gedankenkarussell.

»Wollen wir vielleicht mal zum Gymnasium gehen? Silvio hat mir eben geschrieben, dass er dort ist und gefragt, ob ich auch komme. Vielleicht ist Ben ja auch da?!?«

Hanna und Silvio haben sich schon ein paar Mal allein getroffen und Hanna ist bis über beide Ohren verliebt. Ich freue mich sehr für sie und wünsche mir auch so etwas Wunderbares.

Hanna muss mich nicht lange überreden und so machen wir uns auf den Weg. Wir kommen am Gymnasium an und mir sacken fast die Beine weg, als ich Ben sehe. Er spielt mit den anderen Jungs Basketball. Leon ist auch mit dabei. Er winkt mir zu, Ben dreht sich zu mir um und winkt auch etwas zurückhaltend in meine Richtung. Ich winke kurz zurück und muss mich erstmal sammeln. Er hat mir gewunken. Ich habe das Ganze also doch nicht geträumt. Ben spielt weiter Basketball und nun hat Jan mich auch entdeckt und hört direkt auf zu spielen. Er kommt auf mich zu und begrüßt mich mit Küsschen links und rechts auf die Wange. Was wird das denn jetzt? Neben meiner Tollpatschigkeit ist mein zweitgrößtes Problem, dass ich meine Gesichtskirmes nicht immer so gut unter Kontrolle habe. Das führt dazu, dass mir bei jeder erdenklichen Situation die Gesichtszüge entgleisen und mein Gesichtsausdruck damit zu einem offenen Buch für jedermann wird. In diesem Moment muss ich wohl etwas verwirrt aussehen, denn Jan setzt ein Grinsen über beide Ohren auf.

»Ich habe dich vermisst.«

Das macht es nicht besser. Das geht mir gerade alles zu schnell. Ja gut, ich mag ihn und wir können super quatschen, aber jetzt ist Ben doch gerade Single und wir hatten diesen einen ganz besonderen Moment. Ich kann mich doch jetzt nicht auf Jan einlassen. Vielleicht verspiele ich mir damit die einzige Chance, die ich habe. Ich schaue an Jan vorbei und da steht Ben fünf Meter von uns entfernt. Er hat aufgehört zu spielen und hält den Basketball in der Hand, bespricht etwas mit Leon und schaut immer wieder zu uns. Mir wird das alles zu bunt. Der muss doch denken, dass Jan und ich ein Paar sind, so wie Jan an mir dranhängt. Ich schaue hilfesuchend zu Hanna und sie hat direkt verstanden, was Sache ist. Sie nimmt meine Hand, sagt Jan, dass wir dringend noch etwas erledigen müssen, und zieht mich von ihm weg direkt auf Ben und Leon zu. Sie sehen mich an und Leon ist wohl etwas verwundert, dass wir uns schon wieder auf den Weg machen.

»Wollt ihr schon wieder gehen?«, fragt er.

»Ja, wir haben heute noch was vor«, antwortet Hanna knapp, während mein Blick an Bens schönen Augen klebt und ich nicht mehr klar denken kann. Hinter mir höre ich, wie Jan und Jakob sich nähern und mir wird schon wieder so komisch zu mute.

»Schade!«, sagt Ben mit seinem durchdingenden Blick und einem charmanten Lächeln.

Ich lächle zurück, aber bevor ich etwas sagen kann, taucht Jan hinter mir auf.

»Was habt ihr denn noch Wichtiges zu tun?«, fragt Jan und ich fühle mich ein bisschen von ihm in die Enge gedrängt. Er baut sich neben Ben auf, um seine Besitzansprüche geltend zu machen. Was ist nur los mit den Jungs? Bens und Jans Blicke sind auf mich gerichtet und mein Blick wandert fragend zwischen beiden hin und her. Ich überlege, was ich sagen soll.

»Wir müssen Hannas kleinen Bruder von seinem Freund abholen.«

Was Besseres ist mir nicht eingefallen, aber Jan scheint es zu glauben.

»Achso, alles klar. Bis dann«, verabschiedet er sich.

Bei Ben bin ich mir nicht sicher, ob er mir das abkauft, denn er legt den Kopf leicht schief und schaut mich fragend an. Ich werde das Gefühl nicht los, dass er versucht meine Gedanken zu lesen. Jan hat sich mittlerweile mit Jakob wieder zu den anderen gestellt, aber Ben und ich stehen uns immer noch gegenüber und er hat dieses fragende Lächeln im Gesicht. Ich muss bei seinem Anblick automatisch anfangen zu grinsen und zucke nur kurz mit den Schultern, weil ich glaube, dass ich ihm nicht erklären muss, warum ich so reagiert habe.

Sein Lächeln wird nun zu einem breiten Grinsen, weil er anscheinend genau verstanden hat, dass ich mir hier gerade irgendwas aus den Fingern gesaugt habe, um Jan loszuwerden. Hanna steht noch immer neben mir und gibt mir zu verstehen, dass Jan sich schon wieder nähert. Meine Gesichtszüge entgleisen mal wieder und ich verdrehe die Augen, obwohl ich es eigentlich nicht möchte. Bens Grinsen wird noch breiter. Ich drehe mich zu Hanna, um ihr zu signalisieren, dass wir gehen können.

»Bis bald, hoffentlich!«, höre ich Ben noch sagen, als Hanna und ich im Begriff sind zu gehen.

Ich drehe mich noch einmal zu Ben um und schaue in diese wunderschönen Augen.

»Das hoffe ich auch!«, kommt es von ganz allein aus meinem Mund und ich drehe mich schnell von ihm weg. Hoffentlich sieht er nicht, dass ich anlaufe wie eine Tomate. Hanna und ich machen uns schnell vom Acker. Sie dreht sich noch einmal um, um Silvio zu winken und ihm ein Zeichen zu geben, dass sie heute noch telefonieren können.

Jetzt muss ich Jan nur noch klar machen, dass ich nichts von ihm will. Das wird nicht einfach. Und ich muss Ben irgendwie begreiflich machen, dass ich total auf ihn abfahre. Als wir uns schon etwas vom Schulhof entfernt haben, drehe ich mich nochmal um und sehe, wie Ben und Jan sich unterhalten und es sieht von hier hinten nach einem hitzigen Gespräch aus.

11

Ein Tag später

Ich bin völlig durch den Wind. Mir geht der gestrige Tag nicht aus dem Kopf und geschlafen habe ich vermutlich überhaupt nicht. Meine Gedanken springen die ganze Zeit zwischen Jan und Ben hin und her. Jan scheint ernste Absichten mit mir zu haben und Ben hat mir durch seine Verabschiedung gestern irgendwie signalisiert, dass er mich gerne wiedersehen möchte. Oder habe ich das falsch verstanden? Ich kann keinen klaren Gedanken fassen und an Frühstück ist nicht zu denken, weil mir fürchterlich flau im Magen ist. Ich packe meine Schultasche, verabschiede mich von meiner Mutter, bevor sie mir wieder ein Gespräch aufschwatzen will, und mache mich auf den Weg zur Schule. Meine Schwester ist schon ein paar Minuten vor mir losgelaufen, sodass ich jetzt allein in Ruhe gehen kann. Ich nehme meine Kopfhörer und mache mir Musik über mein Handy an, damit ich mich etwas von meinen Gedanken ablenken kann, aber auch das funktioniert nicht so richtig. Ich gehe diesen Weg jeden Morgen und jeden Morgen hoffe ich, dass ich Ben begegne, aber leider werde ich immer wieder aufs Neue enttäuscht. Wir scheinen immer zu sehr unterschiedlichen Zeiten loszugehen. Wahrscheinlich ist er immer früher unterwegs, weil er noch einen weiten Weg bis zur Gesamtschule vor sich hat. Ich laufe den gewohnten Weg und habe dennoch die Hoffnung, ihn zu sehen – wie jeden Morgen.

Als ich fast unten am Fuße des Hügels ankomme, sehe ich, dass jemand etwas versteckt auf einem Parkplatz zwischen einem Gebüsch und einem Auto steht und wartet. Mir gehen direkt die wildesten Gedanken durch den Kopf. Was ist, wenn ich jetzt entführt werde, oder mich der Typ hinters Auto zieht und… Die Situation macht mich ziemlich nervös und ich will gerade auf die andere Straßenseite wechseln, als meine schlimmen Fantasien ruckartig unterbrochen werden, weil der Typ plötzlich hinter dem Auto hervortritt und auf mich zukommt. Mein Herz bleibt kurz stehen. Es ist Ben. Hat er dort auf mich gewartet? Das kann nicht sein, oder? Aber er kommt direkt auf mich zu. Hilfe! Die Schmetterlinge im Bauch bringen mich um. Ich kann nicht glauben, dass er hier auf mich gewartet hat und in Kauf nimmt, für mich zu spät zur Schule zu kommen. Mir klopft das Herz bis zum Hals, so stark, dass er es eigentlich durch mein T-Shirt schlagen sehen muss. Mein Blick wandert von seinen hübschen, grauen Augen hinunter an seinem weißen Shirt entlang, durch das sich seine Brustmuskeln abzeichnen und dessen Ärmel kurz über seinen definierten Oberarmmuskeln enden. Dazu trägt er eine verwaschene hellblaue Jeans und Turnschuhe. Ich möchte ihm am liebsten um den Hals fallen und jeden einzelnen Körperteil berühren, um zu spüren, wie sich seine Haut anfühlt. Ich habe das Gefühl, die Zeit vergeht in Zeitlupe und ich wünsche mir, dass dieser Moment niemals endet. Vielleicht hätte ich doch besser etwas frühstücken sollen, denn mir wird flau im Magen als die Distanz zwischen uns immer kleiner wird.

»Guten Morgen«, begrüßt er mich mit einem entwaffnenden Lächeln auf dem Gesicht, als er vor mir stehen bleibt.

Ich fühle mich etwas überrumpelt und merke, wie sich ein Lächeln in meinem Gesicht formt, ohne dass ich irgendetwas dagegen tun könnte und antworte:

»Guten Morgen! Bist du nicht etwas spät dran?«

Ben schaut kurz auf den Boden, als würde er sich ertappt fühlen.

»Ja, ich werde wohl etwas zu spät kommen.« Er kratzt sich kurz am Hinterkopf. Kann es sein, dass er nervös ist?

»Schade, dass ihr gestern so schnell wieder gegangen seid. Aber ihr hattet ja einen wichtigen Termin.« Seine Augen funkeln nun und er lacht mich frech an. Sein Blick verrät mir, dass er mir meine gestrige Ausrede nicht abgekauft hat.

»Ich fand es auch sehr schade, aber ich musste einfach weg.« Wieso sage ich das?

»Das habe ich gemerkt. Was war denn los?«, fragt Ben

und schaut mich neugierig an. Was will er von mir hören? Ich will Jan nicht schlecht machen, aber ich möchte ihm auch klarmachen, dass ich nicht an Jan interessiert bin.

»Wie soll ich das jetzt sagen? Ich will nicht schlecht über deinen Freund reden, aber es nervt mich etwas, dass Jan die ganze Zeit an mir klebt.« Ich schaue ihn vorsichtig an, um eine Reaktion in seinen Augen lesen zu können. Vielleicht war es falsch, es so direkt zu sagen, aber es musste einfach raus, damit er weiß, dass ich nichts von Jan will. Was denkt er jetzt bloß von mir?

»Das ist mir auch schon aufgefallen«, antwortet Ben und grinst mich noch immer frech an. Was ist ihm aufgefallen? Dass Jan an mir klebt oder dass es mich nervt?

Ich muss zurück grinsen und dann verabschiedet Ben sich genauso schnell wie er aufgetaucht ist.

»Ich muss jetzt leider los, sonst komme ich richtig zu spät. Sehen wir uns vielleicht heute Nachmittag? Ich bin mit den Jungs in der Stadt.«

»Ja, vielleicht bis später.«

Damit dreht Ben sich mit einem Lächeln im Gesicht um und geht schnell in die andere Richtung. Mein Weg ist nicht mehr weit und ich komme gerade noch pünktlich in der Schule an. Hanna steht vor dem Eingang und wartet auf mich.

»Da bist du ja endlich. Hast du verschlafen?«, fragt Hanna mich.

»Nein, du wirst nicht glauben, was passiert ist.« Der

Schulgong unterbricht unser Gespräch, denn wir müssen in die Klasse. »Ich erzähle es dir in der Pause.«

Natürlich haben wir eine Doppelstunde Mathe und ich raffe mal wieder gar nichts von dem, was mein Lehrer vorne vor der Tafel zu erklären versucht. Er könnte genauso gut Chinesisch reden. Meine Gedanken sind bei Ben. Er hat mich abgepasst. Er wollte mich sehen.

Endlich klingelt es zur Pause. Hanna zieht mich stürmisch am Arm aus der Klasse und wir stellen uns in eine ruhige Ecke, wo uns keiner hören kann.

»Ich will alles wissen!«, fordert Hanna.

»Ben hat mich heute Morgen abgepasst. Er hat in Kauf genommen, dass er zu spät zur Schule kommt, nur um mich zu sehen.«

»Ist ja der Hammer! Was hat er gesagt?«

»Er wollte wissen, warum ich gestern so schnell gegangen bin. Er hat mir die Geschichte mit deinem Bruder nicht abgekauft.«

»Schlauer Mann! Was hast du gesagt?« Hanna platzt fast vor Spannung.

»Ich habe ihm gesagt, dass ich von Jan etwas genervt bin. Dann musste er weiter und hat mich gefragt, ob wir uns vielleicht heute Nachmittag in der Stadt sehen.«

»Das ist ja quasi ein Date!«, Hanna flippt gerade völlig aus und hüpft von einem Bein auf das andere, während ihre Locken dabei wild hin und her wippen. Ich bin schon aufgeregt genug, aber zu sehen, dass Hanna genauso mit mir mitfiebert, lässt die Anspannung in mir bis ins Unermessliche ansteigen.

»Nein, das ist doch kein Date.« Aber in mir drinnen fühlt es sich tatsächlich ein bisschen so an, als hätten wir ein Date.

Hannas Blick wandert an meinem linken Ohr an mir vorbei und sie zieht die linke Augenbraue etwas hoch. Für mich heißt dieser Blick, dass sich jemand nähert. Ich drehe mich um und da steht auch schon Jan vor mir.

»Hey Lea, schade, dass du gestern schon so schnell gehen musstest.« Ich habe ein Déjà-vu. Was ist los mit den Jungs?

»Ja, wir hatten halt noch was vor.«

»Wir treffen uns heute Nachmittag wieder hier am Gymnasium. Kommt ihr auch?«

»Weiß ich noch nicht«, antworte ich. Und bin in diesem Moment so unfassbar erleichtert, dass Jan nicht in der Stadt sein wird. Vielleicht habe ich dann die Gelegenheit, mit Ben nochmal allein zu reden.

Zum Glück erlöst mich der Schulgong und wir gehen wieder zurück in die Klasse.

Der restliche Schultag vergeht glücklicherweise schnell und ich kann es kaum erwarten, Hanna abzuholen, um mit ihr in die Stadt zu gehen. Hanna freut sich auch schon sehr darauf, Silvio wiederzusehen. Als wir am Fußballkäfig ankommen, hämmert mir mein Herz so sehr gegen die Rippen, dass es schon weh tut, denn ich erblicke Ben sofort zusammen mit Leon und anderen Jungs auf dem Fußballfeld. Auf der

Tischtennisplatte sitzen Paula, Kati und Silvio. Wir setzen uns zu ihnen, als ich spüre, dass sich von hinten Leon und Ben nähern. Leon begrüßt mich mit einer Umarmung und Ben steht etwas unschlüssig neben ihm. Ich weiß nicht, was in diesem Moment in meinem Kopf vor sich geht, aber wie aus Reflex mache ich einen Schritt auf Ben zu, lächle ihn an und er versteht den Wink mit dem Zaunpfahl, lächelt zurück, beugt sich ein wenig zu mir hinunter und begrüßt mich mit einem kurzen Kuss auf die Wange. Ich glaube, ich bin knallrot, denn mein Gesicht fühlt sich brennend heiß an und ich kann die Wärme seiner Wange noch auf meiner Haut spüren.

»Schön, dass du es geschafft hast«, sagt Ben zu mir. Ich kann nicht aufhören zu grinsen und ich spüre Leons neugierigen Blick von der Seite auf mir.

»Hab' ich was verpasst?«, fragt Leon jetzt. Und Ben antwortet nur trocken.

»Nein, ist privat.« Ben und ich müssen lachen und Leon schüttelt nur den Kopf.

»Ich versteh' gar nichts mehr.« Er dreht sich weg, um weiter Fußball zu spielen.

»Ich geh noch eine Runde spielen, aber bitte nicht wieder so schnell verschwinden.« Ben schenkt mir ein unwiderstehliches Lächeln und ich schmelze förmlich dahin. Was macht Ben mit mir? Ich habe das Gefühl, mein Körper gehört nicht mehr mir, denn er sehnt sich danach, Ben festzuhalten und zu küssen.

»Versprochen!«, antworte ich leise, denn meine Stimme versagt vor lauter Emotionen. Ben dreht sich um und spielt mit Leon und den anderen weiter Fußball.

Hanna hat natürlich alles genauestens beobachtet.

»Siehst du, doch ein Date!«

»Ich weiß gerade nicht mehr, wo oben und unten ist. Der Kerl macht mich völlig verrückt.«

Da mischt sich Silvio in das Gespräch ein: »Also, wenn ich das so beobachte – aus Männersicht – würde ich mal sagen, der Kerl steht auf dich.«

Mein Gesicht läuft schon wieder knallrot an bei Silvios Worten. Ich beobachte Ben, wie er gekonnt den Fußball ins Tor schießt. Er sieht einfach umwerfend aus und wenn er läuft, zeichnen sich seine Muskeln durch sein Shirt ab. Oh Mann, lass diese Bilder in meinem Kopf verschwinden. Ich kann keinen klaren Gedanken mehr fassen. Ich starre Ben an und wenn sich unsere Blicke treffen, schenkt er mir ein charmantes Lächeln. Am liebsten würde ich ihn vom Spielfeld zerren und mit ihm irgendwo hingehen, wo wir allein sind.

Die Jungs machen eine Spielpause und kommen zu uns zur Tischtennisplatte. Ben setzt sich neben mich und unsere Arme berühren sich. Es durchfährt mich wie ein Blitz und im gleichen Augenblick schauen wir uns an und Ben schenkt mir einen sehnsüchtigen Blick. Er schaut mir tief in die Augen und sein Blick wandert kurz zu meinem Mund. Ich wünsche mir nichts mehr auf der Welt, als diese Lippen mit meinen berühren zu dürfen. Ich löse kurz meinen Blick von Ben, weil ich mich beobachtet fühle. Vor uns steht Leon und er hat wieder dieses blöde Grinsen drauf.

»Leon, geht's dir nicht gut?«, frage ich grinsend.

»Doch, mir geht's super. Ich würde nur zu gerne wissen, was ich hier verpasst habe.«

Ich schaue zu Ben, der noch immer neben mir sitzt und seinen Arm nicht bewegt hat, seit wir uns berührt haben, sodass ich die ganze Zeit die Wärme seiner Haut spüre und ich genieße jede einzelne Sekunde. Ben erwidert meinen Blick, lächelt und grinst dann Leon an.

»Du hast nichts verpasst. Ich wollte nur mal deine beste Freundin näher kennenlernen.«

Ich schaue etwas irritiert zu Leon.

»Beste Freundin? Hmm? So redest du von mir? Das ist ja total süß! Mir kommen gleich die Tränen!«

Leon kann sich das Lachen nicht verkneifen.

»Natürlich bist du meine beste Freundin. Immer gewesen. Ich hab' ja schließlich keine anderen Freundinnen.«

»Na super! Du schaffst es immer wieder, mir innerhalb einer Sekunde all meine Illusionen zu zerstören!«, entgegne ich lachend. Ich spüre Bens Blick auf mir und als ich meinen Kopf in seine Richtung drehe, treffen sich unsere Blicke und in seinen Augen liegt so viel Wärme, dass ich mich fühle, als würde mich jemand in eine warme Decke einhüllen. Es ist so ein intimer Moment und ich vergesse alles um mich herum, bis ich eine mir bekannte Stimme höre. Ben löst den Blick von mir und sein Lächeln verschwindet augenblicklich aus seinem Gesicht. Jan ist auf dem Spielplatz aufgetaucht. Er kommt auf uns zu und sieht nicht besonders begeistert aus. Er begrüßt mich mit Küsschen auf die Wange und Ben mit Handschlag.

»Hey Ben, kommst du mit Fußball spielen?«

»Ja, sicher!« Ben zuckt leicht mit den Schultern, löst seinen Blick von mir und steht auf, um mit Jan aufs Spielfeld zu gehen. Augenblicklich entsteht ein kaltes Gefühl an meinem Arm, genau an der Stelle, wo noch eine Sekunde zuvor Bens warmer Arm an meinem ruhte. Jan zieht Ben am Arm zu sich und zischt ihm etwas ins Ohr. Bens Gesichtsausdruck verfinstert sich und lässt erahnen, dass er wütend ist. Hat es etwas damit zu tun, dass Ben und ich gerade so vertraut auf der Tischtennisplatte saßen? Ist Jan eifersüchtig? Ich hoffe nur, Ben lässt sich davon nicht einschüchtern.

Ich kann noch beobachten, dass Ben wütend auf Jans Worte reagiert und ihm etwas zu erklären versucht. Ich will das alles nicht sehen. Jan soll sich zurückhalten. Er hat keine Besitzansprüche geltend zu machen. Ich gehöre ihm nicht. Ben dreht sich kurz zu mir um und unsere Blicke treffen sich. Aber ich kann diesen Blick nicht deuten. Der Zauber von vorhin ist verflogen und ich bin wütend auf Jan. Er hat kein Recht, dazwischen zu gehen, wenn ich mich mit einem Jungen unterhalte.

Als die Jungs eine Pause einlegen, kommen sie wieder zu uns zur Tischtennisplatte. Jan setzt sich demonstrativ neben mich, aber ich habe nur Augen für Ben, der mir gegenübersteht und meinen Blick erwidert.

»Warum bist du nicht zum Schulhof gekommen?«, möchte Jan von mir wissen.

»Weil ich mit Hanna in die Stadt wollte«, entgegne ich, während mein Blick noch immer an Bens schönen Augen klebt.

»Aber ich hab' gehofft, dass du kommst. Hab' dich ja heute Morgen in der Schule extra gefragt.« Jetzt wird es mir echt etwas zu anstrengend. Ich löse widerwillig meinen Blick von Ben und sehe Jan direkt in die Augen.

»Jan, ich mache das, wonach mir ist. Und heute wollte ich einfach mit Hanna in die Stadt. Sorry!« Meine Tonlage ist etwas aufgebracht. Ich hoffe, Jan hat es verstanden, denn ich kann es nicht ertragen, dass er mich so bedrängt. Ich mag ihn wirklich, aber wir sind nicht zusammen und er kann mir hier keine Szene machen. Dazu hat er kein Recht.

Jan zuckt bei den Worten leicht zusammen. »Okay, dann halt nicht.«

Mit diesen Worten steht Jan auf und geht mit hängenden Schultern aufs Spielfeld zu Jakob. Ben steht immer noch vor mir und beobachtet mich wartend, ohne etwas zu sagen. Ich fühle mich schlecht. Ich wollte Jan nicht so anzicken, aber er kann auch nicht hier aufkreuzen und sich wie mein Freund aufspielen.

»War das zu hart?«, frage ich Ben.

»Nein, es war deutlich. Aber ich glaube, es wird ihn nicht davon abhalten, es weiter bei dir zu versuchen«, antwortet Ben mit einem traurigen Blick. Seine

Ehrlichkeit bringt mich fast um.

Ben schenkt mir ein müdes Lächeln, zuckt kaum merklich mit den Schultern und dreht sich um, um mit den Jungs weiter Fußball zu spielen. Ich bin verwirrt und versuche, meine Gedanken zu sortieren. Ben weiß, dass Jan mich mag. Und Jan scheint seinen Standpunkt klar gemacht zu haben. So wie es scheint, legt Ben sehr viel Wert auf die Freundschaft mit Jan, denn die zwei unterhalten sich schon wieder sehr energisch und dabei landen immer wieder Blicke der beiden bei mir. Ich möchte nicht, dass sie über mich reden. Wenn Ben aber wirklich etwas für mich empfinden sollte, dann muss er doch keine Rücksicht auf Jan nehmen. Ich bin ja nicht mit ihm zusammen. Was hält Ben ab? Ich merke doch, dass da etwas ist.

Ich gucke mir das Spektakel noch eine Weile an, bis es mir zu viel wird und ich Hanna frage, ob sie mit mir nach Hause geht.

»Bist du mir böse, wenn ich noch bleibe?«, fragt Hanna vorsichtig?

Wie kann ich ihr böse sein, wenn ich sehe, wie glücklich sie ist, Zeit mit Silvio verbringen zu können.

»Nein, alles gut. Du kannst mich ja nachher anrufen, wenn du zu Hause bist.«

»Mache ich.« Hanna drückt mich fest an sich. Ich verabschiede mich von Silvio, Paula und Kati und schaue zum Spielfeld. Ben und Leon haben bemerkt, dass ich auf dem Sprung bin, und kommen kurz zu mir. »Gehst du schon?«, fragt Leon.

»Ja, ich muss noch was für die Schule machen.« Das ist nicht einmal gelogen. Die Mathehausaufgaben stehen noch an.

Ben lächelt mich traurig an. Irgendwas ist hier passiert. Ich nehme Leon zum Abschied in den Arm und dann wende ich mich Ben zu. Sein Blick bringt alles in mir zum Kribbeln und ich stehe unschlüssig da, weil ich nicht weiß, wie ich mich von ihm verabschieden soll. Ein flüchtiger Kuss auf die Wange fühlt sich in diesem Augenblick für mich einfach nicht richtig an, nachdem wir eben diesen Moment der Nähe hatten. Da war etwas Besonderes zwischen uns. Ich verringere langsam den Abstand zu ihm und lege meine Hände an seine Schultern. Ben erwidert meine Umarmung und wir halten uns einen Moment fest. Einen Moment zu lange, denn in mir explodiert ein Feuerwerk, als ich seine warme Wange an meiner spüre und er mit seiner Hand auf meinem Rücken meinen Oberkörper sanft an seinen drückt. Ich habe die Augen geschlossen und genieße jede Sekunde dieser Berührung. Wenn Ben doch gerne Zeit mit mir verbringen möchte, könnte er mich doch einfach fragen, ob wir uns allein treffen. Ich traue mich einfach nicht, ihn nach einem Daten zu fragen, aber ich würde es so gerne aus seinem Mund hören und einen schüchternen Eindruck macht er mir nicht unbedingt. Also, was hält ihn ab? Ist es wegen Jan oder steckt noch etwas anderes dahinter? Dann spüre ich, wie Ben seinen Kopf leicht neigt und höre ihn leise in mein Ohr flüstern:

»Schade, dass du schon gehen musst.«

Ich habe Gänsehaut am ganzen Körper. Ich lehne meinen Kopf gegen seinen, um ihn ganz nah zu spüren und flüstere zurück:

»Ich finde es auch sehr schade!« Als ich die Augen öffne, sehe ich wie hinter Ben Jan mit einem wütenden Blick auf uns zugelaufen kommt. Mit einem leicht genervten Seufzer löse ich mich aus der Umarmung mit Ben, die gefühlt fünf Minuten gedauert hat und in diesem Moment baut sich Jan neben Ben auf. Nicht schon wieder dieser Machtkampf. Das ist zu viel für meine Nerven. Ich habe keine Lust auf irgendwelche Fragen von Jan und verabschiede mich kurz und knapp mit Küsschen auf die Wange von ihm.

»Ich muss los. Bis bald.« Mit diesen Worten drehe ich mich um, schenke Ben noch einmal einen tiefen, sehnsüchtigen Blick, den er erwidert, und laufe los. Ich habe zum Glück meine Kopfhörer dabei und versuche, mich mit lauter Musik irgendwie abzulenken.

Es hätte heute so schön werden können. Als Ben und ich uns begrüßt haben, hatte ich das Gefühl, dass der Tag noch viele Überraschungen parat hält. Dass diese Überraschungen dann so aussehen würden, hatte ich allerdings nicht vermutet. Ben und ich hätten uns fast geküsst. Es fehlte nicht viel und ich bin mir ganz sicher, dass Ben es auch wollte. Und dann kommt Jan wieder dazwischen und Ben zieht sich zurück. Und dann diese innige, liebevolle Umarmung. Das darf doch alles nicht wahr sein. Ich bin kurz versucht umzudrehen, Jan meine

Meinung zu sagen, mir Ben zu schnappen und mit ihm durchzubrennen. Nur leider fehlt mir dafür der Mut.

Als ich zu Hause ankomme, verschwinde ich lautlos in meinem Zimmer, um den Fragen meiner Mutter zu entgehen. Ich schließe die Tür leise hinter mir und lasse mich rücklinks aufs Bett fallen. Sobald ich die Augen schließe, habe ich Ben vor mir und spüre noch immer unsere Umarmung. Um mich ein wenig abzulenken, nehme ich mir meine Mathehausaufgaben vor. Meine Gedanken machen mich wahnsinnig. Jan – Ben – Jan – Ben. Das geht so nicht weiter.

12

Drei Tage später

Seit Montag habe ich Ben nicht mehr gesehen. Ich hatte gehofft, er würde mich vielleicht morgens nochmal auf dem Schulweg abpassen, aber leider ist das nicht passiert.

Jan stellt sich in den Pausen immer zu uns und wir unterhalten uns locker. Er hat mir wohl meinen Gefühlsausbruch von Montag verziehen und verhält sich so, als wäre nichts gewesen. Aber er ist auch nicht mehr ganz so anhänglich. Vielleicht hat er es ja verstanden und lässt mir jetzt einfach meinen Raum. Ich mag ihn ja wirklich sehr, aber auf seine Annäherungsversuche habe ich gerade keine Lust. Ich kann damit nicht umgehen, weil meine Gedanken die ganze Zeit nur bei Ben sind. Darum bin ich umso erleichterter, dass er gerade etwas lockerer drauf ist.

Hanna und ich sind nach der Schule verabredet. Wir müssen mal wieder raus und wollen ein Eis in der Stadt essen gehen und ein bisschen quatschen. Hanna schwärmt die ganze Zeit von Silvio und wie schön es ist, mit ihm Zeit zu verbringen. Sie scheinen wunderbar zusammen zu passen. Denn sie verstehen sich blind.

Wir sitzen im Café und es ist heute nicht viel los. Also können wir ungestört quatschen, unsere Eisschokolade genüsslich trinken und die Zeit genießen, die wir zusammen als Freundinnen verbringen können. Nach einer Stunde verlassen wir das Café und laufen noch ziellos ein wenig durch die Stadt, als uns Leon und Ben entgegenkommen. Mein Herz bleibt kurz stehen und meine Atmung setzt aus bei seinem Anblick. Wenn er läuft, sieht er einfach immer so sexy aus, dass ich weiche Knie bekomme. Leon sieht uns auch schon von Weitem.

»Hey Lea, alles klar?«

»Ja, sicher. Und bei euch?«, frage ich zurück, nehme Leon in den Arm und blicke dann zu Ben. Unsere Blicke treffen sich, aber er steht relativ unbeteiligt neben Leon. Ich überlege kurz, ob ich ihn auch in den Arm nehme, aber irgendetwas in seinem Blick hält mich davon ab. Er lächelt ein vorsichtiges, schiefes Lächeln, nickt mir kaum merklich zu, sagt aber keinen Ton. Nur sein Blick sagt mir, dass ihm die Situation gerade unangenehm ist und dass er am liebsten verschwinden möchte. Ich fühle einen Stich in meinem Herzen und ich sehe wieder zu Leon. Leons Blick ist ernst und ich kann ihn nicht ganz einordnen.

»Was habt ihr vor?«, fragt er.

Hanna merkt, dass ich mit meinen Gedanken beschäftigt bin, und übernimmt das Antworten für mich.

»Wir waren Eis essen und sind auf dem Weg nach Hause.«

»Ach, alles klar. Dann macht euch noch einen schönen Nachmittag. Bis bald«, höre ich Leon sagen. Dann schiebt er noch einen kurzen Satz hinterher.

»Ich melde mich bei dir, Lea!«

Ich blicke Leon an, versuche zu lächeln und nicke ihm zu. Dann wandert mein Blick wieder zu Ben. Er lächelt schwach, wendet sich ab und verschwindet dann mit Leon. Ich bleibe sprachlos stehen und schaue den beiden verwirrt hinterher.

Hanna zupft mir am Ärmel, um mir zu signalisieren, dass ich weitergehen soll, aber ich kann mich nicht vom Fleck bewegen. Ich starre ihnen noch immer hinterher, als Ben sich umdreht, meinen Blick einfängt und kaum merklich mit den Schultern zuckt. In meinem Blick müssen tausend Fragezeichen stehen, aber Ben dreht sich wieder nach vorne und geht weiter.

Hanna zieht mich nun quer durch die Stadt und schiebt mich auf eine Parkbank zu, auf die sie mich vorsichtig platziert. Sie befürchtet, dass ich gleich umkippe, denn meine Farbe muss mir wohl aus dem Gesicht gewichen sein.

»Was war das? Was ist denn da seit Montag passiert?«, frage ich Hanna. »Wieso ist er heute so kühl zu mir? Und was hat dieses Schulterzucken zu bedeuten? Hast du am

Montag noch irgendwas mitbekommen, als ich schon weg war?«

»Ben und Jan haben sich noch eine Weile unterhalten. Ich konnte nicht hören, worüber sie geredet haben, aber Jan sah ziemlich angepisst aus. Das konnte man von Weitem sehen. Ben und Leon haben danach noch eine Weile zusammen in einer Ecke gesessen und sind dann irgendwann zusammen gegangen. Mehr weiß ich auch nicht.«

Hanna zuckt mit den Schultern und nimmt mich tröstend in den Arm.

13

Eine Woche später

Endlich Herbstferien. Ich kann eine kleine Auszeit von der Schule gerade wirklich gut gebrauchen. In meinem Kopf arbeiten so viele Dinge, dass echt kein Platz mehr für Schulstoff ist. Seit Montag bin ich fast jeden Tag mit Hanna unterwegs und wir gehen durch die Stadt, von einem Treffpunkt zum nächsten. Aber Ben taucht nirgendwo auf. Er scheint wie vom Erdboden verschluckt zu sein. Mich beschäftigt noch immer unsere Begegnung in der Stadt. Er war so unbeteiligt und emotionslos. Das macht alles keinen Sinn. Ein paar Tage zuvor möchte er Zeit mit mir verbringen und er bittet mich darum, nicht so schnell zu verschwinden. Und dann erst diese Umarmung, die mich völlig aus dem Gleichgewicht geworfen hat. Aber dann, ein paar Tage später ignoriert er mich komplett. Das kann doch nicht allein nur etwas mit Jan zu tun haben. Er war ja nicht dabei. Ben hätte mich doch wenigstens begrüßen können. Irgendwie! Oder zumindest was sagen können!

Ich sollte Ben einfach vergessen! Der Kerl ist nicht gut für mich! Seine unterschiedlichen Signale, die er mir sendet, kann ich nicht einordnen und sie verwirren mich. Vielleicht sollte ich mich doch lieber an Jan halten. Seine Signale kann man jedenfalls absolut nicht falsch deuten! Hanna und ich haben ihn hin und wieder auf dem Spielplatz getroffen und ich habe mich immer locker mit ihm unterhalten. Aber ich bin weiterhin distanziert ihm gegenüber, weil ich mich etwas eingeengt von ihm fühle und ich meine Gefühle vorerst noch sortieren muss.

Heute ist Donnerstag. Ich habe schon ein bisschen was für die Schule gelernt und meine Mutter ist froh, wenn meine Schwester und ich nicht die ganze Zeit zu Hause rumhängen und sie mit unserer lauten Musik und dem Gejaule – wie sie es nennt, wenn wir alle Lieder lautstark mitsingen – quälen.

Ich bin mit Hanna verabredet. Silvio ist in den Herbstferien zu seiner Familie nach Italien gefahren und Hanna kommt um vor Sehnsucht. Also ist mein Job als gute Freundin, sie zu beschäftigen. Weil heute ein wunderschöner, warmer Herbsttag ist, fahren wir mit dem Bus in die nächstgelegene Großstadt zum Shoppen. Ich brauche dringend neue Klamotten und Hanna und ich müssen mal etwas anderes sehen. Ich kann nicht die ganze Zeit durch die Stadt laufen, in der Hoffnung an irgendeiner Ecke Ben zu sehen. Um dann im nächsten Augenblick Angst zu haben, dass er mich wieder ignorieren könnte. Nachdem wir ein paar Minuten mit dem Bus gefahren sind, steigen wir in die Straßenbahn um und erreichen eine halbe Stunde später den Hauptbahnhof. Noch kurz ein paar Stationen mit der U-Bahn und wir sind im Gewusel der Innenstadt angekommen. Ich bin immer wieder überwältigt, wie viele Menschen hier eilig über die Straßen laufen und von einem Geschäft zum nächsten rennen. Hanna und ich haben es zum Glück nicht eilig und gehen in die drei Läden, in denen wir grundsätzlich immer was Schönes finden. Nach der erfolgreichen Shoppingtour holen wir uns als krönenden Abschluss eine Pommes auf die Hand und schlendern ein bisschen durch die Stadt, finden eine freie Bank auf einem großen Platz, schauen dem bunten Treiben noch eine Weile zu und genießen die späte Herbstsonne auf der Haut, bis wir uns kurze Zeit später wieder auf den Rückweg machen.

Es ist schon Nachmittag, als wir im Bus in Richtung Heimat sitzen und ich eine Nachricht von Paula bekomme.

>*Hey, Kati und ich sind im Stadtpark mit ein paar Leuten. Kommt ihr vorbei?*<

Hanna und ich müssen nicht lange überlegen.

>*Ja klar, brauchen aber noch zwanzig Minuten.*<

In den letzten Tagen haben Paula und Kati sich immer wieder mal im Stadtpark mit ein paar Jungs aus der Stufe über uns getroffen. Paula hat da ein Auge auf einen Kerl geworfen.

Wir fahren mit dem Bus direkt in die Innenstadt, steigen aus und müssen dann nur noch fünf Minuten laufen bis wir den Stadtpark erreichen. Inmitten des Parks befindet sich ein großer Platz, umgeben von alten Bäumen, der im Sommer gerne für große Veranstaltungen und Konzerte genutzt wird. Von Weitem können wir schon Kati und Paula umringt von ein paar Jungs sehen. Ein paar Meter entfernt stehen noch ein paar andere Jungs. Ich erkenne Jakob und Finn und ein Junge steht mit dem Rücken zu mir, aber ich erkenne ihn sofort. Wir begrüßen Paula, Kati und die anderen und mein Blick wandert immer wieder zu den anderen und zu Ben. Jakob und Finn haben uns entdeckt und winken uns zu. Ben dreht sich zu mir um und da passiert es wieder. Er haut mich einfach um und meine Knie werden weich. Er schaut mich an, nickt mir kurz mit einem zurückhaltenden Lächeln zu und dreht sich dann wieder zu seinen Jungs. Warum ist er denn schon wieder so distanziert? Jan ist ja gar nicht in der Nähe. Ich versuche, mich auf die anderen Leute zu konzentrieren, aber ich merke, dass Ben immer wieder zu mir sieht, denn ich spüre seinen Blick, der sich quasi wie ein Laser durch meinen Rücken zu bohren scheint. In genauso einem Moment drehe ich mich um und Ben steht direkt hinter mir. Mein Herzschlag setzt kurz aus. Er kommt weiter auf mich zu und verringert den Abstand zwischen uns. Ganz nah vor mir kommt er zum Stehen und schaut mich durchdringend mit seinen schönen Augen an. Ich muss mich kurz daran erinnern, weiter zu atmen. Er steht so eine Weile vor mir, ohne etwas zu sagen, und schaut mich einfach nur an. Ich krieg sowieso keinen Satz zustande, weil ich Schnappatmung habe.

»Hi, wie geht's?«, höre ich Ben leise fragen.

»Gut, und dir? Ist bei dir alles in Ordnung?« Habe ich das jetzt wirklich gefragt?

Ben schaut mich nachdenklich an, zieht die Augenbrauen hoch und neigt den Kopf leicht zur Seite. Er atmet tief durch und sein Blick ruht noch immer auf meinem.

»Ähm, ja sicher. Wieso fragst du?«

»Naja, bei unserer letzten Begegnung hatte ich das Gefühl, irgendetwas ist passiert.«

Ben lächelt schief und kratzt sich am Kopf. Sein Blick noch immer fest auf mich gerichtet

»Du hast recht! Es ist so,…« Ben stockt und er scheint die passenden Worte zu suchen. Ich schaue ihm in seine Augen und ziehe die Augenbrauen leicht hoch, um ihm zu signalisieren, dass ich ihm zuhöre, wenn er mir etwas sagen möchte. Nach einer gefühlten Ewigkeit spricht Ben weiter.

»Es liegt an mir. Ich habe… Es ist kompliziert.«

Ich hoffe, er erklärt mir, was kompliziert ist. Die Situation mit Jan? Oder was ist es, was dazu führt, dass er sich immer wieder so zurückzieht? Ben scheint allerdings nicht weiter auf das Thema eingehen zu wollen, also belasse ich es einfach dabei. Vielleicht ist es nicht der richtige Ort oder Zeitpunkt, um darüber zu reden. Ich nicke langsam, um ihm zu zeigen, dass ich es akzeptiere, dass er nicht weiter auf das Thema eingehen möchte.

»Bist du die ganzen Ferien über zu Hause, oder fährst du weg?«, fragt Ben, um das Thema zu wechseln.

»Ich bin zu Hause.«

»Vielleicht sehen wir uns dann ja nochmal.«

»Ja, vielleicht. Das wäre schön.« Oh, da war ich aber jetzt mutig. Wo kam das denn her? Bens Blick erhellt sich bei meinen Worten, als würde sich der dunkle Schatten, der seine Gedanken zuvor vernebelt hat, verziehen und er lächelt mich breit an. Seine Augen strahlen bei diesem Lächeln wie Diamanten. Ich könnte mich in ihnen verlieren.

Im Augenwinkel sehe ich, wie sich jemand nähert und Bens Lächeln friert auf seinem Gesicht ein. Er schüttelt leicht den Kopf, während seine Augen noch auf mich gerichtet sind, und begrüßt dann Jan, der sich neben ihm aufgebaut hat. Ich begrüße Jan wie üblich und wende mich wieder Ben zu, aber ich sehe in seinem Blick, dass er sich schon wieder innerlich zurückgezogen hat und Jan den Vortritt lässt. Nun bin ich diejenige, die kaum merklich den Kopf schüttelt. Ben lächelt schwach, zuckt ganz leicht mit den Schultern und wendet sich von mir ab.

Das darf doch alles nicht wahr sein. Ich blicke bei ihm nicht durch. Warum lässt Ben sich von Jan so einschüchtern? Ben muss doch merken, dass ich ihn will und nicht Jan. Ben stellt sich wieder zu Jakob und Finn und beachtet mich nicht mehr. Jan redet neben mir auf mich ein, aber ich kann ihm nicht folgen. Meine Gedanken fahren Achterbahn und ich kann keinen klaren Gedanken fassen. Jan merkt zum Glück irgendwann, dass ich etwas abwesend bin.

»Hey, hörst du mir überhaupt zu?«

»Sorry, ich bin etwas in Gedanken.«

»Ja, das merke ich. Ich muss los. Sehen wir uns die Tage?«

»Vielleicht. Mal sehen«, antworte ich lahm. Aber Jan scheint es nicht zu merken.

»Alles klar! Bis bald!«, verabschiedet er sich von mir und geht zu Jakob, Finn und Ben. Alle Vier verlassen den Stadtpark zusammen. Jakob und Finn winken Hanna und mir noch zum Abschied zu, aber Ben sieht nur kurz zu mir ohne eine Regung in seinem Gesicht und verschwindet.

Jetzt bin ich echt sauer. Es ist jedes Mal dasselbe. Erst gibt er mir zu verstehen, dass er sich freut, mich zu sehen und mich wiedersehen will, dann taucht Jan auf und er ist wie ausgewechselt. Das halte ich nicht aus.

»Hanna, willst du noch bleiben?«

»Nein, wir können gehen. Was war das denn eben?«

»Frag mich nicht. Ich hab' auch echt keinen Bock mehr, mir Gedanken darüber zu machen, ob Ben gerade Lust hat mit mir zu reden, oder mich lieber ignorieren will. Das ist mir zu anstrengend.«

»Ist schon merkwürdig, wie er sich verhält. Wenn er dich will, dann muss er halt mal den Arsch in der Hose haben und Jan sagen, dass er sich raushalten soll.«

»Ja, so sehe ich das auch. Aber wenn er sich so einschüchtern lässt, hab' ich auch keine Lust mehr. Was soll ich denn mit so einem Kerl?«, frage ich Hanna sichtlich enttäuscht.

»Vielleicht steckt ja noch irgendwas anderes dahinter.«

»Was meinst du?«, frage ich Hanna, weil ich das Gefühl nicht loswerde, dass sie vielleicht mehr weiß.

»Ich weiß auch nicht. Ben weiß ja, dass du Jan nicht willst. Also muss er sich ja auch nicht für Jan zurückhalten.«

»Ja, richtig! Und weiter?«

»Keine Ahnung. Ben lebt ja erst seit ein paar Monaten hier.«

»Echt? Das hast du mir noch gar nicht erzählt«, erwidere ich etwas verwirrt.

»Silvio war gestern Abend mit seiner Familie bei uns zum Essen und ich habe versucht, ihn etwas über Ben auszuquetschen, aber viel habe ich nicht rausbekommen. Nur, dass er vor einem halben Jahr mit seiner Mutter hierhergezogen ist und dass Ben anfangs ziemlich verschlossen war. Leon hat sich dann schnell mit ihm angefreundet und nach und nach ist Ben aufgetaut.«

»Okay. Das hört sich ja erstmal nicht so besonders ungewöhnlich an.«

»Ja, das habe ich mir auch gedacht. Aber vielleicht ist Ben die Freundschaft zu Jan und den anderen einfach so wichtig, weil er hier sonst niemanden hat.«

»Ja, das kann natürlich sein«, antworte ich nachdenklich.

Wir verabschieden uns von Paula, Kati und den

anderen und gehen langsam nach Hause.

»Hey, lass den Kopf nicht hängen. Vielleicht ist er dann doch einfach nicht der Richtige für dich.«

»Ja, mag sein. Aber traurig macht mich das alles trotzdem«, gebe ich zu.

»Das weiß ich. Wir sehen uns morgen. Und wenn was ist, ruf mich an, okay?«

»Mach ich. Bis morgen.« Hanna drückt mich fest an sich und verschwindet anschließend in ihrem Haus.

14

Zwei Wochen später

Ich hatte so gehofft, Ben in den Ferien nochmal über den Weg zu laufen, aber ich hatte kein Glück. Weder im Fußballkäfig noch am Schulhof oder im Stadtpark. Er scheint wie vom Erdboden verschluckt zu sein. Vielleicht ist es auch besser so. Denn dieses Hin und Her zieht mich total runter.

Jan ist dafür ziemlich präsent. Er schleicht in jeder Schulpause um mich herum und quatscht mit mir. Ich muss gestehen, dass ich seine Gesellschaft genieße. Es fühlt sich so leicht mit ihm an. Aber dieses kribbelnde und überwältigende Gefühl, das Ben in mir weckt, habe ich einfach nicht bei Jan. Allerdings habe ich mit Ben auch noch nie länger als fünf Minuten gesprochen und wer weiß, ob wir uns überhaupt etwas zu sagen haben. Mit Jan geht das auf jeden Fall von ganz allein. Wir kommen von einem Thema zum nächsten und quatschen über dies und das. Musik, die Welt, die Nachrichten. Einfach über alles. Ich genieße die Aufmerksamkeit, die er mir schenkt und es fühlt sich gut an, dass Jan nur Augen für mich hat und ihm alle anderen Mädchen, die sich immer in seiner Nähe aufhalten, egal zu sein scheinen.

In der Schulpause kommt Jan auf mich zu. Irgendwie macht er einen nervösen Eindruck. Er spielt die ganze Zeit mit seinen Händen und kratzt sich zwischendurch am Kopf. Als er vor mir stehenbleibt, lächelt er mich schüchtern an. Was kommt denn jetzt?

»Hi Lea, hast du Lust, die Tage mal mit mir ein Eis essen zu gehen?«, fragt Jan vorsichtig.

Oh ha… Fragt er mich jetzt nach einem Date? Hilfe! Was mache ich denn jetzt? Ich will doch eigentlich Ben, aber er macht sich rar und ich komme nicht an ihn ran. Und falls er Interesse an mir hätte, dann hätte er ja genug Möglichkeiten gehabt, mich anzusprechen oder anzuschreiben. Oder mich über Leon nach meiner Nummer zu fragen oder was weiß ich. Aber ich traue mich auch nicht, ihn einfach anzuschreiben. Und nach unserer letzten Begegnung hatte ich ja die Hoffnung, dass er mal aus sich rauskommt und die Initiative ergreift. Es klang ja schon so, als wolle er mich wiedersehen, aber dafür muss er dann ja auch mal aktiv werden. Und dann einfach zu verschwinden, ohne sich richtig von mir zu verabschieden und sich anschließend nirgendwo mehr blicken zu lassen, hilft nicht besonders. Das alles führt zu nichts. Ich kann auch nicht ewig Ben hinterherrennen und dabei alles andere um mich herum ignorieren und abblocken. Also gebe ich mir einen Ruck.

»Ja, das können wir gern machen«, antworte ich Jan und seine Gesichtszüge entspannen sich zusehends.

»Echt? Cool! Dienstagnachmittag in der Eisdiele in der Stadt?«

»Ja, abgemacht.«

15

4 Tage später

Dienstagmorgen. Die Sonne ist noch nicht aufgegangen und ich liege wach im Bett, die Decke bis ans Kinn gezogen. Ich bin nervös. Das ist mein erstes richtiges Date und eigentlich nicht mit dem Typen, mit dem ich mein erstes Date verbringen möchte. Was mache ich denn, wenn Jan mich küssen möchte? Bin ich dazu überhaupt schon bereit? Mein erster Kuss soll doch etwas Besonderes sein, mit einem ganz besonderen Menschen. Mit meiner großen Liebe! Und so wie es um mich steht, möchte ich eigentlich nur Ben küssen und sonst niemanden. Mein Herz pocht etwas schneller als gewöhnlich, weil ich mir wirklich nicht sicher bin, ob es das Richtige ist, was ich tue. Jan ist ein lieber Kerl. Aber mehr? Will ich das denn wirklich herausfinden? Kann ich vielleicht einfach plötzlich Magen-Darm bekommen und muss mich in mein Zimmer einsperren? Es hilft alles nichts. Mit einem tiefen Atemzug schwinge ich mich aus dem Bett und stehe dann im Bad vor dem Spiegel. Dort schaut mich ein verschlafenes Mädchen mit völlig zerzausten Haaren an. Ich zwinge mich, mein Spiegelbild anzulächeln und sage: »Lea, das kriegen wir hin!«

Nachdem Jan in der Schule schon die ganze Zeit an mir klebte und mir ständig sagte, dass er sich schon wahnsinnig auf den Nachmittag mit mir freue, habe ich nun tatsächlich langsam das Gefühl, dass ich krank werde und gleich die Kloschüssel umarmen muss. Ich mag Jan und möchte mich auch wirklich gern mit ihm treffen, aber andererseits sind meine Gedanken die meiste Zeit bei Ben. Er macht sich Hoffnungen, dass aus uns etwas werden kann, aber ich bin mir da momentan wirklich nicht sicher. Jan wäre eigentlich nur die Ersatzlösung. Es klingt hart, es so auszusprechen, aber leider ist es so. Ich muss dringend nochmal mit Hanna reden. Ich schreibe ihr schnell eine Nachricht, bevor ich mich mit Jan treffe.

>Meinst du, es ist richtig, was ich hier mache? Ist es nicht total unfair, wenn ich mich jetzt mit Jan treffe, aber eigentlich nur an Ben denke?<

Zum Glück lässt Hannas Nachricht nicht lange auf sich warten.

>Wer weiß denn schon, was da bei Ben gerade los ist? Jan ist da und er würde alles für dich tun. Also, wenn du ihn magst, gib ihm eine Chance, Zeit allein mit dir zu verbringen. Danach weißt du vielleicht mehr!<

Ich schicke ihr kurz einen Kusssmiley, weil Hanna

einfach immer genau die richtigen, aufbauenden Worte für mich findet. Ich bin unendlich glücklich darüber, in ihr so eine gute Freundin gefunden zu haben.

Ich checke nochmal schnell im Spiegel, ob meine Haare noch einigermaßen ordentlich aussehen und die Wimperntusche nicht verschmiert ist. Dann mache ich mich kurz darauf auf den Weg in die Stadt, um Jan dort vor dem Eiscafé zu treffen. Ich bin sehr nervös. Ich kann aber nicht ganz einordnen, ob diese Nervosität daher rührt, dass es mein allererstes richtiges Date ist, oder weil ich Jan treffe und ich ihn gernhabe.

Als ich Jan dann vor der Eisdiele entdecke, schlägt mein Herz ein bisschen schneller und mir wird schnell klar, dass meine Nervosität Jan gilt. Ich gehe langsam auf ihn zu und Jan hat mich schon von Weitem entdeckt und erwartet mich mit einem freundlichen Lächeln. Wir begrüßen uns mit einem kurzen Kuss auf die Wange. Die erste große Aufregung verfliegt und ich fühle mich wieder sicher und entspannt in Jans Nähe. Er lächelt mich charmant an und ich muss wieder feststellen, dass er wirklich gut aussieht und ich auf seinen Look stehe.

»Wollen wir reingehen?«, fragt Jan und holt mich auf den Boden der Tatsachen zurück.

»Ja, gern. Da vorne ist ein Tisch am Fenster. Wollen wir den nehmen?«, antworte ich und Jan läuft nickend vor und wir setzen uns ans Fenster. Kurz darauf bestelle ich meine heißgeliebte Eisschokolade und Jan nimmt einen Eisbecher.

»Ich freue mich, dass du mit mir hier bist«, wagt Jan ein zartes Gespräch, nachdem wir beide etwas unsicher in unserem Eis rumgestochert haben.

»Ich mich auch, Jan. Ich bin oft mit Hanna hier, ich mag das Café«, antworte ich und so langsam taut Jan etwas auf. Er scheint nervös zu sein, denn sonst redet er immer einfach drauf los. Nur jetzt gerade scheint es so, als müsse er sich die Worte erst zurechtlegen, aus Angst etwas Falsches zu sagen. Ich hätte gar nicht gedacht, dass er auch mal unsicher sein kann. Sonst wirkt er immer so selbstsicher und stark. Ich mag diesen Jan, der auch mal Schwäche zeigt und nicht der harte Kerl ist, den er oft vorgibt zu sein.

»Ich mag es hier auch, aber ich bin nicht so oft hier. Hin und wieder mal, wenn das Wetter schlecht ist und wir nicht Fußball spielen können. Dann treffe ich mich hier mit den Jungs.«

»Ihr verbringt ja auch wirklich fast jede freie Minute zusammen beim Fußball- oder Basketballspielen, oder?«

»Ja, das ist einfach unser Ding.«

Der Nachmittag vergeht wie im Flug. Viel zu schnell rast die Zeit, weil Jan und ich uns locker über alle möglichen Themen, die uns durch den Kopf gehen, unterhalten können. Ich habe nicht das Gefühl, dass ich mir die Worte zurechtlegen muss oder dass ich aufpassen muss, was ich sage. Ich kann bei Jan einfach ich sein und drauflosreden, ohne nachdenken zu müssen. Er bringt mich zum Lachen. Ein gutes Gefühl macht sich in mir breit. Jans warmer Blick, der auf mir ruht, verrät mir, dass es ihm scheinbar genauso geht.

»Es ist schön, mal allein mit dir zu sein«, sagt Jan vorsichtig und lenkt das Gespräch damit auf eine persönlichere Ebene. Augenblicklich spannen sich meine Muskeln ein wenig an, weil meine Gedanken schon wieder zu Ben fliegen und ich mir unsicher bin, was ich Jan darauf antworten soll. Ich entscheide mich für die Wahrheit.

»Ich verbringe auch gern Zeit mit dir.« Das ist nicht gelogen. Denn das tue ich wirklich. Jan strahlt übers ganze Gesicht.

»Du bist so ganz anders als die anderen Mädchen. Ich habe das Gefühl, dass du ehrlich und aufrichtig bist. Nicht so aufgesetzt wie manch andere. Ich komme nicht klar darauf, wenn manche Mädchen sich immer in Szene setzen müssen.«

»Ich auch nicht!«, lache ich los, denn ich muss unwillkürlich an Emma denken und daran, wie furchtbar mich ihr Getue nervt.

»Du bist einfach du selbst und das mag ich so an dir!«

Jetzt werde ich gerade wirklich nervös, denn Jan ist ziemlich direkt und ich habe ein bisschen Angst davor, wo dieses Gespräch hinführt. Aber andererseits finde ich es mutig und großartig, dass Jan einfach sagt, was ihm durch den Kopf geht.

»Ich unterhalte mich auch sehr gern mit dir, Jan. Mit dir kann ich über alles sprechen und ich fühle mich wohl in deiner Nähe.«

Oh ha… Jetzt bin ich wohl etwas zu weit vorgeprescht, denn Jan grinst wie ein Honigkuchenpferd von einem Ohr zum anderen. Aber das ist wohl das, was Jan meinte. Ich rede einfach immer geradeheraus, was ich denke und fühle. Und in diesem Moment meine ich es genauso wie ich es gesagt habe.

»Ich war mir nicht sicher, ob du dich mit mir treffen würdest. Ich wusste nicht, ob du mich nicht vielleicht einfach nur als guten Freund siehst«, gesteht Jan und meine Nervosität steigt langsam ins Unermessliche. Ich mag Jan, aber die Richtung des Dates ist gerade irgendwie sonnenklar und ich weiß einfach nicht, ob es das ist, was ich möchte, oder jetzt schon möchte.

»Das ist mein erstes Date überhaupt Jan. Ich habe mich noch mit keinem Jungen getroffen. Du hast wahrscheinlich schon Übung in solchen Dingen. Ich nicht.«

»Echt? Das hätte ich jetzt nicht gedacht. Die Jungs stehen doch bestimmt Schlange bei dir«, entgegnet Jan grinsend und ich kann dieses Lächeln nur erwidern.

»Das würde ich jetzt nicht so sagen. Hattest du schon viele Dates?«

»Ich war vor einer Weile für eine kurze Zeit mal mit einem Mädchen zusammen. Sie ist auf einer anderen Schule und ich habe sie auf einer Party kennengelernt. Wir waren ein paar Mal aus und sind dann zusammengekommen. Es hat aber nicht lange gehalten. Mir fehlte da irgendwas.«

»Was denn?«, möchte ich wissen.

»Keine Ahnung. Kann ich gar nicht so genau sagen. Ich mochte sie, aber mehr war da nicht. Weißt du, wenn ich dich sehe, werde ich irgendwie immer nervös. Ich weiß nicht, wie du das anstellst, aber du schaffst es jedes Mal wieder.«

»Dann kannst du es aber ziemlich gut verbergen, denn mir ist es noch nicht aufgefallen. Aber ich werde in Zukunft drauf achten«, entgegne ich mit einem breiten Grinsen im Gesicht.

»Würdest du dich nochmal mit mir treffen?«, fragt Jan nun hoffnungsvoll und lächelt mich schüchtern an.

»Ja, klar! Aber jetzt muss ich langsam los. Wollen wir zahlen?«, antworte ich und bin mir in diesem Augenblick sicher, dass Jan und ich wirklich gut zusammenpassen und ich uns vielleicht wirklich eine Chance geben sollte. Jan strahlt und kurz darauf bezahlen wir unser Eis und wollen gerade aufstehen, um zu gehen. Alles, was ich mir in meinem Kopf gerade ausgemalt habe – ein weiteres Treffen mit Jan, vielleicht unseren ersten Kuss, die gemeinsame Zeit – beginnt augenblicklich zu wanken, als Ben mit zwei Freunden im Schlepptau das Café betritt. Ben lässt seinen Blick durch den Raum schweifen und unsere Blicke treffen sich. Er schaut von mir zu Jan und wieder zu mir und wendet sich dann ab, um sich an einen freien Tisch zu setzen – kein Lächeln, kein Nicken, gar nichts. Jan schiebt mich quasi aus der Eisdiele und in mir steigt ein beklemmendes Gefühl auf. Das alles hier war ein riesiger Fehler. Ich drehe mich noch einmal schnell nach Ben um, aber er unterhält sich angestrengt mit seinen Kumpels und würdigt mich keines Blickes mehr.

In mir fahren die Gefühle und Gedanken Achterbahn. Jan sieht mich erwartungsvoll an.

»Gehen wir noch eine Runde spazieren?«

Das ist alles lieb gemeint, aber ich kann mich gerade einfach nicht mehr entspannt mit Jan unterhalten, wenn mein Kopf bei Ben ist.

»Sei mir nicht böse, aber ich muss nach Hause. Ich muss noch was für Mathe lernen. Sonst verhaue ich die nächste Arbeit wieder«, lüge ich.

Die Enttäuschung in Jans Blick ist nicht zu übersehen, nachdem ich die Worte ausgesprochen habe, aber er versucht nicht, mich umzustimmen.

»Okay, schade. Ich fand den Nachmittag sehr schön mit dir.«

»Ich auch, Jan. Bis morgen.«

Ich fühle mich schlecht, weil ich ihn angelogen habe, aber die Wahrheit kann ich ihm auch nicht sagen. Das würde Jan sehr verletzen und das ist wirklich nicht meine Absicht. Ich verabschiede mich von ihm mit einem kurzen Kuss auf seine Wange. Ich sehe in seinem Blick, dass er sich mehr erhofft hat, aber ich kann ihn nicht küssen. Nicht jetzt. Ich muss weg!

16

Zwei Tage später

In den nächsten Tagen bin ich etwas distanziert zu Jan. Ich fühle mich zu ihm hingezogen, aber bei Ben explodiert jedes Mal ein Feuerwerk in mir, wenn ich ihn sehe. Doch während Ben mich immer sehr verunsichert und ich nie weiß, woran ich bei ihm bin, kann ich bei Jan ganz sicher sein, dass er mit mir zusammen sein möchte und gerade alles dafür tut. Ich stehe mir selbst im Weg und hasse mich dafür, dass ich Jan gegenüber so unfair bin. Am Donnerstag passt Jan mich nach der Schule am Ausgang ab und begleitet mich ein Stück nach Hause. Die Atmosphäre zwischen uns fühlt sich an wie statisch aufgeladen. Ich merke, dass Jan etwas sagen möchte, aber nicht richtig weiß, wie er anfangen soll. Ich kann es ihm aber auch nicht abnehmen, denn ich weiß selbst nicht, was ich sagen, denken oder fühlen soll. Wenn Jan so bedröppelt neben mir herläuft, möchte ich ihn am liebsten in die Arme schließen und nicht mehr loslassen, aber ich bin mir einfach meiner Gefühle nicht sicher und möchte ihm keine falschen Signale senden.

»Ist etwas nicht in Ordnung? Habe ich etwas falsch gemacht?« fragt Jan, nachdem wir eine Weile schweigend nebeneinander hergelaufen sind, und schaut mich dabei mit seinen blauen Augen ganz traurig an.

»Nein, du hast nichts falsch gemacht. Mir geht das nur alles etwas zu schnell«, erwidere ich darauf.

»Okay?!? Und was machen wir jetzt?«

»Wie wär's, wenn wir uns heute Nachmittag am Spielplatz treffen? Ich bin da mit Hanna verabredet.«

Jan strahlt mich an, stimmt dem Vorschlag zu und drückt mir einen kurzen Kuss auf die Wange.

Als ich gerade zu Hause ankomme, klingelt es und Leon steht vor der Tür.

»Hey Lea, hast du kurz Zeit? Kannst du rauskommen und wir drehen eine Runde?«

»Ja, gib mir zwei Minuten. Dann komm ich raus.«

Ich schnappe mir mein Handy, den Schlüssel, ziehe mir Schuhe an und freue mich riesig, ein paar Minuten allein mit Leon verbringen zu können. Wir drehen eine Runde durch die Siedlung und quatschen über dies und das, bis er mich fragt, ob ich eine Juna kenne. Sie ist zwei Stufen über mir auf dem Gymnasium und so ziemlich das hübscheste Mädchen auf der Schule.

»Natürlich kenne ich sie«, antworte ich.

»Ein Freund von mir will sie kennenlernen. Weißt du, ob sie einen Freund hat?«

»Keine Ahnung, vor einer Weile war sie mit einem

Typen aus ihrer Klasse zusammen. Ich habe sie aber schon lange nicht mehr zusammen gesehen.«

»Meinst du, du kannst das rausfinden?«, fragt Leon.

»Bist du sicher, dass ich für einen Freund von dir fragen soll?« Ich grinse Leon frech an, weil mir die Situation irgendwie merkwürdig vorkommt. Leon fängt aber nur an zu lachen.

»Ja, ganz sicher. Also, kannst du?«

»Ja, sicher. Ich höre mich mal um.« So ganz traue ich dem Braten trotzdem nicht.

»Danke! Sehen wir uns nachher noch? Bin mit den Jungs zum Basketballspielen verabredet«, fragt Leon.

»Weiß ich noch nicht. Ich bin mit Hanna in der Stadt.«

»Alles klar, dann vielleicht bis später!«

Damit verabschiedet sich Leon von mir und ich gehe nach Hause. Ich bin etwas enttäuscht, dass wir nicht noch Zeit hatten, ein bisschen zu quatschen und rumzualbern, so wie wir es sonst gemacht haben. Aber die Zeiten haben sich geändert. Leon hängt am liebsten mit seinen Freunden ab und ich kann es ihm nicht verübeln. Ich verbringe mittlerweile auch fast jede freie Minute mit Hanna, Kati und Paula. Es fühlt sich so gut an, endlich Freunde gefunden zu haben, die einen kompromisslos akzeptieren, so wie man ist. Aber Leon fehlt mir. Ich habe seine Meinung immer sehr geschätzt. Wenn ich Streit mit Mia hatte, hat er mir auch ihre Sichtweise vor Augen geführt, wozu ich in der Situation gar nicht in der Lage war. Nicht selten wurde mir dadurch klar, dass ich den Streit vom Zaun gebrochen hatte und habe mich anschließend bei Mia entschuldigt. Wer weiß, wie unsere Geschwisterbeziehung aussehen würde, wenn ich nicht immer so ein offenes Feedback von Leon bekommen hätte. Ich nehme mir fest vor, mit Leon einen Termin für einen gemeinsamen Spaziergang zu vereinbaren. Unsere Freundschaft darf nicht im Sande verlaufen. Dafür ist sie mir viel zu wichtig.

17

Nachdem ich von dem kurzen Treffen mit Leon nachdenklich wieder zu Hause eingetroffen bin, erledige ich schnell meine Hausaufgaben, laufe zu Hanna, sammle sie ein und gehe mit ihr weiter in die Stadt zum Spielplatz.

»Sag mal Hanna, weißt du, ob Juna einen Freund hat?«, frage ich sie kurz bevor wir am Fußballkäfig ankommen.

»Soweit ich weiß, hat sie sich vor zwei Monaten von ihrem Freund getrennt und ist seitdem Single. Wieso fragst du?«

»Ach nur so. Leon wollte es für einen Freund wissen, der Juna kennenlernen will.«

In diesem Moment erreichen wir den Spielplatz und die Mädels sind schon da. Jan spielt mit seinen Freunden im Fußballkäfig. Als er mich sieht, kommt er direkt auf mich zu, nimmt mich in den Arm, drückt mir einen etwas zu intensiven und langen Kuss auf die Wange und grinst breit von einem Ohr zum anderen.

»Schön, dich zu sehen!«

»Ich freu mich auch«, erwidere ich etwas

zurückhaltend, weil ich nicht so ganz damit klarkomme, dass er mich so begrüßt, als wären wir zusammen. Und dann auch noch vor allen anderen. Insgeheim bin ich auch etwas traurig, dass Ben nicht hier ist. Emma taucht aus dem Nichts auf und baut sich neben uns auf. Mit ihr habe ich in den letzten Wochen eigentlich gar nichts mehr zu tun. Ihre aufgesetzte Art nervt mich abgrundtief. Emma ist davon nicht begeistert. Das merkt man ihr an. Sie versucht ständig an den Gesprächen zwischen Hanna und mir teilzunehmen. Ich denke, insgeheim ist sie einfach nur neidisch, weil Hanna und ich mittlerweile so gut mit Jan, Jakob und Finn befreundet sind, und sie will alle Einzelheiten wissen, worüber wir reden und was wir planen. Sie setzt ihr blödes ‚Ich krieg sie alle-Lächeln' auf und flötet Jan ins Ohr:

»Ich freu mich auch, dich zu sehen!«

Was soll das werden? Ist wieder so typisch. Emma hat mitbekommen, dass Jan und ich uns getroffen haben und dass Jan mich mag. Das verkraftet sie nicht und muss sich jetzt an ihn ranschmeißen. Wie konnte ich jemals mit ihr befreundet sein? Sie ist so eine falsche Schlange. Emma himmelt Jan immer noch an und steht so dicht neben ihm, dass nicht mal eine Briefmarke zwischen ihre Arme passen würde. Jan geht zum Glück nicht auf Emmas Annäherungsversuch ein und wendet sich von ihr ab. Sie bleibt allein stehen und sieht etwas verstört aus. Ich bin sehr erleichtert und in diesem Moment macht sich ein warmes Gefühl in meinem Bauch breit, denn mir wird klar, dass ich Jan wirklich sehr mag und ich ein klein wenig eifersüchtig bin, bei dem Gedanken, dass Jan sich eine andere suchen könnte. Vielleicht sollte ich doch noch ein zweites Date wagen. Bevor ich meinen Gedanken zu Ende denken kann, nimmt Jan plötzlich meine Hand und hält sie fest, während er mir tief in die Augen schaut und seine Augen zu meinem Mund wandern. Alles in mir ruft auf einmal ‚STOPP'. Mir wird komisch zumute. Ich weiß nicht, ob ich das kann und möchte. Sind meine Gefühle dafür stark genug? Ich habe ihm doch auch erklärt, dass es mir zu schnell geht. Das hier ist nicht wirklich das, was ich unter „langsam" verstehe, und meinen ersten Kuss habe ich mir auch irgendwie anders vorgestellt – romantischer. Ganz allein, auf einer Wildblumenwiese, die Bienen summen um uns herum, es gibt nur mich und diesen Einen, der mich vorsichtig an sich zieht, seine Hand an meine Wange legt und sich langsam zu mir beugt, um liebevoll meine Lippen mit seinen zu berühren. Ungefähr so ist dieser Film wahrscheinlich schon tausendmal vor meinem inneren Auge abgelaufen. In dieser Vorstellung taucht allerdings nicht unbedingt Emma neben mir auf und auch nicht noch zwanzig andere Leute, die darauf warten, dass endlich mal was Spannendes passiert und womöglich auch noch ein Video von unserem ersten Kuss machen, sodass ich mir dann morgen früh unsere kleine Showeinlage nochmal ganz in Ruhe im Internet anschauen kann! Ich blicke Jan in die Augen und sehe seinen warmen Blick, den ich so an ihm mag, aber ganz tief in meinem Inneren fühle ich, wie mich etwas zurückhält, Jan zu küssen. Ich löse langsam meine Hand von seiner.

»Es tut mir leid«, flüstere ich, »aber ich kann das nicht. Ich brauche noch Zeit.«

Ich wende mich von Jan ab, stelle mich zu Hanna und den anderen und lasse Jan einfach stehen. Er tut mir so leid. Aber was soll ich denn machen? Erst jetzt sehe ich, dass Ben in der Zwischenzeit wohl zum Spielplatz gekommen sein muss. Er steht am anderen Ende des Fußballkäfigs und schaut zu uns rüber. Oder schaut er an uns vorbei? Ich drehe mich um und muss mit ansehen, wie Emma sich gerade schonungslos an Jan ranschmeißt. Und das schmerzhafte daran ist, dass Jan nicht abgeneigt ist und es zu genießen scheint. Jan sitzt auf der kleinen Mauer am Rand des Spielfelds und Emma säuselt ihm irgendwas ins Ohr, während sie quasi fast auf seinen Schoß kriecht. Jan lächelt selig und wirft mir einen flüchtigen Blick zu, den ich nicht deuten kann. Ich drehe mich zurück zu Hanna und muss nur den Kopf schütteln. Hanna hat alles beobachtet.

»Ist alles okay?«

»Ja klar, ich habe Jan gerade gesagt, dass ich noch Zeit brauche, weil mir das alles zu schnell geht. Und jetzt schau dir mal an, wer sich ihn direkt krallt. So eine fiese Schlange.«

»Dass Jan sich darauf einlässt, ist aber auch merkwürdig.«

»Da sagst du was. Das hätte ich nicht von ihm

erwartet. Ich bin echt stinksauer!«

»Kann ich verstehen. Oh, Ben kommt gerade in unsere Richtung.«

Etwas nervös beobachte ich, wie Ben und die anderen Jungs ihre Sachen zusammensammeln und an uns vorbeilaufen. Ich habe Ben seit dem Date mit Jan nicht mehr gesehen und weiß nicht so recht, wie er sich verhalten wird und wie ich mich verhalten soll. Ben lächelt mich kurz an, ich lächle zurück und ich möchte, dass dieser Augenblick niemals vergeht. Aber da ist er schon an mir vorbei und ruft:

»Jan, kommst du mit zum Gymnasium?«

Und was antwortet Jan?

»Ich komme später nach.«

Ben beobachtet, wie Jan und Emma sehr innig miteinander reden, blickt zu mir, wieder zu Jan und zu mir. Dann bleibt sein Blick an meinem hängen. Ein paar Sekunden zu lang, um bedeutungslos zu sein. Die Schmetterlinge in meinem Bauch sind wieder erwacht und tanzen Tango. Ben macht einen Schritt auf mich zu, als wolle er mir etwas sagen, aber in diesem Moment ruft ihm sein Kumpel zu:

»Ben, kommst du langsam mal?«

Ben schaut mich noch immer an, zuckt entschuldigend mit den Schultern und geht zu seinen Kumpels. Ich bleibe wie angewurzelt stehen und muss mich sammeln. Wie kann es nur sein, dass immer etwas dazwischenkommt, wenn Ben und ich einen besonderen Moment haben. Und dann muss ich auch noch mit ansehen, wie Emma gerade Jan abknutscht. Ich bin stinkwütend. Klar, ich habe ihm gerade einen Korb gegeben, aber muss er sich dann direkt von der Nächsten die Zunge in den Hals stecken lassen? Und dann auch noch von Emma?

Mir reicht es für heute.

»Hanna, ich muss weg. Das kann ich mir nicht mehr geben!«

»Ich komme mit!«, antwortet Hanna ohne groß nachzudenken und dafür könnte ich sie knuddeln. Sie würde alles für mich tun und ich andersrum genauso.

»Musst du nicht. Ich komme klar und möchte lieber allein sein.«

»Bist du sicher?«, fragt Hanna noch einmal vorsichtig nach.

»Ja, ganz sicher!«

Mit diesen Worten drücke ich Hanna fest an mich und sie erwidert meine Umarmung. Ich verabschiede mich von den anderen und laufe einfach los. Nach Hause kann ich noch nicht, denn dafür bin ich viel zu aufgewühlt. Ich laufe eine große Runde quer durch die Innenstadt. Als ich aus der Stadt rauslaufe, lasse ich die letzte Reihenhaussiedlung mit ihren fein säuberlich angelegten Vorgärten hinter mir und biege auf einen kleinen Feldweg ab. Ich laufe über das Feld, vorbei an der Kuhweide, durch ein kleines Wäldchen. Ich laufe einfach, ohne darauf zu achten, wie lange ich schon unterwegs bin. Die laute Musik in meinen Ohren aus meinen Kopfhörern lässt mich und mein Gedankenkarussell so richtig in Fahrt kommen. Jungs sind doch echt bescheuert. Erst einen auf große Liebe machen und dann die Nächstbeste nehmen, weil es nicht so läuft, wie er sich das vorgestellt hat. Und warum kann Ben sich nicht einfach mal einen Ruck geben und mich ansprechen? Da ist doch etwas zwischen uns. Das bilde ich mir doch nicht ein. Gerade jetzt, wo er gesehen hat, dass Jan sich anderweitig vergnügt. Da muss er auf Jans Gefühle doch keine Rücksicht mehr nehmen und könnte mich einfach in seine starken Arme nehmen, mir einen liebevollen, tiefen Blick schenken und mir sagen, dass er mich schon immer geliebt hat und den Rest seines Lebens mit mir verbringen möchte. Dann zieht er mich mit seinen muskulösen Armen mühelos hoch auf sein stolzes Ross und wir reiten zusammen in den Sonnenuntergang. Träum weiter, Lea…

Ich laufe fast eine Stunde ziellos durch die Gegend und komme dann völlig erschöpft genau in dem Moment am Gymnasium vorbei, als Leon und Ben sich auf den Heimweg machen. Leon sieht mich zuerst und ruft mir zu.

»Hey Lea, warte! Gehst du nach Hause? Wir können zusammen gehen.«

Ich bleibe stehen und warte auf die beiden. Das hat mir jetzt noch gefehlt. Ich bin doch sowieso schon völlig durch den Wind und kann meine Gedanken nicht mehr sortieren. Aber was soll ich jetzt machen? Wegrennen ist wohl auch keine Option. Leon und Ben grinsen mich an, als sie bei mir ankommen. Ich lächle etwas müde zurück und die zwei nehmen mich in ihre Mitte. Ich bin etwas nervös, denn Ben läuft so nah neben mir, dass unsere Arme hin und wieder aneinander streifen.

»Alles klar?«, fragt Leon. »Kommst du aus der Stadt?«

»Nein, ich bin ein bisschen durch die Gegend gelaufen«, antworte ich.

»Allein?« fragt Ben mich verwundert.

Ich hätte auch nichts dagegen gehabt, mit Ben spazieren zu gehen und im Maisfeld Dinge mit ihm zu tun, die man besser nicht in der Öffentlichkeit tun sollte, aber er wollte ja lieber mit seinen Kumpels Basketball spielen.

»Ja, allein. Ich musste mal den Kopf freikriegen.«

Unsere Blicke treffen sich. Und er schaut mich mit einem fragenden Blick an, der die Schmetterlinge in meinem Bauch nur so aufwirbelt, als würde ein Sturm in mir toben. Mir wird warm. Oh nein, bitte jetzt nicht rot werden. Leon läuft rechts neben mir und grinst blöd vor sich hin.

»Ist denn was passiert?«, fragt Leon.

Was soll ich jetzt sagen? Ich schweige eine Weile. Leon hat die Aktion von Jan vorhin nicht mitbekommen. Ben beobachtet mich immer noch mit diesem durchdringenden Blick und ich kann ihm nicht in die Augen sehen. Er scheint zu merken, dass ich nicht weiß, wie ich es formulieren soll und kommt mir zur Hilfe.

»Ist es wegen Jan? Was ist denn da los? Es sah bis eben

so aus, als würde da was zwischen euch laufen?«

Ich schaue zu Ben und versuche, seinen Blick zu deuten. Es ist eine Mischung aus Neugierde und Zurückhaltung. Dass er mich das so direkt fragt, macht mich fertig. Ich will weg. Das ist zu viel für mich. Aber ihm nur schweigend in seine hübschen Augen zu blicken, kommt eventuell etwas blöd rüber.

»Ich habe Jan eben eine Abfuhr erteilt. Es hat ihn aber anscheinend nicht zu sehr getroffen, denn er hat sich ziemlich schnell darüber hinweggetröstet.«

Mir entfährt ein müdes Glucksen, weil ich die ganze Situation ziemlich verrückt finde. Ben beobachtet mich, als wolle er meine Gedanken lesen. Als er mich lachen sieht und mein Glucksen hört, entspannen sich seine Gesichtsmuskeln.

»Ja, sah ganz danach aus«, erwidert er und wir müssen beide lachen. Es fühlt sich ganz natürlich an. Auch Leon stimmt in unser Lachen mit ein.

Länger können wir allerdings nicht reden, denn wir sind an Bens Haus angekommen. Er verabschiedet sich von Leon mit einem Handschlag und dann schaut er zu mir. Er zögert kurz und ich stehe wie angewurzelt vor ihm und starre in seine grauen Augen, die mich alles um mich herum vergessen lassen. Dann beugt Ben sich zu mir herunter und gibt mir einen zärtlichen Abschiedskuss auf die Wange. Ich weiß nicht, wie mir geschieht. Ich kann sein Parfum riechen. Es löst irgendwas in mir aus. Mir ist heiß und ich will mehr. Ich möchte ihn küssen. Ben lächelt mich noch einmal an, um sich kurz darauf umzudrehen und im Haus zu verschwinden. Jetzt bin ich mit Leon allein und er grinst nur dämlich.

»Kann ich dir irgendwie helfen?«, frage ich ihn.

Leon fängt laut an zu lachen.

»Ich glaube nicht, aber vielleicht kann ich dir helfen.«

»Was meinst du?«

»Naja, ich kenne Ben jetzt schon eine Weile und dich noch viel länger. Und irgendwie habe ich das Gefühl, dass da was zwischen euch läuft.«

Ich schaue ihn völlig entgeistert an.

»Was soll denn da laufen? Ich habe bisher vielleicht zehn Sätze mit ihm gesprochen.«

Leon geht nicht weiter darauf ein, aber sein Grinsen verschwindet noch immer nicht aus seinem Gesicht.

»Was soll dieses Grinsen bedeuten?«, frage ich nach einer Weile, weil es mir echt auf die Nerven geht.

»Nichts, ich wundere mich nur, denn so habe ich Ben noch nie erlebt.«

»Was meinst du mit so?«

»Ach nichts«, winkt Leon dann plötzlich ab und kratzt sich am Hinterkopf.

»Leon, jetzt komm schon. Was meinst du?«

»Keine Ahnung. Ben hat immer mal hier und da ein Mädel am Start, aber es ist nie irgendwas Ernstes. Aber wenn du in seiner Nähe bist, ist er irgendwie anders.«

»Wie anders?«, möchte ich wissen. Hat Ben mit Leon über mich gesprochen?

»Offener, lockerer, aber auch nachdenklicher und dann ist er plötzlich wieder so verschlossen wie damals, als ich ihn kennengelernt habe.«

»Was weißt du denn über ihn? Warum ist er denn hierhergezogen?«

»Kann ich dir nicht sagen. Sorry, ich hätte davon nicht anfangen sollen.«

»Hat er mit dir darüber geredet?«, frage ich vorsichtig.

»Ja«, antwortet Leon knapp und ich habe verstanden. Denn Leon würde niemals sein Versprechen brechen. Wenn er Ben versprochen hat, mit niemandem darüber zu reden, wird er es auch nicht tun. Daher bohre ich nicht weiter nach. Ich nicke stattdessen nur und Leon lächelt mich dankbar an. Dankbar dafür, dass ich keine weiteren Fragen stelle. Stattdessen lenke ich vom Thema ab.

»Ach übrigens! Juna hat sich vor zwei Monaten von ihrem Freund getrennt und ist seitdem Single. Also kannst du dein Glück versuchen.«

»Danke Lea, aber die Info ist wirklich nicht für mich!«, antwortet Leon mit einem etwas traurigen Lächeln. Irgendwas stimmt hier nicht.

»Ja sicher!« Mit diesen Worten nehme ich Leon in den Arm und verabschiede mich von ihm.

Als ich abends im Bett liege, geht mir das Gespräch mit Leon nicht mehr aus dem Kopf. Was hat Ben denn erlebt, dass er so verschlossen war, als er hierherkam? Er macht sonst nicht den Eindruck, als wäre er schüchtern und hätte Probleme, Freunde zu finden. Steckt vielleicht doch noch mehr hinter seinem unerklärlichen Verhalten? Ich nehme mein Handy und schaue wie jeden Abend, was es Neues gibt. Das Bild, das mich als Erstes anlacht, ist ein Selfie, das Emma gepostet hat. Sie sitzt auf Jans Schoß, die Arme um seinen Hals geschlungen und drückt ihm einen Kuss auf die Wange. Das ist jetzt echt nicht ihr Ernst. In mir brodelt es und mir ist schlecht. Dieses Biest. Ich will mein Handy schon durchs Zimmer schmeißen, als ich sehe, dass ich eine neue Freundschaftsanfrage habe. Ich traue meinen Augen nicht. Die Anfrage ist von Ben. Mein Herz macht einen Hüpfer. Ich nehme die Anfrage direkt an und sende mit zittrigen Fingern auch ihm eine Freundschaftsanfrage zurück. Um die Zeit zu überbrücken, schaue ich mir noch ein paar Fotos von Kati und Paula an, die sie heute gepostet haben und erhalte zwanzig Minuten später eine Bestätigung meiner Anfrage von Ben. Ich werde aus ihm nicht schlau. Erst schaut er mich immer so intensiv an, dann ignoriert er mich fast und ein paar Tage später bekomme ich einen Kuss auf die Wange und eine Freundschaftsanfrage. Vielleicht habe ich doch eine Chance, jetzt da Jan sich anderweitig vergnügt und Ben verstanden hat, dass ich nichts mit Jan anfangen möchte.

Verwirrt, aber glücklich und ohne noch einen Gedanken an Jan oder Emma zu verschwenden, schlafe ich ein.

18

Ein Tag später

Ich gehe mit einem mulmigen Gefühl in die Schule, weil ich nicht weiß, wie ich mich Emma und Jan gegenüber verhalten soll. Soll ich sie ignorieren oder so tun, als würde mir das alles gar nichts ausmachen? Jan kann ich ignorieren. Ich bin enttäuscht von ihm und hätte nicht gedacht, dass er so abgebrüht sein kann. Ich hatte das Gefühl, dass er tatsächlich ehrlich etwas für mich empfindet. Aber da habe ich mich wohl getäuscht. Auf Emma bin ich unendlich wütend, weil sie eine miese, egoistische Schlange ist.

In der Pause suchen Hanna und ich uns einen ruhigen Ort, an dem wir ungestört reden können.

»Ist alles in Ordnung? Ich habe mir gestern Sorgen um dich gemacht. Du bist so schnell verschwunden. Das war ziemlich viel für einen Tag. Hast du das Foto auch noch gesehen?«, fragt Hanna vorsichtig.

Ich hatte ihr abends nur mit einem knappen *>Alles*

gut< auf ihre Nachricht geantwortet, weil ich einfach zu durcheinander und müde war und meine Ruhe brauchte. Ich erzähle ihr von meinem Spaziergang, dem Heimweg, von Ben und dem Abschiedskuss und der Freundschaftsanfrage.

»WAS???«, ruft Hanna etwas zu laut, denn alle Augen sind plötzlich auf uns gerichtet.

»Oh sorry«, flüstert sie nun weiter, »das erzählst du mir erst jetzt? Das ist der Hammer. Und jetzt? Wann siehst du ihn wieder?«

»Keine Ahnung«, gestehe ich. »Ich kann ihn doch nicht einfach so anschreiben.«

»Dann musst du warten, bis er dir schreibt.« Ich zucke nur mit den Schultern und im Augenwinkel sehe ich, dass Emma sich nähert.

»Achtung! Hinterhältiges Biest im Anmarsch!«, warnt Hanna mich.

»Hallo ihr zwei, na? Alles gut bei euch?«, flötet Emma uns zu. Na sicher! Alles supi, du mieses kleines Miststück! Macht es dir Spaß, dich als Zweitbesetzung zu opfern, weil ich Jan einen Korb begeben habe?

Lea, ganz ruhig und das Atmen nicht vergessen!

»Sicher Emma! Was willst du?«, entgegne ich stattdessen und bin selbst erstaunt, wie gelassen ich klinge.

»Ach nichts, nur mal Hallo sagen. Ich geh dann mal wieder zu Jan. Er ist ja wirklich so lieb!«

Wenn Hanna mich jetzt nicht festhält, springe ich Emma an den Hals!

»Mach das Emma!«, höre ich mich stattdessen sagen. Ich bin so stolz auf mich! Ich kann Emma nicht auch noch zeigen, dass ich total wütend bin. Denn dann hätte sie ja erreicht, was sie wollte. Die Genugtuung werde ich ihr nicht geben. Emma entgleisen die Gesichtszüge, denn mit so viel Coolness hat sie wohl nicht gerechnet. Sie dreht sich um und rauscht ab. Und Tschüss!

Hanna umfasst meine Schultern mit der rechten Hand und drückt mich leicht an sich!

»Krass, wie cool du reagiert hast. Respekt!«

»Ich hätte ihr am liebsten die Augen ausgekratzt!«, antworte ich und muss laut loslachen, denn die Anspannung löst sich langsam in mir.

An den nächsten Tagen warte ich vergeblich darauf, dass Ben sich bei mir meldet, aber ich kann es auch nicht über mich bringen, ihm zu schreiben. Dafür bin ich einfach zu schüchtern und ich weiß auch gar nicht, was ich schreiben soll. In der Schule kann ich mich kaum konzentrieren, was sich leider an meinen Noten bemerkbar macht, denn die letzten Arbeiten, die ich mit nach Hause gebracht habe, waren alle nur ausreichend und meiner Mutter reißt langsam der Geduldsfaden. Sie hat mich dazu verdonnert, die Nachmittage mit Lernen zu verbringen, anstatt mich irgendwo draußen rumzutreiben – wie sie es nennt. Also habe ich die letzten Tage damit verbracht, Mathe zu lernen. Aber ich raffe es einfach nicht.

19

Drei Tage später

Mir qualmt der Kopf. Ich warte schon seit Tagen vergebens auf eine Erleuchtung bei den Matheaufgaben. Ich brauche dringend ein bisschen Abwechslung. In diesem Moment bimmelt mein Handy. Eine Nachricht von Hanna.

>Hey Lea, holst du mich ab und wir gehen in die Stadt? Mathelernen bringt doch eh nichts!<

Ihre Nachricht kommt wie gerufen.

>Du hast vollkommen recht. Ich bin in 15 Minuten bei dir.<

Die Mathesachen müssen warten! Ein kurzer Blick in den Spiegel verrät mir, dass meine Locken noch einigermaßen sitzen, ich ziehe mir meine Sneaker an und hole Hanna auf dem Weg in die Stadt ab. Wir laufen entspannt und plaudernd zielstrebig zum Fußballkäfig in die Stadt. Von Weitem kann ich schon Jan und Emma eng umschlungen an der Tischtennisplatte knutschen sehen und habe plötzlich das dringende Bedürfnis, mich übergeben zu müssen. Als ich dann aber zwei Meter von

Jan entfernt auch noch Ben entdecke, ist der Tag für mich endgültig gelaufen. Er steht händchenhaltend mit einem Mädchen an eine Mauer gelehnt. Aber es ist nicht irgendein Mädchen. Es ist Juna. Hanna schaut mich völlig entsetzt an.

»Das kann nicht wahr sein!«, entfährt es mir.

»Ach du Scheiße!« Hannas Antwort beschreibt die Lage ziemlich treffend.

In mir bricht gerade eine Welt zusammen. Es fühlt sich an, als hätte mir jemand den Boden unter den Füßen weggezogen und ich falle in ein tiefes, schwarzes Loch. Und falle und falle und falle.

Hanna hält mich am Arm fest und wir gehen weiter, ohne dass die anderen uns bemerkt haben. Ich habe keine Worte für die Gefühle, die momentan in mir toben und mir laufen unkontrolliert die Tränen übers Gesicht. Ich kann einfach nicht aufhören zu weinen. Es tut so weh. Es kann doch nicht sein, dass ich dafür gesorgt habe, dass Ben sich Juna klarmachen konnte. Wenn ich Leon das nächste Mal sehe, drehe ich ihm den Hals um. Was sollte denn seine Anspielung, dass da etwas zwischen Ben und mir läuft, wenn er doch genau wusste, dass er auf Juna steht. Ich bin stinkwütend, traurig und außer mir.

20

Hanna nimmt mich mit zu sich nach Hause. Sie schreibt Silvio kurz eine Nachricht, dass es einen Freundschaftsnotfall gibt und sie heute nicht zum Spielplatz kommen kann. Er antwortet kurz und sie verabreden sich für abends zum Telefonieren. Sie hat wirklich Glück mit ihm. Silvio ist sehr verständnisvoll und auch ihm geht Freundschaft über alles. Darum weiß er, wie wichtig es für Hanna ist, in besonderen Momenten für ihre Freunde da zu sein. Jetzt ist so ein Moment. Bei Hanna angekommen, macht ihre Mutter uns die Tür auf. Sie sieht mir direkt an, dass etwas nicht stimmt, hält sich aber zurück und verschwindet in der Küche. Ein paar Minuten später steht sie mit Keksen und warmem Kakao für uns beide in Hannas Zimmertür und verschwindet wortlos wieder. Ich liebe sie.

Hanna versucht, mich aufzubauen, aber sie weiß genauso gut wie ich, dass das gerade nichts bringt. Ich bin unendlich traurig und enttäuscht und ärgere mich über mich selbst. Andererseits hätte Ben die Info ja auch von jemand anderem bekommen, wenn Leon mich nicht gefragt hätte und sie wären trotzdem zusammen. Ich frage mich nur einfach, was das zwischen uns war? Da war doch was! Ich kann mir das nicht eingebildet haben. Selbst Leon ist es aufgefallen. Hanna weiß nicht mehr, wie sie mich aufheitern soll, und es ist auch schon spät geworden. Ich mache mich auf den Heimweg.

Zu Hause angekommen, empfangen mich meine Eltern im Wohnzimmer am Esstisch. Das hat mir gerade noch gefehlt.

»Hallo Lea, du kommst genau richtig zum Abendessen. Komm, setz dich zu uns!«, fordert meine Mutter mich auf.

»Ich hab' keinen Hunger!«

»Du musst aber was essen!«, mischt sich mein Vater nun ein. Mia sitzt am Tisch und sieht mir an, dass etwas nicht stimmt.

»Komm, setz dich zu uns!«, bittet meine Mutter nochmal und widerwillig setze ich mich zu ihnen an den Tisch. Mia ist in diesem Moment meine Rettung, denn sie zieht das Gespräch an sich und erzählt irgendwelche Dinge aus der Schule und von ihrem Tanzkurs. Ich schenke ihr ein dankbares Lächeln, das sie erwidert, und esse schnell meinen Teller leer. Nachdem ich mit Mia wortlos den Tisch abgeräumt und das Geschirr im Geschirrspüler verstaut habe, verkrümele ich mich in mein Zimmer. Ich will mich gerade aufs Bett schmeißen, als Mia an meine Tür klopft.

»Lea, alles klar?«

»Ja, geht schon. Danke!«, antworte ich müde.

»Wenn was ist, ich bin da!«, höre ich Mia sagen und ich lächle sie dankbar an. Sie schließt leise die Tür hinter sich und ich bin allein. Meine Augen brennen, weil ich seit einer Weile die Tränen zurückhalte, die sich nun ihren Weg suchen. Ich lasse sie zu und schlafe schließlich weinend auf meinem Bett ein.

In den folgenden Tagen bin ich nicht ich selbst. Ich kann mich auf nichts konzentrieren. Die Hausaufgaben fallen mir unendlich schwer und die Mathearbeit habe ich auch verhauen. Als ich die Fünf nach Hause bringe, flippen meine Eltern völlig aus und verdonnern mich dazu, die nächsten zwei Wochen zu lernen und nicht mehr draußen rumzuhängen. Soll mir recht sein. Ich weiß eh nicht, wo ich hingehen soll. Wenn ich Leon begegne, muss ich ihn leider erwürgen. Wenn ich Ben und Juna sehe, muss ich kotzen, und wenn ich Jan und Emma sehe, bekomme ich Wutanfälle. Hanna fragt mich zwar immer, ob sie mich besuchen soll, aber ich bin gerade ganz gerne allein und vergrabe mich in meinem Zimmer. Hanna verbringt so viel Zeit wie möglich mit Silvio und auch wenn ich mich sehr für sie freue, kann ich es momentan nur sehr schwer ertragen, so viel Glück um mich herum zu sehen.

21

Zwei Wochen später

In der Schulpause stehe ich mit Hanna, Kati und Paula in einer Ecke als Jakob und Finn sich nähern.

»Hey, ich schmeiße am Freitag eine Party. Ich hab' sturmfrei. Kommt ihr auch?«, fragt Jakob.

»Ja klar, cool! Danke für die Einladung!«, höre ich Hanna antworten.

»Klar!« Das war Kati.

»Wird bestimmt mega! Bin dabei!« Das kam von Paula. Na super. Und was soll ich jetzt sagen? Was soll ich denn auf dieser Party? Dort werden mit Sicherheit auch Jan und Ben sein. Und das letzte, was ich momentan brauche, ist, mitansehen zu müssen, wie die zwei Pärchen knutschend in einer Ecke hängen. Dann kann ich mir die Kotztüten direkt griffbereit um den Hals hängen.

»Ich weiß noch nicht, ob ich es schaffe. Aber danke für die Einladung«, antworte ich etwas zurückhaltend.

»Alles klar, dann bis Freitag. Hoffentlich schaffst du es

auch Lea. Bis dann!« Damit verabschiedet sich Jakob von uns und Hanna wendet sich mir zu.

»Komm, du musst mal wieder raus und dich dem ganzen Mist stellen. Zeig ihnen, dass dir das alles nichts ausmacht und lass uns ein bisschen Spaß haben«, bittet mich Hanna. Widerwillig stimme ich zu.

Zwei Tage später machen Hanna und ich uns bei ihr zu Hause hübsch. Gestern habe ich noch schnell meine Kontaktlinsen abgeholt. Ich habe meine Mutter so lange genervt, dass ich dringend für den Schulsport Kontaktlinsen brauche, bis sie irgendwann nachgegeben hat. Wir schminken uns ein bisschen und ohne dieses hässliche Eulengestell, das mein komplettes Gesicht bedeckt, sieht man auch plötzlich meine blau-grünen Augen und meine langen Wimpern. Die Haare habe ich offen und meine großen Locken fallen mir weich ums Gesicht. Hanna hat mich überredet, die enge schwarze Jeans anzuziehen und dazu ein hellgrünes Top, weil es meine Augenfarbe betont. Ein Blick in den Spiegel sagt mir, dass ich nicht so schlecht aussehe. Noch schnell die Sneaker an und dann sind wir fertig. Ich schaue Hanna bewundernd an. Sie sieht einfach umwerfend aus. Ihre großen braunen Augen hat sie betont geschminkt und ihre wilden kleinen Locken hüpfen bei jedem Schritt. Wir sehen gut aus und fühlen uns auch so. Nur in meinem Bauch rumort es. Die Vorstellung, gleich Jan oder Ben über den Weg zu laufen, bereitet mir große Bauchschmerzen.

Bei Jakob angekommen, ist schon ziemlich viel los. Er wohnt in einem großen Haus mit ebenso großem Garten und die Party verteilt sich auf das ganze Haus. Die Küche steht voll mit Getränken und Knabbereien und Hanna und ich nehmen uns erstmal ein Radler. Ich habe bisher noch nicht viel Alkohol getrunken und merke schon nach drei Schlucken, dass mir das Zeug irgendwie in die Birne steigt. Doch dann entdecke ich Ben und Juna in einer Ecke im Wohnzimmer und bin schlagartig wieder klar im Kopf. Sie stehen mit ein paar anderen Leuten zusammen und unterhalten sich. Bens Blick wandert durch den Raum und bleibt dann plötzlich an meinem hängen. Wieder ein paar Sekunden zu lange und ich kann einfach nicht wegschauen. Ich würde gerade alles dafür geben, Gedanken lesen zu können. Um seinen Mund zuckt ein zartes Lächeln. Sein Blick wandert nun von meinem Gesicht meinen Körper hinunter und wieder rauf, wo sich unsere Blicke wieder treffen. Verdammt, ist das warm hier drin. Wenn ich es nicht besser wüsste, würde ich denken, ihm gefällt, was er sieht. Hanna neben mir stupst mich kaum merklich an, denn sie hat die Situation beobachtet. Ben widmet seine Aufmerksamkeit nun wieder Juna neben sich und ich drehe mich zu Hanna und nehme einen großen Schluck aus meiner Radlerflasche.

»Was war das denn für ein Blick?«, fragt Hanna mit einem fetten Grinsen im Gesicht.

»Frag mich nicht. Aber ich habe das Gefühl, hier sind mindestens 35°C in der Küche.«

»Ich könnte wetten, Ben war gerade auch etwas heiß.«
Hanna grinst mich immer noch an, verzieht dann aber
augenblicklich das Gesicht und flüstert:

»Achtung. Ben und Juna kommen gerade auf uns zu.«
Ich verschlucke mich an meinem Radler und muss
husten. Da stehen die zwei auch schon hinter mir. Ich
drehe mich langsam um. Ben lächelt mich etwas
unbeholfen an und Juna fängt an zu reden:

»Hi Lea, schön, dass ich dich hier sehe. Ich wollte mich
noch bei dir bedanken. Ich hab' erfahren, dass du dafür
gesorgt hast, dass Ben wusste, dass ich Single war.«

»Kein Problem«, presse ich heraus, während mein
Blick unsicher zwischen Juna und Ben hin- und
herwandert.

Juna wird in diesem Moment von einer Freundin
gerufen und lässt Ben und mich stehen.

Ben kneift die Augen zusammen, als würde es gerade
ziemlich stark in seinem Hirn rattern. Seine Stirn liegt in
Falten und sein Lächeln ist verschwunden. Er steht mir
wie angewurzelt gegenüber und sieht mir direkt in die
Augen. Es dauert eine Weile, bis er endlich etwas sagt.

»Du warst das?«, fragt er mich mit belegter Stimme.

Ich kann ihn kaum anschauen, so unangenehm ist mir
die ganze Situation.

Ich bringe nur noch ein »Scheint so« hervor und weiß
nicht, was ich noch sagen soll.

»Leon hat mir nur gesagt, dass er jemanden auf dem
Gymnasium kennt und wollte mal nachfragen. Ich
wusste nicht, dass du es warst.«

Wieso sagt er das jetzt? Es kann ihm doch völlig egal sein, wer ihm diese wichtige Information besorgt hat, oder? Stehen wir tatsächlich jetzt hier und unterhalten uns über Juna? Hier läuft doch irgendwas gewaltig schief. Bens Blick ist immer noch auf mich gerichtet und ich kann diesen Blick nicht richtig deuten. Er sieht nachdenklich und auch etwas traurig aus. Ich merke gerade, dass ich ihm immer noch eine Reaktion schuldig bin und kann nur mit den Schultern zucken und mein Gesicht beschreibt ein »Was soll ich dazu sagen?«. Ben scheint zu verstehen, dass ich gerade keine Worte für die Situation habe. Er macht einen Schritt auf mich zu und steht nun ganz nah vor mir. Ich bekomme eine Gänsehaut, als seine rechte Hand meinen Unterarm ergreift und er ihn mit leichtem Druck festhält, während unsere Blicke noch immer aufeinander ruhen. Für mich bleibt gerade die Zeit stehen und ich habe für einen Moment vergessen, warum wir eigentlich hier zusammenstehen und worüber wir uns unterhalten.

»Tut mir leid. Das sollte eigentlich nicht so laufen«, flüstert Ben, löst seinen Blick von meinem, lässt langsam meinen Arm los und dreht sich zögernd mit hängenden Schultern von mir weg.

Was war das denn jetzt? Ben lässt mich völlig verwirrt stehen und ich weiß nicht mehr, wo oben oder unten ist. Ich habe ganz vergessen, dass Hanna noch neben mir steht, bis sie vorsichtig meine Hand nimmt und leise fragt:

»Lea, alles klar? Was war das denn gerade?«

»Glaubst du an Seelenverwandtschaft?«, frage ich Hanna.

»Wie jetzt? Bist du betrunken? Was redest du da?«

Hanna guckt mich ziemlich besorgt an und ich muss bei dem Anblick augenblicklich lachen.

»Ich weiß auch nicht, wie ich das beschreiben soll. Ich habe mit Ben noch nie viele Worte gewechselt. Aber die paar wenigen Sätze, die zwischen uns gefallen sind, waren immer voller tiefer Bedeutungen und Gefühle. Jeder Blick von ihm erzählt mir eine Geschichte und er schaut mir direkt in meine Seele. Ich habe nicht das Gefühl, dass ich ihm etwas erklären muss, denn er versteht mich auch ohne Worte. Es ist, als wären unsere Seelen miteinander verbunden.«

»Komm mit. Ich glaube, du musst mal dringend an die frische Luft«, erwidert Hanna.

Ich laufe hinter Hanna her, aber am liebsten möchte ich nach Hause, weil ich eigentlich keine Lust habe, mir Juna und Ben noch weiter zusammen auf der Party anzusehen. Ich möchte mir Ben am liebsten schnappen und mit ihm reden. Ihm sagen, dass er Juna verlassen soll, weil ich sein Mädchen bin und nur ich ihn glücklich machen kann. Oh Mann. Hanna hat Recht. Ich brauche frische Luft. Ich kann keinen klaren Gedanken mehr fassen. Was meinte Ben damit? ‚Das sollte eigentlich nicht so laufen.' Der Satz geht mir nicht mehr aus dem Kopf. Wie sollte es denn sonst laufen? Ich verlange eine Erklärung!

Hanna zieht mich nach draußen in den Garten, wo schon die nächste Katastrophe auf mich wartet. Jan und Emma fallen genau in dem Moment, als wir auf die Terrasse treten, auf einer Gartenliege übereinander her. Das muss ich echt nicht sehen. Ich drehe mich zu Hanna.

»Nee, jetzt mal im Ernst. Ich brauche noch was zu trinken. Sonst überlebe ich das hier nicht.«

Hanna lacht sich kaputt und wir holen uns noch ein Radler. In der Küche gesellen wir uns zu Jakob und seinen Kumpels und auch Kati und Paula kommen dazu. Am Ende wird es ein echt netter Abend und wir haben viel Spaß. Ich kann es allerdings nicht lassen, hin und wieder den Raum nach Ben abzuscannen und jedes Mal, wenn sich unsere Blicke zufällig begegnen, stelle ich mir vor, wie es wäre, wenn ich jetzt einfach auf ihn zugehen, seine Hand nehmen und ihn mit mir nach draußen ziehen würde, um in einer ruhigen Ecke seine Küsse schmecken zu können. Lea, reiß dich zusammen! Das muss das Radler sein. Mein Kopf fühlt sich an wie Watte. Dann taucht Jan auf einmal ohne Emma im Schlepptau neben mir auf und bleibt bei uns stehen. Er klinkt sich in unser Gespräch ein und wir lachen viel miteinander. Etwas später entdecke ich Emma mit Pia im Wohnzimmer und sie wirft mir einen tödlichen Blick zu. Hanna und ich gucken uns an und müssen gleichzeitig loslachen. Emma scheint eifersüchtig zu sein, denn Jan steht immer noch bei uns und amüsiert sich prächtig. Ich möchte mich zwar eigentlich nicht auf Emmas Niveau hinab begeben, aber es fühlt sich gerade richtig gut an, ihr einen reinzuwürgen. Und mit all diesen verwirrenden Gefühlen in meinem Innersten, verlasse ich mitten in der Nacht die Party und laufe nach Hause. Mir gehen noch immer nicht Bens letzter Satz und sein Gesichtsausdruck dabei aus dem Kopf. Jedes Mal, wenn ich das Gespräch in Gedanken durchgehe, fängt mein Bauch wie wahnsinnig an zu kribbeln und mein Körper sagt mir, dass ich Ben wiedersehen muss. Und irgendwas sagt mir, dass auch Ben mich mag und es ihm wirklich sehr unangenehm war, dass ausgerechnet ich diejenige bin, die dafür gesorgt hat, dass er und Juna nun ein Paar sind.

22

Ein Tag später

Zum Glück ist heute Samstag und ich kann ausschlafen. Nach dem Frühstück schaue ich auf mein Handy und sehe fünf neue Nachrichten. Drei davon von Hanna, die mich fragt, wie es mir geht und ob wir uns später treffen, eine Nachricht von Jan, in der er schreibt, dass er es sehr schön fand, dass ich auf der Party war, und eine Nachricht von Emma, in der sie mich beschimpft, ich wäre eine Intrigantin und würde versuchen, ihr Jan auszuspannen. Ach wie schön, dass es mal für mich gut läuft. Ich schreibe Hanna zurück, dass ich nachher bei ihr vorbeikomme und antworte Jan, dass ich auch sehr viel Spaß gestern hatte. Emma antworte ich nicht. Das ist mir zu blöd. Kaum habe ich die Nachrichten versendet, bekomme ich von Jan schon eine Antwort.

>*Können wir uns treffen? Ich würde gerne mit dir reden.*<

Was soll das denn jetzt? Spinnt der? Er soll sich mal lieber um Emma kümmern. Sonst bekomme ich hier noch einen Shitstorm. Also antworte ich ihm knapp.

>*Ich glaube, das ist keine gute Idee. Ich bekomme schon Drohnachrichten von deiner kleinen Freundin.*<

Daraufhin antwortet Jan nicht mehr.

Zwei Stunden später komme ich bei Hanna an. Sie öffnet mir die Tür und schiebt mich förmlich in ihr Zimmer.

»Komm rein, ich muss dir was erzählen!«

Was kommt jetzt?

»Jan hat mich eben völlig aufgelöst angerufen«, berichtet sie mir.

»Wieso?«, will ich wissen.

»Er hat mir erklärt, dass er nicht mehr weiß, was er machen soll. Er ist nur mit Emma zusammen, um dich eifersüchtig zu machen. Er will eigentlich nur dich!«, erklärt Hanna mir.

»Nicht dein Ernst!«

Mehr kann ich dazu nicht sagen.

Irgendwie freut es mich, dass Jan mich will und nicht Emma. Andererseits finde ich es wirklich nicht richtig von ihm, dass er Emma nur benutzt hat, um mich eifersüchtig zu machen. Aber muss ich jetzt Mitleid mit Emma haben? Nein, muss ich nicht. Sie hat sich schließlich an ihn rangeschmissen, als gäb's kein Morgen mehr. Aber wie soll ich Jan jetzt wieder vertrauen? Will ich das überhaupt?

»Und was mache ich jetzt?«, frage ich Hanna völlig überfordert mit meinen Gedanken.

»Jan ist heute in der Stadt. Er möchte dich dort

treffen.«

»Und was ist, wenn Emma auch da ist?«, frage ich verunsichert.

»Jan hat heute Morgen mit Emma Schluss gemacht.«

»Nicht dein Ernst!«, entfährt es mir schon wieder.

Das nimmt ja eine ganz neue Wendung.

In meiner Hosentasche vibriert mein Handy die ganze Zeit. Als ich mir die Nachrichten anschaue, sind die meisten von Emma. Der Shitstorm hat soeben begonnen. Sie beschimpft mich, ich wäre die schlimmste Freundin (kurze Frage: Welche Freundin??), die man sich vorstellen könnte, eine miese Schlange und ein Luder, weil ich ihr ihren Freund ausspannen würde. Ich ignoriere die Nachrichten und sehe im Netz ein Foto, das Jakob gestern Nacht gepostet hat. Es ist ein Foto von Hanna, mir, Jan und den anderen in der Küche, als wir uns prächtig amüsieren. Ich habe ein glückliches Lachen auf dem Gesicht und neben mir steht Jan, der mich mit einem warmen Blick beobachtet. Na gut, also wenn Emma das Foto auch gesehen hat, wundert mich nichts mehr, und diese Genugtuung fühlt sich verdammt gut an.

23

Hanna und ich machen uns auf den Weg in die Stadt und holen unterwegs noch Silvio ab. Hanna und er sind wirklich ganz süß zusammen. Ich bin relativ entspannt, auch wenn natürlich die Gefahr besteht, dass auch Ben und Juna da sein könnten, und ich immer noch nicht weiß, wie ich Bens Satz deuten soll. Aber da er mit Juna glücklich ist, bringt mir all das Grübeln nichts. Ich habe keine Chance bei ihm und es führt auch zu nichts, wenn ich die ganze Zeit in Gedanken an etwas festhalte, was gar nicht existiert. Vielleicht mag er mich und findet mich anziehend, aber anscheinend reicht es nicht für mehr.

Wir kommen am Spielplatz an und von Ben ist keine Spur. Gut, dann kann ich schon mal durchatmen. Jan kommt direkt auf uns zu und ich werde leicht nervös.

»Hi, Lea. Schön, dass du da bist. Kommst du mit mir? Ich würde gerne mal in Ruhe mit dir reden.«

Ich nicke nur stumm. Jan nimmt meine Hand und zieht mich von den anderen weg vom Spielplatz in einen kleinen angrenzenden Park. Wir setzen uns auf eine

Bank, wo wir ungestört reden können. Um uns herum stehen hohe Bäume und vor uns liegt ein kleiner Teich, auf dem ein paar Enten schwimmen. Wirklich ein hübscher Ort und wir sind ganz allein hier. Ich bin etwas nervös, weil ich meine Gefühle noch nicht ganz einordnen kann. Ich mag Jan, aber ich kann die Gefühle für Ben nicht ausschalten. Ist es Jan gegenüber nicht unfair, wenn ich mich jetzt auf ihn einlasse? Andererseits mag ich ihn wirklich sehr und ich genieße seine Gegenwart und unsere Gespräche. Jan scheint auch nervös zu sein, denn er stammelt etwas durcheinander:

»Lea, es tut mir leid. Also, ich meine, ich mag dich und… ich weiß auch nicht, warum ich das gemacht habe.«

Ich schaue ihn an und unsere Blicke treffen sich. Da ist etwas zwischen uns. Ich fühle mich geborgen bei ihm und ich merke, dass sein Blick durch mein Gesicht streift und an meinen Lippen hängenbleibt. Aber das geht mir nun doch alles etwas zu schnell.

»Jan, mich hat das ganz schön verletzt. Du bist der Letzte, von dem ich so eine Aktion erwartet hätte, und von Emma bin ich sowieso unendlich enttäuscht. Aber das ist ein anderes Thema. Ich mag dich und es bedeutet mir viel, dass du jetzt so ehrlich zu mir bist. Allerdings kann ich das nicht einfach alles vergessen und so tun, als wäre es nie passiert.«

»Das verstehe ich«, antwortet Jan. »Können wir einfach von vorne anfangen und uns nochmal neu kennenlernen? Ich würde gerne mal mit dir ins Kino gehen. Hättest du Lust?«, fragt Jan vorsichtig.

Ich lächle ihn an und nicke ihm zu. Damit hätten wir das geklärt. Wir verabreden uns für nächste Woche Freitag zum Kinoabend und gehen zu den anderen zurück auf den Spielplatz. Jan scheint vorerst zufrieden zu sein, dass wir uns ausgesprochen haben und er sich Hoffnungen auf einen Neuanfang machen kann. Er weicht mir den ganzen Nachmittag nicht von der Seite und ich genieße die ungeteilte Aufmerksamkeit, die er mir schenkt.

Ich fühle mich auf jeden Fall zu Jan hingezogen und vielleicht reicht es ja, um eine glückliche Beziehung zu führen? Mit keinem Mann habe ich bisher so viel Spaß gehabt wie mit ihm. Vielleicht kann ich Ben vergessen, wenn ich mit Jan zusammen bin. Ich muss meinem Herzen einen Ruck geben.

24

Eine Woche später

In der Schule ist die Stimmung etwas angespannt. Ich versuche, Emma aus dem Weg zu gehen. Sie hat mir noch jede Menge bitterböse Nachrichten geschrieben, auf die ich nicht reagiert habe. Am Mittwoch platzt Emma dann der Kragen und in der Pause geht sie auf mich los.

»Du blödes Miststück. Was fällt dir ein, dich in meine Beziehung einzumischen? Du bist schuld, dass Jan mich verlassen hat.«

Ich bin total gechillt und schaue sie nur herablassend an.

»Emma, komm mal wieder runter. Du hast dich an Jan rangeschmissen, obwohl er in mich verknallt war, und du konntest es nicht ertragen, dass du nicht die Nummer Eins warst. Dann hat er sich erbarmt und sich mit dir abgegeben, um mich eifersüchtig zu machen. Aber im Grunde wollte er immer nur mich. Akzeptier' es! Er steht einfach nicht auf dich!«

Emma läuft knallrot an. Ich habe etwas Angst, dass sie

gleich explodiert, aber sie kann darauf nichts mehr erwidern. Sie schenkt mir ihren tödlichsten Blick, wirft ihre Haare theatralisch nach hinten und läuft aufgebracht davon. Ich drehe mich um und hinter mir steht Pia. Sie lächelt mich an.

»Gut, dass du ihr mal deine Meinung gesagt hast. Ihr Getue macht mich langsam wahnsinnig.«

Ich lächle Pia an und dann geht sie hinter Emma her, um sie zu beruhigen. Pia steht zwischen uns. Wir mögen uns sehr, doch sie ist mittlerweile Emmas beste Freundin. Aber ich fühle mich bestätigt, dass ich mich richtig verhalten habe und gehe entspannt wieder zurück in den Unterricht. An diesem Tag habe ich sogar die langersehnte Erleuchtung und habe plötzlich verstanden, wie diese Kurvendiskussion funktioniert.

Am Freitag bin ich ziemlich nervös, weil Jan und ich uns abends im Kino treffen. Das ist unser zweites Date, nachdem unser Erstes durch Ben irgendwie zerstört wurde, ohne dass Jan geahnt hat, dass Ben der Grund dafür war. Wir treffen uns in der Stadt an der Bushaltestelle, um in den Nachbarort ins Kino zu fahren. Ich freue mich, als ich Jan schon an der Haltestelle entdecke. Er lehnt entspannt an dem Bushaltestellenhäuschen und wartet auf mich. Er sieht gut aus. Er ist groß und mit seinen hellen Jeans und den Turnschuhen sieht er sportlich und lässig aus. Ich mag seinen Look. Seine blonden Haare hat er gestylt und seine blauen Augen strahlen mich schon von Weitem an.

Ich gehe etwas nervös auf ihn zu. Jan beugt sich zu mir hinunter und begrüßt mich mit einem zarten Kuss auf die Wange. Ich habe ein kleines Kribbeln im Bauch und freue mich riesig, ihn zu sehen und allein mit ihm zu sein. Bis der Bus kommt, schauen wir uns im Internet das Kinoprogramm an und überlegen, welchen Film wir schauen möchten, aber irgendwie ist nichts dabei, was uns beide anspricht.

»Wollen wir vielleicht einfach ein bisschen spazieren gehen?«, fragt Jan.

Ich bin begeistert von seinem Vorschlag, denn es ist ein für diese Jahreszeit zu warmer Novembertag und die Luft riecht nach nassem Laub. Also verlassen wir die Haltestelle, holen uns am nächsten Kiosk zwei Flaschen Radler und laufen durch die Gegend. Wir kommen durch den kleinen Park, an dem wir unser klärendes Gespräch geführt haben, und setzen uns auf die Bank – unsere Bank. Diesmal sitzen wir aber nicht so angespannt nebeneinander wie beim letzten Mal. Ich sitze im Schneidersitz auf der Bank ihm gegenüber und Jans Beine baumeln links und rechts von der Bank. So schauen wir uns lange an und unterhalten uns über alles Mögliche und die Zeit vergeht wie im Flug. Es ist so schön, mit Jan zu reden und zu lachen. Er scheint mich aus einem unerfindlichen Grund tatsächlich witzig zu finden, denn er lacht immer wieder über meine Witze. Nach einer Weile sind unsere Getränke leer und es ist dunkel geworden.

»Ist dir kalt? Möchtest du lieber nach Hause?«

Jan muss gemerkt habe, dass ich etwas fröstele.

»Nein, ich möchte noch nicht nach Hause«, antworte ich und lächle Jan an.

Jan versteht und zieht mich an meiner Hüfte etwas näher zu sich. Ich sitze beinahe auf seinem Schoß und meine Beine baumeln links und rechts an seinen hinunter. Er nimmt mich in seine Arme und drückt mich fest an sich. Mein Kopf ruht auf seiner Schulter und ich fühle mich sicher und geborgen. Ich hebe den Kopf und bin seinem ganz nah. Ich kann seinen Atem spüren und es entgeht mir nicht, dass seine Atmung etwas schneller geht. Jan hält mich noch immer an der Hüfte fest und die Welt scheint stillzustehen, als er sich langsam zu mir hinunter beugt. Mein Herz schlägt so laut, dass ich mir sicher bin, er müsse es hören können. Ganz leicht berühren sich unsere Lippen – sanft und zaghaft. Ein kurzer Moment, der mir gerade alles bedeutet. Alles um mich herum wird unwichtig und ich lebe nur noch für diesen Moment. Mein erster Kuss. Ein wunderbar warmes, wohliges Gefühl breitet sich in meinem Körper aus. Wir lösen uns voneinander und sind uns immer noch ganz nah. Sein Blick ist warm und sagt mir, dass er mehr will. Diesmal bin ich es, die Jans Nacken umgreift, durch seine Haare fährt und seine Lippen sucht. Wir küssen uns zärtlich. Jans Lippen werden fordernder und unser Kuss wird intensiver. Mein Herz klopft und ich kann nicht genug von Jans Küssen bekommen. Als wir uns atemlos voneinander lösen und uns in die Augen sehen, bin ich nicht mehr dasselbe Mädchen wie zuvor.

Es hat sich etwas verändert. In mir hat sich etwas verändert.

25

Ein Monat später

»Hi Lea, endlich Schule aus. Sehen wir uns nachher?« Jan wartet wie fast jeden Tag nach der Schule auf dem Schulhof auf mich.

»Ja, ich komme nachher zu dir, okay?«

»Alles klar. Bis nachher.« Jan gibt mir einen flüchtigen Kuss und verschwindet dann in die andere Richtung. Ich drehe ich mich zu Hanna und wir gehen zusammen nach Hause.

Jan und ich kommen wunderbar miteinander aus. Wir können uns stundenlang unterhalten, aber genauso können wir auch lange zusammen kuscheln oder schweigen und es entsteht keine unangenehme Stille. Wir verbringen so viel Zeit miteinander, wie es geht. Wir sehen uns aber nicht jeden Tag. Nach der Schule muss ich viel lernen, weil mir der Stoff leider nicht zufliegt. Um einigermaßen gute Noten zu schreiben, muss ich sehr viel für die Schule tun. Andere haben es da leichter.

Hanna zum Beispiel ist immer gut in der Schule, auch wenn sie nicht so viel lernt. Manchmal beneide ich sie darum. Aber Jammern bringt auch nichts. Ich kann es nicht ändern. Jan hat mehrmals die Woche Fußballtraining und am Wochenende Spiele. Das heißt also, wir sehen uns meistens freitags und am Wochenende, wenn Jan von seinen Spielen zurückkommt. Wenn er dann noch fit genug ist, gehen wir manchmal zusammen mit unseren Freunden weg, aber meistens verbringen wir die Zeit zu zweit bei ihm zu Hause. Ich genieße die Zweisamkeit mit ihm.

Emma hat sich auch wieder eingekriegt und verstanden, dass sie für Jan nie so wichtig war, wie ich es bin, und dass Jan und ich einfach zusammengehören. Aber unsere Freundschaft ist nach dieser Aktion von ihr endgültig beendet. Ich kann ihr nicht mehr vertrauen und ich möchte nichts mehr mit ihr zu tun haben. Wenn es bedeutet, dass auch Pia und ich nicht mehr viel Kontakt haben, dann ist das leider so, auch wenn Pia mir manchmal fehlt. Aber in Hanna habe ich eine treue Freundin gefunden, die immer für mich da ist, genauso wie ich immer für sie da bin. Hanna ist mit Silvio glücklich und hin und wieder unternehmen wir zu viert etwas, da Jan und Silvio sich inzwischen auch angefreundet haben.

26

Zwei Monate später

Jan und ich wachsen immer mehr als Paar zusammen. Wir haben gemeinsam Weihnachten mit unseren Familien gefeiert und es war wunderschön. Weihnachten bekommt eine ganz andere Bedeutung, wenn man diese besinnliche Zeit mit jemandem verbringt, der einem sehr viel bedeutet.

Obwohl ich Jan wirklich sehr gern in meiner Nähe habe und jede Minute genieße, die wir miteinander verbringen, muss ich mir aber leider eingestehen, dass ich immer wieder an Ben denke und mir hin und wieder sein Profilbild im Netz anschaue. Wir haben uns in den letzten Wochen nicht mehr gesehen. Ich weiß nicht, ob er mir aus dem Weg geht und Begegnungen mit mir vermeidet. Es ist schon merkwürdig, dass wir uns gar nicht mehr begegnen. Ich hoffe immer noch, dass wir uns mal morgens zufällig sehen, aber leider passiert es nicht.

Jan geht oft allein mit seinen Kumpels weg und er will mich nicht dabeihaben. Warum auch immer. Vielleicht versucht er, mich von anderen Jungs oder speziell von Ben fernzuhalten? Manchmal kommt es mir tatsächlich ein bisschen so vor. In der Schule ist es auch so, dass Jan immer direkt neben mir steht, wenn ich mit den Jungs aus meiner Klasse rumalbere. Das geht mir ein bisschen auf die Nerven. Aber ich möchte ihn auch nicht vor den Kopf stoßen. Darum lasse ich es geschehen.

Jan hat heute keine Zeit, weil er sich mit seinen Kumpels trifft, aber was genau er mit ihnen vorhat, hat er mir nicht erzählt. Ich bin mit Hanna verabredet. Wir haben schon länger keine Zeit gehabt, in Ruhe zu quatschen, und darum wollen wir zusammen ins Café.

»Hi Hanna, bist du fertig? Wollen wir los?«, frage ich sie, als ich vor ihrer Tür stehe.

»Ja, zwei Minuten. Ich muss mir noch kurz was anziehen.«

»Wie schön, dass wir mal wieder allein was machen. Ohne die Jungs!«

»Finde ich auch! Du hast dich auch ziemlich mit Jan zurückgezogen. Umso besser, wenn wir mal Zeit für uns haben!«, antwortet Hanna.

Auf dem Weg in die Stadt kommen wir am Fußballkäfig vorbei. Ich war schon lange nicht mehr hier. Und irgendwie fühlt es sich komisch an, jetzt hier lang zu laufen. Vielleicht ist Jan hier. Nachher denkt er, ich spioniere ihm hinterher.

Als wir uns dem Fußballkäfig nähern, sieht Hanna Silvio und wir gehen auf ihn zu. Hanna begrüßt ihn stürmisch und ich finde es immer wieder süß mitanzusehen, wie innig die beiden miteinander umgehen. Plötzlich tippt mir jemand von hinten auf die Schulter. Als ich mich umdrehe, steht Ben mit einem breiten Grinsen vor mir. Ich muss mich kurz sammeln, denn mein Herz stolpert und mein Magen dreht sich um. Ich hätte nicht erwartet, dass mein Körper immer noch so auf ihn reagiert, obwohl ich jetzt schon eine Weile mit Jan glücklich zusammen bin. Ben kommt einen Schritt auf mich zu, umfasst meinen Rücken und zieht mich zu sich heran, um mir einen Begrüßungskuss auf die Wange zu geben. Ich lasse es geschehen und spüre, wie seine Wärme durch meinen Körper strömt, als ich ihm so nah bin. Ich bin etwas verwirrt und frage mich, ob er jedes Mädchen so begrüßt. Doch ich beobachte ihn, wie er Hanna begrüßt und sie bekommt nur ohne großen Körperkontakt Küsschen links und rechts auf die Wange. Was hat das zu bedeuten? Ben stellt sich direkt wieder neben mich.

»Wie geht's dir? Haben uns lange nicht gesehen«, fragt Ben mich grinsend.

»Du versteckst dich ja auch nicht mehr in den Büschen, um mir morgens aufzulauern!?!«, antworte ich mit einem Grinsen und wundere mich im gleichen Moment über meine freche Antwort.

Bens Mundwinkel zucken, als wolle er gleich loslachen, und dann schaut er mich nur liebevoll an.

»Ich will ja nicht, dass du mich für einen Stalker hältst.«

»Schade eigentlich«, kommt es aus meinem Mund, ohne dass ich es eigentlich sagen wollte. Aber an Bens Lächeln erkenne ich, dass er genau weiß, was ich gerade fühle und denke und ich ihm nichts vormachen muss oder kann. Für einen Moment vergesse ich alles um mich herum. Vergesse Jan, Juna und alle anderen, die gerade hier sind. Ben schaut mich innig an und ich habe das Gefühl, er schaut mir direkt in meine Seele. Ich kann meinen Blick nicht abwenden und wir müssen nicht reden. Irgendwie haben wir eine Verbindung miteinander. Ich möchte, dass er mich in seine Arme nimmt und nicht mehr loslässt. Ich spüre noch immer die Wärme unserer Umarmung auf meiner Haut.

Ben macht wieder einen Schritt auf mich zu. Oh mein Gott. Was hat er jetzt wieder vor? Er beugt sich zu mir hinunter, legt seine Hand wieder auf meinen unteren Rücken und zieht meinen Körper leicht zu sich, sodass sich unsere Oberkörper berühren und sein Gesicht meinem ganz nah ist. Sein Mund wandert zu meinem Ohr und ich höre ihn flüstern.

»Ich muss jetzt leider zum Training. Es war schön, dich zu sehen. Bis bald.«

Mit den Worten küsst er mir zärtlich auf die Wange und lässt mich völlig durcheinander stehen. Mir ist heiß und schwindelig und ich muss mich erst einmal setzen.

»Alles in Ordnung bei dir?«, fragt Hanna, die sich

neben mich setzt. »Was war denn das gerade?«

»Frag mich nicht. Ich kann gerade keinen klaren Gedanken fassen.«

»Komm, wir gehen. Ich glaube, wir müssen mal ein paar Meter laufen.«

»Ist gut.«

Hanna verabschiedet sich von Silvio und wir gehen ins Café, so wie wir es geplant hatten. Ich erzähle ihr im Detail die kurze Unterhaltung mit Ben und Hanna stellt die eine Frage, die mir auch schon die ganze Zeit im Kopf herumspukt.

»Hast du eben einen Moment an Jan gedacht?«

»Nein, und ich habe ein total schlechtes Gewissen. Ich denke immer zwischendurch mal an Ben. Er geht mir einfach nicht aus dem Kopf. Auch, wenn wir uns jetzt schon Wochen nicht gesehen haben. Aber diese Begegnung gerade macht es nur noch schlimmer.«

»Du musst kein schlechtes Gewissen haben. Es ist ja nichts passiert. Und für deine Gedanken kannst du nichts«, beruhigt Hanna mich. Aber so richtig helfen mir ihre Worte gerade leider auch nicht. Ich habe das Gefühl, dass ich Ben überallhin folgen würde, wenn er mich darum bittet, und ich würde Jan sofort für ihn stehen lassen.

27

Eine Woche später

Auch wenn die Begegnung mit Ben nun schon wieder eine Woche zurückliegt, kann ich nicht aufhören an ihn zu denken. Wenn Jan und ich uns sehen, versuche ich zu vergessen, was Ben mit seiner Berührung in mir ausgelöst hat. Aber es will mir nicht gelingen. Ich spüre Bens Kuss auf meiner Wange noch immer und wenn die Begegnung wie ein Film vor meinem inneren Auge abläuft, läuft mir ein wohlig warmer Schauer den Rücken hinunter.

Jan und ich sind schon lange übers Küssen und Kuscheln hinaus und ich genieße es, Jan zu spüren und ihm in diesen Momenten ganz nah zu sein. Allerdings hatte ich noch nicht einmal so ein wahnsinniges Gefühl und Kribbeln im ganzen Körper, wenn Jan und ich uns lieben, wie ich es in dieser kleinen liebevollen Berührung von Ben empfunden habe. Dieser Gedanke geht mir nicht mehr aus dem Kopf. Ist es richtig, mit Jan zusammen zu sein, wenn ich mich eigentlich viel mehr zu Ben hingezogen fühle und ich nicht mal garantieren kann, dass ich Jan treu bleiben könnte, wenn Ben mehr von mir möchte? Diese Gedanken gehen mir schon den ganzen Morgen durch den Kopf, seit ich aufgewacht bin und leider war das viel früher als mein Wecker geklingelt hat. Jetzt muss ich mich wohl oder übel aus meinem warmen, kuscheligen Bett quälen und mich anziehen. Auch wenn ich viel lieber im Bett bleiben würde und dieser Berührung von Ben nachspüren möchte. Schluss jetzt! Lea, reiß dich zusammen! Aufstehen!

Ich ziehe mir schnell Klamotten an und höre schon durch die Zimmertür das Geklimper des Geschirrs in der Küche. Schon am Klang des Klimperns wird mir klar, dass es nur meine Mutter sein kann, die bereits in der Küche rumwuselt. Das fehlt mir jetzt noch zu meinem Glück.

»Guten Morgen, Lea!«, höre ich meine Mutter flöten. Wobei Lea sich bei ihr morgens eher anhört wie Leeeaaaa. Es ist mir ein Rätsel, wie man morgens schon so gut drauf sein kann.

»Hmmgen!« Mehr kommt aus mir einfach nicht raus.

»Hast du gut geschlafen?«

»Nee!«

»Was ist denn los? Geht es dir nicht gut?« Boah, keine Fragen mehr! Bitte!

»Doch!«

»Aber wieso schläfst du denn dann nicht gut, mein Schatz? Bedrückt dich etwas?« Ich weiß, sie meint es nur gut. Ganz ruhig ein- und wieder ausatmen.

»Alles gut!«

»Hier, iss erst einmal ein leckeres Brot. Und trink was! Du musst viel trinken. Das weißt du ja!«

»Mmmhh! Muss los, Tschüss.«

Ich zwinge mir das Brot widerwillig rein, während ich mir die Jacke anziehe. Wieso versteht meine Mutter nicht, dass ich morgens einfach nicht reden will? Es muss sie doch völlig nerven, dass ich sie immer nur anbrumme. Haben Mütter irgendein besonderes System verbaut, das nervige Untertöne von Kindern automatisch rausfiltert, bevor sie im Gehirn ankommen, oder brennen im Laufe der Jahre die entsprechenden Synapsen im Hirn einfach durch? Egal. Ich mache mich auf den Weg zur Schule und wie jeden Morgen bin ich etwas nervös, wenn ich an Bens Siedlung vorbeigehe. Heute werde ich allerdings besonders nervös, denn im Gebüsch hinter einem Auto versteckt – dort wo Ben dieses eine Mal auf mich gewartet hat – steht jemand. Ich kann von Weitem nicht erkennen, wer es ist, aber mein Bauch beginnt wie wild zu kribbeln, in der Hoffnung, dass es vielleicht Ben ist. Ich wage es kaum, zu atmen und mein Herz klopft mir bis zum Hals. Wer immer es ist, ist so gut hinter dem Gebüsch versteckt, dass ich ihn nicht erkennen kann. Als ich mich der Stelle nähere, tritt Ben hervor. Mein Herz setzt für einen Moment aus und dann muss ich anfangen zu lachen. Ben stimmt in mein Lachen ein und begrüßt mich mit einer herzlichen Umarmung und einem kurzen, zärtlichen Kuss auf die Wange.

»Guten Morgen, Lieblings-Stalker!«, höre ich mich sagen und Ben lacht mich strahlend an.

»Hi, ich wollte dir einfach mal kurz einen wunderschönen Tag wünschen.«

»Wie lieb von dir. Den wünsche ich dir auch«, antworte ich und bekomme das Grinsen nicht mehr aus dem Gesicht. Ich bin gerade überglücklich.

»Ich habe leider nicht so viel Zeit, weil ich jetzt schon viel zu spät dran bin, aber es ist schön, dich zu sehen, wenn auch nur sehr kurz«, sagt Ben. Ich beuge mich zu ihm vor, umgreife seine Schultern und ziehe ihn zu mir. Seine Wange liegt an meiner und ich flüstere ihm ins Ohr.

»Danke für die Überraschung.« Mit den Worten küsse ich Ben zärtlich und einen Moment länger als geplant auf die Wange und löse mich dann von ihm. Als ich meine Arme langsam senken lasse, streift meine rechte Hand Bens Fingerspitzen und wie aus Reflex greift Ben meine Hand, umschließt sie zärtlich mit seiner und ich schaue in seine wunderschönen Augen. In seinem Blick liegt Sehnsucht und Wärme. Und wieder habe ich das dringende Bedürfnis, ihn zu küssen, denn seine vollen Lippen ziehen mich magisch an und ich bemerke, dass ich ihm wohl schon eine Weile auf den Mund schaue. Mein Blick wandert zu Bens Augen und auch sein Blick streift durch mein Gesicht und ich spüre wieder diese unbändige Anziehungskraft zwischen uns. Mein Körper ist warm und mein Bauch kribbelt wie verrückt. Ich muss schnell weg, bevor ich mich vergesse. Ich lächle ihn verlegen an und meine Stimme versagt beinahe.

»Ich glaube, ich sollte besser gehen.« Ben hält noch immer meine Hand, zieht mich ein wenig zu sich heran, und verringert so die Distanz zwischen uns merklich. Sein Blick ruht noch immer auf meinem und die Wärme seiner Hand durchströmt meinen ganzen Körper von den Zehen bis zu den Haarspitzen. Ben lächelt mich an, hebt mit seiner freien Hand mein Kinn leicht an und ich merke, dass ich den Atem anhalte. Ich wünsche mir, dass Ben mich küsst, aber es passiert nichts. Er schaut mich nur an und lächelt.

»Was machst du nur mit mir? Ich muss jetzt los! Bis bald!« Mit diesen Worten lässt Ben mich los, schenkt mir noch ein warmes Lächeln und dreht sich um. Mit einem Grinsen über beide Ohren wende auch ich mich von ihm ab und gehe zur Schule. Der Tag wird eine Katastrophe. Das ist mir jetzt schon klar. Wie soll ich mich auf den Unterricht konzentrieren und wie soll ich Jan gegenübertreten?

Jan wartet schon vor der Schule auf mich. Er geht nie in die Klasse, ohne mich vorher zu begrüßen. Eigentlich mag ich dieses Ritual, aber heute wäre es mir lieber gewesen, ich hätte ihn verpasst. Jan schaut mich skeptisch an.

»Wo bleibst du denn?«, fragt er etwas genervt.

»Guten Morgen! Sorry! Bin etwas spät dran«, antworte ich und gebe Jan einen flüchtigen Kuss.

»Was war denn los? Du bist doch sonst immer

überpünktlich.«

»Ich hab' verschlafen«, lüge ich und möchte am liebsten direkt in meine Klasse, aber Jan lässt nicht locker.

»Sieht dir gar nicht ähnlich!«

Was soll das jetzt? Wird das ein Verhör? Als ob mein Gewissen mich nicht sowieso schon umbringen möchte, macht Jan es mir jetzt auch noch extra schwer. Ahnt er was? Nein, das kann nicht sein.

»Darf mir doch auch mal passieren, oder? Komm, wir müssen rein. Der Unterricht fängt gleich an.«

Damit ziehe ich Jan ins Schulgebäude und gehe zielstrebig in die Klasse. Ich bin die Letzte, aber zum Glück gerade noch rechtzeitig und setze mich neben Hanna. Sie sieht mir direkt an, dass etwas passiert ist.

»Ich will gleich alle Einzelheiten wissen.«

Ihr Satz zaubert mir ein Lächeln ins Gesicht, denn Hanna scheint meine Gedanken lesen zu können.

In der Pause erzähle ich Hanna von meiner morgendlichen Begegnung.

»Was macht ihr denn? Ihr seid doch beide vergeben. Wieso habt ihr so ein blödes Timing?«

»Ich weiß es nicht, aber es macht mich fertig. Ich kann nur noch an Ben denken. Es wäre besser, wenn ich ihn nicht mehr sehen würde«, entgegne ich.

An diesem Tag versuche ich Jan aus dem Weg zu gehen, aber das gestaltet sich ziemlich schwierig, denn er weicht mir in den Pausen nicht von der Seite. Nach der Schule wartet er am Ausgang auf mich, um mich nach

Hause zu begleiten.

»Wollen wir zu dir?«, fragt Jan mich lächelnd? Mir wird es so schwer ums Herz. Ich möchte ihm nicht weh tun, denn er bedeutet mir wirklich sehr viel. Aber ich kann heute nicht mit ihm zusammen sein, als wäre die Begegnung mit Ben heute Morgen nicht passiert. Ich brauche Zeit, um nachzudenken. Zeit für mich.

»Jan, ich fühle mich heute nicht so gut und möchte lieber allein sein.«

»Was ist denn los?«

»Ich weiß es nicht. Ich bin nicht so gut drauf.« Was soll ich denn sonst sagen?

»Liegt es an mir?«

Oh nein, das ist doch genau das, was ich nicht möchte. Ich möchte nicht, dass Jan sich Sorgen oder Gedanken macht, dass er etwas falsch gemacht hat. Denn das hat er ja nicht. Ich hasse mich selbst für meine Gefühle und für das, was ich Jan antue.

»Nein Jan, es liegt nicht an dir. Sei mir bitte nicht böse, wenn ich heute einfach allein sein will.«

»Okay, wie du meinst.« Mit diesen Worten gibt Jan mir einen Kuss und verschwindet zu seinen Jungs, um mit ihnen nach Hause zu gehen.

Hanna hat ein paar Meter entfernt auf mich gewartet.

»Alles klar?«, möchte sie wissen.

»Ja, ich habe Jan nur gerade verletzt, weil ich ihm gesagt habe, dass ich heute allein sein möchte. Aber ich kann ihn heute nicht um mich haben. Dafür war das heute Morgen zu intensiv und ich muss das erst einmal verarbeiten.«

»Ich kann das total verstehen. Jan wird sich schon wieder einkriegen.«

»Hoffentlich. Ich will ihm nicht wehtun.«

»Ich weiß. Komm, wir gehen nach Hause.«

Zuhause verkrieche ich mich in meinem Zimmer, lege mich aufs Bett, höre Musik und versuche, irgendwie Ordnung in mein Gedankenchaos zu bekommen.

28

Eine Woche später

Ben geht mir nicht mehr aus dem Kopf. Ich versuche, Jan gegenüber so normal wie möglich zu sein, aber ich glaube, es gelingt mir nicht gut. Seitdem ich Jan letzte Woche weggeschickt habe, ist unsere Beziehung ein bisschen eingefroren. Er verbringt viel Zeit mit seinen Kumpels und ich muss Mathe lernen. Wir sehen uns nur in der Schule. Jan hat aber auch nicht nochmal nachgefragt, warum ich allein sein wollte, und ich bin ganz froh darüber. Ich wüsste nicht, wie ich es ihm erklären soll. Allerdings macht mich der momentane Zustand unserer Beziehung auch wahnsinnig. Die Stimmung zwischen uns ist zum Zerreißen gespannt und ich merke, dass Jan innerlich mit sich kämpft, weil er nicht weiß, was mit mir los ist. Ich kann aber gerade keine Nähe von ihm zulassen, weil meine Gefühle Achterbahn fahren und ich mich immer wieder nach einer Berührung von Ben sehne. Darum kommt es mir gerade ganz gelegen, dass wir uns nicht viel sehen. Aber lange kann das so nicht weitergehen. Daran gehen wir beide kaputt.

Als der Schulgong die letzte Schulstunde für heute beendet, gehe ich mit Hanna aus dem Schulgebäude und sehe Ben dort stehen. Mein Herz bleibt stehen, mein Bauch kribbelt. Ist er meinetwegen hier? Ich muss augenblicklich wieder an unsere morgendliche Begegnung denken und an die Gefühle, die Ben damit in mir ausgelöst hat. Ich war überglücklich und hatte das Gefühl, dass Ben wirklich etwas für mich empfindet. Jetzt steht er da, zehn Meter von mir entfernt, sexy an die Mauer gelehnt und schaut mich an. Er lächelt und ich möchte gerade auf ihn zugehen, um ihn zu begrüßen, da sehe ich, dass Juna sich ihm von links nähert und ihn stürmisch begrüßt. Ben nimmt Juna in den Arm und sein Blick ist dabei noch immer auf mich gerichtet. Mich durchfährt ein innerer Schmerz, als würde mir jemand ein Messer in den Rücken rammen. Bens Lächeln verschwindet aus seinem Gesicht, während er mich immer noch ansieht und sein Mund formt ein lautloses »Sorry«. Ich weiche seinem Blick aus und ziehe Hanna mit mir weg vom Schulgebäude. Hanna sieht mich besorgt an, denn ich bekomme keinen Ton mehr raus.

»Lea, alles klar?«, fragt Hanna vorsichtig.

Mir ist schlecht.

»Lea, sag doch was.« Ich bleibe unvermittelt auf dem Gehweg stehen.

»Ich bin so bescheuert! Ich habe tatsächlich einen kurzen Moment geglaubt, er ist meinetwegen da.«

»Das ist ja auch nicht so abwegig nach euren letzten beiden Begegnungen.«

»Ich könnte kotzen!«

Was habe ich denn erwartet? Ich weiß ja, dass Ben mit Juna zusammen ist. Und ich bin mit Jan zusammen. Ich habe überhaupt keinen Grund, eifersüchtig zu sein. Aber all die Vernunft weicht einem tiefen Schmerz in mir, der alles überschattet. Ich möchte mich nur noch zu Hause verkriechen und heulen. Was sollte diese Überraschung letzte Woche? Das Flirten? Er trennt sich nicht von Juna. Ich bin nur eine kleine Ablenkung für zwischendurch. Jetzt reicht es. Ich möchte Ben nicht mehr wiedersehen.

29

Ein halbes Jahr später

Nach der Begegnung mit Ben und Juna an der Schule, bin ich Ben aus dem Weg gegangen. Er hat mich morgens nicht mehr abgepasst und wir sind uns auch sonst nirgendwo begegnet. So konnte ich mich auf Jan konzentrieren und mich ihm wieder annähern. Jan hat nie nachgefragt, was in den Wochen mit mir los war, denn es hat eine Weile gedauert, bis ich den Zwischenfall mit Ben verarbeitet hatte und mir eingestehen konnte, dass Ben und ich niemals eine gemeinsame Zukunft haben werden und ich ihn vergessen muss. Als ich es endlich begriffen hatte, konnte ich mich wieder voll und ganz auf Jan einlassen und unsere Beziehung wurde enger und intensiver als zuvor. Wir verbringen so viel Zeit miteinander wie möglich und genießen jeden einzelnen Augenblick. Nur leider ist Jan ein wenig zum Stubenhocker mutiert. Zumindest wenn es darum geht, Zeit mit mir zu verbringen.

»Hey, Lea«, begrüßt Jan mich, als ich ihn nach der

Schule besuche. Ich gebe ihm einen Kuss und wir verschwinden in Jans Zimmer. Seine Eltern sind arbeiten und somit haben wir die Wohnung für uns.

»Wollen wir einen Film gucken?«, fragt Jan mich wie fast jeden Nachmittag.

»Nein, ich hab' keine Lust auf einen Film. Das Wetter ist so schön. Wollen wir nicht mal was rausgehen? Mal gucken, was in der Stadt so los ist?«

»Nein, keine Lust. Lass uns doch lieber hierbleiben.«

»Aber Hanna hat mich vorhin in der Schule gefragt, ob wir heute zum Spielplatz gehen. Sie ist heute mit Silvio dort«, versuche ich Jan umzustimmen.

»Ich habe aber keine Lust, mit den Leuten da abzuhängen. Ich bin lieber allein mit dir.« Mit diesen Worten zieht er mich auf sein Bett und küsst mich stürmisch. Ich lasse es zu und genieße seine leidenschaftlichen Küsse, aber insgeheim bin ich ein bisschen enttäuscht, weil Jan nie auf meine Vorschläge eingeht. Diesen Nachmittag verbringen wir also wieder wie alle anderen knutschend vorm Fernseher. Wie spannend…

Auf dem Weg nach Hause muss ich die ganze Zeit an das Gespräch mit Jan denken und daran, dass ich heute wirklich gern mal wieder etwas unternommen hätte. Der Nachrichtenton meines Handys reißt mich aus meinen Gedanken.

>*Hey Lea, wo warst du denn heute? Ich hab' auf dich gewartet.*<

Ich habe ein schlechtes Gewissen Hanna gegenüber.

Wir treffen uns kaum noch in letzter Zeit. Darum antworte ich ihr schnell.

>*Sorry Hanna, ich konnte Jan nicht überreden.*<

Ihre Antwort kommt prompt.

>*Dann lässt du den Muffel halt das nächste Mal einfach allein zu Hause sitzen.*<

Hanna schafft es immer wieder, mich zum Lachen zu bringen.

>*Abgemacht!*<

30

Ein Tag später

Ich werde vom Telefonklingeln geweckt. Wer ruft denn um 6 Uhr morgens bei uns an? Schlaftrunken gehe ich nach unten ins Wohnzimmer. Meine Mutter sitzt am Esstisch auf einem Stuhl und hat ihr Gesicht in den Händen vergraben. Meine Schwester steht genauso hilflos und ratlos wie ich neben mir. Wir warten, bis meine Mutter sich wieder gesammelt hat.

»Opa ist heute Nacht gestorben«, presst sie unter Tränen hervor. Nun müssen auch Mia und ich uns setzen und können die Tränen nicht zurückhalten. Meine Mutter ruft in der Schule an und klärt, dass Mia und ich heute nicht kommen werden. Stattdessen fahren wir mit meiner Mutter zu meiner Oma, um ihr beizustehen und sie zu unterstützen.

Uns war klar, dass dieser Tag früher oder später kommen würde, denn wir alle wussten, wie schlecht es Opa ging. Aber wenn es dann Realität wird, haut einen diese Nachricht komplett aus der Bahn. Ganz egal wie sehr man versucht, sich auf diesen Anruf vorzubereiten. Ich fühle mich seitdem wie betäubt. Im ersten Moment liefen mir die Tränen in Strömen über die glühenden Wangen und ich konnte sie nicht kontrollieren, aber jetzt fühlt sich alles so dumpf an; so als stünde ich neben mir.

Damit Jan sich keine Sorgen macht, schreibe ich ihm eine kurze Nachricht.

>*Komme heute nicht in die Schule. Opa ist gestorben. Müssen viel organisieren.*<

Jan liest die Nachricht noch bevor der Unterricht beginnt und antwortet direkt.

>*Das tut mir leid. Ich bin für dich da.*<

Wie lieb von Jan. Auf ihn kann ich mich verlassen.

Diesen Tag erlebe ich wie in Trance. Ich weiß nicht so recht, wie wir das überstanden haben und wie wir die Kraft hatten, alles zu organisieren, aber irgendwie mobilisiert man alle Reserven. Erschöpft und unendlich traurig lege ich mich ins Bett. Ich nehme mein Handy, denn ich muss feststellen, dass ich es den ganzen Tag nicht mehr in der Hand hatte. Ich habe ein paar verpasste Nachrichten von Jan und Hanna. Aber ich habe keine Kraft mehr, ihnen zu antworten. Das muss bis morgen warten.

Der nächste Morgen wird schwer für mich. Ich komme kaum aus dem Bett und am liebsten möchte ich zu Hause bleiben, aber da ich dann zu viel Stoff verpasse, muss ich heute wieder in die Schule.

Hanna wartet vor dem Schuleingang auf mich und nimmt mich tröstend in den Arm.

»Es tut mir so leid. Kann ich etwas für dich tun?«

»Danke Hanna. Es ist schon okay. Sorry, dass ich gestern nicht mehr geantwortet habe.«

»Ist doch kein Problem. Hauptsache, dir geht es einigermaßen. Da kommt Jan.«

»Oh nein, ihm hab' ich gestern auch nicht mehr geantwortet. Hoffentlich ist er nicht böse.«

Ich drehe mich zu Jan um, der hinter mir steht und versuche, ihn anzulächeln. Es fällt mir nur sehr schwer.

»Lea, alles klar? Ich hab' mir Sorgen gemacht.«

»Alles gut, Jan. Sorry, aber der Tag gestern war sehr anstrengend. Ich konnte nicht mehr antworten.«

»Schon gut.«

Der Schulgong unterbricht unser Gespräch und wir gehen in die Klasse.

Es fällt mir unendlich schwer, mich auf den Unterricht zu konzentrieren, aber da muss ich jetzt durch. Nächste Woche schreibe ich eine Mathearbeit und ich weiß nicht, wie ich das schaffen soll. In den Pausen schleicht Jan die ganze Zeit um mich herum und bemuttert mich. Damit komme ich momentan gar nicht gut zurecht. Am liebsten würde ich mich irgendwo in der hintersten Ecke des Schulhofs verstecken, damit mich keiner findet und keiner fragt, wie es mir geht. Wie soll es mir schon gehen? Beschissen natürlich! Bescheuerte Frage!

Jan ist nach der Schule direkt zu mir gekommen, weil er für mich da sein möchte. Ich habe mich unter meiner Decke auf meinem Bett eingekuschelt und bin unendlich traurig. Jan sitzt neben mir und sieht mich hilflos an. Der Arme weiß auch nicht, wie er sich in dieser Situation mir gegenüber verhalten soll. Er hat noch keinen geliebten Menschen verloren. Auch für mich ist es der erste Verlust eines Familienmitglieds. Und mein Opa war sehr wichtig für mich. Wir haben uns nicht oft gesehen, weil er und meine Oma etwas weiter entfernt wohnen. Aber wenn wir uns gesehen haben, habe ich mich immer riesig gefreut. Er war ein liebenswerter, lustiger Opa, der immer eine interessante Geschichte von früher zu erzählen hatte. Abends gab es immer Abendbrot bei meinen Großeltern und Mia und ich haben ihnen bei den Vorbereitungen geholfen. Dann hat Opa heimlich den geräucherten Aal aus dem Kühlschrank geholt und für sich, Mia und mich ein Stück abgeschnitten. Den Rest hat er wieder im Kühlschrank versteckt, damit die anderen ihm nicht den teuren Aal wegfuttern. Dafür teilte er mit den anderen umso lieber den Schnaps. Er fehlt mir.

Jan versucht, ein Gespräch über belanglose Dinge mit mir anzufangen.

»Hast du schon gehört, dass Finn eine neue Freundin hat?«

Ich weiß, er meint es nur gut, aber ich habe keine Kraft

für Smalltalk. Mehr als ein Nicken ist nicht drin.

Jan merkt schnell, dass er mir in meiner momentanen Situation nicht helfen kann. Es bricht mir zusätzlich das Herz zu sehen, dass er unter dieser Situation leidet. Ich kann aber gerade auf seine Gefühle keine Rücksicht nehmen. Dazu bin ich zu sehr mit meinen eigenen Gedanken beschäftigt.

»Würdest du mich bitte allein lassen?«, frage ich vorsichtig.

In Jans Blick spiegelt sich Verzweiflung, Trauer und Wut. All das tut mir sehr leid, aber ich kann nicht anders.

»Wenn es das ist, was du möchtest, dann gehe ich natürlich.«

»Ja, sei nicht böse. Aber ich möchte wirklich lieber allein sein.«

»Okay, aber melde dich, wenn was ist.«

»Alles klar.«

Damit verschwindet Jan und lässt mich allein mit meiner Trauer. Ich habe ein schlechtes Gewissen Jan gegenüber, aber ich merke einfach, dass er mir in dieser Situation nicht helfen kann. Ich muss das allein verarbeiten und vielleicht mit jemandem reden, der genau das gleiche durchlebt oder durchlebt hat. In diesem Moment ist es meine Familie, die ich brauche. Und auch, wenn ich Jan damit verletzt habe, war es für mich die richtige Entscheidung, ihn nach Hause zu schicken. Denn ich muss an mich denken und daran, wie ich am besten mit dem Verlust klarkomme.

Es dauert eine Weile, bis ich den ersten tiefen Schmerz überwunden habe. Ich habe Jan in den letzten Tagen immer vertröstet, weil ich allein sein wollte. Er hat versucht, sich nichts anmerken zu lassen, doch ich konnte in seinen Augen sehen und in seiner Stimme hören, dass er enttäuscht war. Es hat aber nichts daran geändert, dass ich ihn nicht um mich haben wollte. Ich habe einfach gehofft, dass er es verstehen wird und es mir nicht nachträgt.

Morgen steht die Beerdigung an und ich fühle mich so ohnmächtig. Es ist zwar schon spät, aber ich schreibe Jan noch schnell eine Nachricht. Vielleicht liest er sie ja noch, bevor er ins Bett geht.

>*Kannst du mich morgen zur Beerdigung begleiten? Ich brauche dich dabei.*<

Seine Antwort kommt prompt.

>*Natürlich! Ich bin für dich da!*<

Ich bin erleichtert und finde nach einer unruhigen Stunde im Bett endlich in den Schlaf.

Der nächste Morgen ist ein schwerer Schritt für mich und in diesem Moment bin ich froh, dass Jan mich begleitet und für mich da ist. Ich merke Jan an, wie erleichtert er ist, dass ich ihn wieder an meinem Leben teilhaben lasse und bin dankbar, dass er mir in dieser schwierigen Lage eine große Stütze ist, auch wenn ich es zuerst nicht zulassen wollte.

Mia und mich hat der Verlust näher zusammengebracht. Wir haben uns immer gut verstanden – trotz unserer kleinen Streitereien, die wir immer mal hatten. Aber da Mia nur noch mit ihrem Tanzfreund unterwegs ist und ich mit Jan rumhänge, haben wir nicht mehr so viele Berührungspunkte. Die Zeit der Trauer haben wir gemeinsam verbracht und Mia und ich mussten feststellen, dass wir uns doch viel ähnlicher sind als wir geahnt hätten. Sie ist in dieser Zeit eher zu einer guten Freundin für mich geworden und dieses Gefühl möchte ich mir gerne erhalten.

31

4 Monate später

»Guten Morgen, gut geschlafen?«, fragt Jan leise nachdem ich mühsam vorsichtshalber erst einmal nur ein Auge öffne, weil es mir hier definitiv zu hell ist. Jan liegt neben mir und grinst mich an.

»Wie spät ist es?«

»Gleich 9 Uhr. Ich muss gleich los zum Spiel.«

»Och nö!«, entgegne ich genervt. Wegen Jans blöder Fußballspiele kann ich nie ausschlafen. Heute ist doch Sonntag! Also schmeißt er mich jetzt gleich quasi wieder raus, weil er hektisch wird. Jan ist eigentlich fast immer zu spät dran. Das nervt!

»Wir können uns ja vielleicht nach dem Spiel sehen?«

»Ja mal sehen! Ich mach mich dann mal schnell fertig und verschwinde.«

Damit verkrümele ich mich ins Bad, mach mich ein wenig frisch, sammele meine Klamotten ein und stehe angezogen vor Jan, der noch immer halb verschlafen im Bett rumlungert.

»Ich dachte, du musst los?!?«, frage ich etwas vorwurfsvoll.

»Ja, ja! Ich mach ja schon. Bis später!«

Ich gebe Jan einen Abschiedskuss und verlasse seine Wohnung.

Jan und ich sind inzwischen schon ein Jahr zusammen. Er ist mir eine große Stütze. Auch für die Schule. Da er in Mathe nur Einser schreibt, hat er mir seine Hilfe angeboten und ich habe sie dankend angenommen. Er konnte mir tatsächlich einiges so erklären, dass ich es verstanden habe. Ich habe es nicht mehr für möglich gehalten.

Auch wenn ich gerne mit Jan zusammen bin und die Zeit mit ihm genieße, habe ich zwischenzeitlich das Gefühl, unsere Beziehung tritt auf der Stelle. Nach dem Tod meines Opas habe ich mich immer wieder gefragt, warum ich Jan nicht um mich haben konnte, als ich ihn eigentlich am meisten gebraucht hätte. Zwischendurch habe ich unsere Beziehung in Frage gestellt, weil ich mich und meine Gefühle einfach nicht verstehen konnte. Hinzu kommt, dass unsere Beziehung schrecklich langweilig geworden ist. Jan möchte am liebsten nur noch zu Hause mit mir abhängen und Filme schauen, aber ich möchte eigentlich viel lieber raus, was trinken gehen, Freunde treffen oder auch mal tanzen gehen. Hanna und ich lieben es zu tanzen. Dass Jan und ich ständig nur aufeinanderhängen und kaum noch Freunde sehen, bekommt mir und auch meinen Freundschaften gar nicht gut. Ich fühle mich eingeengt und manchmal fühlt sich mein Herz einfach so schwer an, weil ich befürchte, dass sich unsere Beziehung nicht ändern wird und wir in einer Endlosschleife leben, die mich langsam aber sicher immer weiter runterzieht.

Während ich den gewohnten Weg von Jan nach Hause laufe, stelle ich mir mal wieder die Frage, was ich eigentlich will und wie ich mir mein Leben vorstelle. Soll es jetzt mit Jan ewig so weitergehen? Zu Hause abhängen und aufeinander glucken? Reicht mir das? Und was fange ich jetzt mit dem angebrochenen Sonntag an? Das Piepen meines Handys reißt mich aus meinen Gedanken. Eine Nachricht von Hanna und sie kommt wie gerufen.

>Was hast du heute vor? Lust auf eine Eisschokolade in der Stadt?<

Ich antworte ihr direkt.

>Super Idee. Ich kann in einer Stunde bei dir sein.<

>Passt!<

Ich bin gespannt, was sie zu erzählen hat. Wir haben schon länger nicht allein zusammen gequatscht, außer in den Pausen und auf dem Schulweg. Aber das ist einfach etwas anders.

Es ist ein nasser und kalter Novembertag und eigentlich so ein Tag, an dem man sich am liebsten unter seiner Bettdecke mit einem schönen Buch und einem heißen Tee verkriecht. Aber das kommt heute nicht in

Frage, denn ich möchte mit Hanna einen schönen Tag verbringen. Wir suchen uns einen freien Tisch im Café und Hanna hält sich nicht lange zurück, sondern fällt direkt mit der Tür ins Haus.

»Was ist los bei Jan und dir?«

»Was meinst du?«, frage ich verunsichert.

»Man bekommt euch gar nicht mehr zu Gesicht. Ihr hängt nur noch zu Hause rum«, bringt Hanna es ziemlich genau auf den Punkt.

Ich muss mir diese Worte kurz durch den Kopf gehen lassen, denn ich merke gerade, wie unglücklich mich diese Situation mit Jan tatsächlich macht. Auch wenn ich mich selbst schon eine Weile frage, ob das jetzt alles war, ist es noch einmal etwas anderes, wenn Hanna diese Worte nun so unverblümt ausspricht.

»Du hast recht. Mich regt das auch tierisch auf. Ich kann Jan zu nichts überreden. Wenn ich ihm vorschlage, mal irgendwas zu unternehmen, was trinken zu gehen, oder so, dann hat er nie Bock. Er will immer nur mit mir allein abhängen. Und du weißt, wie sehr ich es hasse, die Abende mit irgendwelchen schwachsinnigen Filmen vorm Fernseher zu vergeuden.«

»Weißt du denn, wieso Jan nicht mehr raus will?«, möchte Hanna wissen.

»Nein, wenn ich ihn frage, sagt er nur, er hat keine Lust.«

»Dann musst du mal wieder allein raus. Das kann so nicht weitergehen. Ich erkenne dich kaum noch wieder!«, beschließt Hanna.

»Ja, du fehlst mir und es fehlt mir, mit dir zu lachen und Spaß zu haben.«

»Du fehlst mir auch. Nur weil wir beide in einer Beziehung leben, bedeutet es ja nicht, dass wir keinen Spaß mehr haben können.«

»Es tut mir leid, dass ich mich so von Jan habe einlullen lassen. Eigentlich ist das gar nicht mein Ding, so aufeinander zu glucken«, versuche ich Hanna zu erklären.

»Ich weiß. Darum hole ich dich jetzt auch aus diesem Tief raus. Wir sind jung und sexy und brauchen Spaß im Leben!«

Auf Hannas Ansprache hin, muss ich unwillkürlich lachen. Hanna stimmt in mein Lachen ein und es fühlt sich ein bisschen an wie ein Befreiungsschlag.

Nachdem das Lachen verebbt ist, werde ich etwas nachdenklich. Wann ist es so weit gekommen ist, dass Jan und ich zu Couch-Potatoes geworden sind? Und warum habe ich das überhaupt zugelassen?

»Bist du noch glücklich mit Jan? Abgesehen von der Tatsache, dass er nicht raus will?«, fragt Hanna vorsichtig mitten in meine Gedanken hinein.

Ich schaue Hanna nachdenklich an.

»Ich weiß es ehrlich gesagt nicht richtig.«

Mit meinen Worten kommt die Erkenntnis, dass Jan und ich etwas ändern müssen. Ich kann mich nicht mit meinen 17 Jahren für einen Jungen aufgeben. Das ist nicht mein Leben.

»Insgeheim hab' ich das Gefühl, dass Jan mich zu

Hause einsperrt, damit ich bloß keine anderen interessanten Menschen kennenlerne. Einsperren klingt jetzt vielleicht ein bisschen heftig, aber du weißt, was ich meine, oder?«, frage ich Hanna.

Hanna nickt.

»Das kann schon sein. Weißt du, ob Jan damals irgendwie mitbekommen hat, dass Ben dich morgens abgepasst hat? Vielleicht hat ihm auch irgendjemand gesteckt, dass er dich auf dem Spielplatz so liebevoll begrüßt hat.«

»Kann sein. Darüber hab' ich noch gar nicht nachgedacht. Aber das würde natürlich erklären, dass Jan mich nicht mehr mit zu den Treffen mit seinen Kumpels nimmt. Vielleicht hat er Angst, dass zwischen Ben und mir was laufen könnte.«

»Was natürlich total abwegig ist«, entgegnet Hanna.

Ich erwische mich dabei, dass ich bei der Vorstellung, Ben wiederzusehen, blöd grinsen muss und sehe Hannas breites Lächeln im Gesicht.

»Das ist total abwegig. Ich habe Ben schon ewig nicht gesehen. Und außerdem habe ich Jan und Ben hat Juna.«

»Ja sicher, wenn du meinst«, entgegnet Hanna und ihr Grinsen wird nur noch breiter. Was will sie mir damit sagen? Ich will aber eigentlich nicht mehr über Ben reden, denn ich versuche ihn konsequent aus meinen Gedanken zu verbannen, was mir leider nicht immer so gut gelingt, auch wenn ich ihn schon seit Monaten nicht mehr gesehen habe.

»Wie läuft es denn eigentlich bei dir und Silvio?«,

versuche ich das Gespräch auf ein etwas unverfänglicheres Thema zu lenken und Hanna lässt sich darauf ein. Wir trinken genüsslich unsere heiße Schokolade und quatschen über ihre Beziehung mit Silvio, die scheinbar besser läuft als Jans und meine. Hanna und Silvio sind ständig unterwegs auf Partys, in Clubs oder Bars. Ich vermisse dieses Leben.

»Wie sieht es denn am Wochenende mit einem kleinen Clubbesuch aus? Ich will mit dir tanzen!«, fragt Hanna nach einer Weile.

»Ok, klingt gut!«

Ich bin ganz aus dem Häuschen bei dem Gedanken, am Wochenende mit Hanna tanzen zu gehen. Ob Jan mitkommt oder nicht, ist seine Entscheidung. Aber ich muss dringend raus.

Auf dem Weg nach Hause lenkt Hanna das Gespräch plötzlich wieder in eine ganz andere Richtung.

»Levio hat mir letzte Woche übrigens etwas erzählt, was mir nicht mehr aus dem Kopf geht, und ich dachte, es würde dich vielleicht interessieren.«

Ich schaue Hanna fragend an und bin neugierig, was sie mir zu berichten hat.

»Es geht um Ben.«

»Oh nein. Nicht schon wieder. Ben ist Geschichte für mich.«

»Ich weiß, aber ich denke, dass es dich trotzdem interessieren würde.«

»Na gut, was denn?«

»Levio hat mir erzählt, dass Ben wohl eine sehr

schwierige Kindheit hatte. Einzelheiten wusste er auch nicht, aber seine Mutter ist wohl mit Ben Hals über Kopf aus ihrem Heimatort abgehauen und hier gelandet.«

»Okay, das könnte vielleicht sein sprunghaftes Verhalten erklären. Wer weiß, was er erlebt hat. Das passt auch ein bisschen zu der Geschichte, die Leon mir damals erzählt hat.«

»Welche Geschichte?«, möchte Hanna wissen.

Ich erzähle Hanna kurz von dem Gespräch mit Leon über Ben und wie er sich verhalten hat, als er neu hier in der Stadt angekommen ist.

»Hmmm. Klingt wirklich so, als wäre es nicht immer leicht für Ben gewesen«, merkt Hanna an.

Mit vielen verwirrenden Gedanken im Kopf verabschiede ich mich von Hanna und laufe allein weiter nach Hause. Ich ärgere mich gerade maßlos über mich selbst, weil ich schon wieder zulasse, dass Ben meine Gedanken dominiert und eigentlich war ich doch endlich an dem Punkt angelangt, dass ich nicht mehr ständig an ihn denken muss. Warum musste mir Hanna das denn heute unbedingt erzählen? Sie hätte es doch auch einfach für sich behalten können. Andererseits wäre ich ihr wahrscheinlich böse, wenn ich erfahren hätte, dass sie mir so eine Info vorenthält. Wie auch immer. Ben geht mir gerade nicht mehr aus dem Kopf. Ich grübele die ganze Zeit darüber, was ihm Schlimmes widerfahren sein kann.

32

5 Tage später

»Du siehst toll aus!«, begrüßt Hanna mich, als ich Freitagabend bei ihr vor der Tür stehe.

Wie abgemacht, gehen Jan, Hanna, Silvio und ich heute zusammen tanzen und ich bin ziemlich aufgekratzt. Ich trage eine dunkelblaue, hautenge Jeans, ein Trägertop mit weitem Ausschnitt in weiß und blau, das meine braune Haut betont, und dazu weiße Sneaker. Ein Knistern liegt in der Luft, denn ich habe richtig Lust, stundenlang zu tanzen.

»Du auch, Hanna! Ich freu mich so auf den Abend! Endlich mal wieder tanzen!«

»Und ich mich erst! Wie hast du es denn fertiggebracht, dass Jan mitkommt?«

»Ich glaube, er wollte mich einfach nicht allein losziehen lassen!«

»Das kann natürlich sein! So wie du heute aussiehst, ziehst du bestimmt alle Blicke auf dich und wer weiß, was heute noch so passiert!«

»Was redest du denn da? Die Einzige, die alle Männer wild macht, bist du!«

»Das werden wir noch sehen!«, lacht Hanna und ich werde das Gefühl nicht los, dass hier irgendwas im Busch ist.

Jan ist fast ein Jahr älter als ich und hat seit kurzem seinen Führerschein. Wir sind gerade fertig gestylt, als die Jungs vor der Tür parken und wir ernten anerkennende Pfiffe von ihnen, während wir ihnen zum Auto entgegen gehen. Kurze Zeit später betreten wir den aufgeheizten Club und es empfängt uns eine ausgelassene Stimmung. Hanna wirft mir einen vielsagenden Blick zu, greift nach meiner Hand und zieht mich sofort auf die Tanzfläche. Ich tanze für mein Leben gerne und so lassen wir uns von der Musik treiben, während Jan und Silvio am Rand stehen, trinken und uns beobachten. Hanna und ich sind völlig in unserem Element und so bemerken wir nicht, dass sich zu Jan und Silvio noch ein paar andere Jungs gesellen. Nach ein paar Liedern brauchen wir eine kleine Tanzpause und wollen zu Jan und Silvio an die Theke gehen, müssen aber feststellen, dass sie nicht mehr dort stehen. Stattdessen lehnt dort lässig an die Theke gelehnt Ben mit seinem Blick fest auf mich gerichtet. Mein Herz setzt für einen kurzen Moment aus. Seit wann ist er hier? Wie lange schaut er uns schon beim Tanzen zu? Sein Anblick fegt mich von den Füßen, eine unbändige Verunsicherung macht sich in mir breit und die Schmetterlinge, die schon sehr lange eingeschlafen waren, erwachen auf einmal wieder zum Leben. Wie lange habe ich Ben nun nicht mehr gesehen? Ich war mir sicher, dass er nicht mehr so eine Wirkung auf mich haben würde, wenn ich ihm begegnen sollte. Aber dieser Moment hier ist komplett anders als ich es mir jemals hätte vorstellen können. Meine Knie sind weicher als sie bei einem anderen Treffen mit Ben je waren und in meinem Kopf schwirren tausend Gedanken. Ich sehe seinen Blick, ich spüre ihn auf mir und es fühlt sich an, als brennt dieser Blick auf meiner Haut. Jan scheint davon zum Glück nichts mitzubekommen. Ich habe ihn ein paar Meter entfernt von uns in ein Gespräch mit Jakob vertieft entdeckt. Ich schaue mich nochmal um, um zu sehen, ob Juna auch hier ist, aber von ihr ist keine Spur. Ich spüre, wie Hanna neben mir kurz meine Hand nimmt und sie leicht drückt, um mir zu zeigen, dass sie weiß, was für ein Sturm in mir tobt.

»Alles klar?«, fragt sie leise, während sie mich leicht in Bens Richtung schiebt. Als ich ihn entdeckt habe, hat sich mein Schritt wohl automatisch verlangsamt. Ich habe das Gefühl, die Welt um mich herum dreht sich in Zeitlupe.

»Weiß ich noch nicht. Ich kann doch jetzt nicht einfach zu ihm gehen, oder?«

»Doch, das kannst du. Ich bin ja auch noch da«, versucht Hanna mir Mut zu machen.

Ich gehe langsam auf Ben zu, der seinen Blick noch immer auf mich gerichtet hat und mich dabei schief anlächelt. Ich komme kurz vor ihm zum Stehen und bin mir nicht sicher, wie ich ihn begrüßen soll. Mein Blick klebt an seinen schönen grauen Augen. Ben nimmt mir die Entscheidung ab. Er legt behutsam seine Hand auf meinen Rücken, zieht mich vorsichtig zu sich heran, drückt mir einen Begrüßungskuss auf die Wange und haucht mir ein »Hey« in mein Ohr. Mir wird gerade bewusst, dass ich die ganze Zeit den Atem anhalte und während seine Wange noch an meiner ruht und meine Hände seine starken Oberarme umschließen, entfährt mir die Luft mit einem kleinen Seufzer. Ich habe Gänsehaut am ganzen Körper und nun spüre ich auch Bens Atem in meinem Nacken. Die Berührung dauert vielleicht nur ein paar Sekunden, aber sie fühlen sich für mich an wie Minuten. Ben löst sich langsam von mir und sein Blick bleibt an meinen Lippen hängen. Ich bekomme keinen Ton raus und habe verdammt weiche Knie. Was war das? Bei seinem Blick wird mir ziemlich heiß. Jan ist immer noch in sein Gespräch vertieft und hat unsere Begrüßung nicht beobachtet, dafür steht allerdings Hanna die ganze Zeit wartend mit einem fetten Grinsen im Gesicht neben uns. Ben grinst verlegen und begrüßt Hanna nun mit Küsschen links und rechts auf die Wange. Anschließend drückt Hanna mir eine Flasche Radler in die Hand und ich bin ihr in diesem Augenblick sehr dankbar, dass ich nun etwas habe, an dem ich mich festhalten kann, um meine Nervosität zu überspielen. Jan hat nun auch bemerkt, dass Ben bei uns steht und stellt sich demonstrativ direkt neben mich. Ben lässt sofort wieder von mir ab und unterhält sich mit seinen

Kumpels. Hanna – aufmerksam wie immer – bemerkt, dass mir die ganze Situation über den Kopf wächst und ich in diesem Moment am liebsten abhauen würde. Da steht Jan, mein Freund, mit dem ich seit fast einem Jahr zusammen bin, weil ich Ben, der neben ihm steht, nicht haben konnte, auch wenn ich es mir so sehr gewünscht hatte. Und auch, wenn ich immer noch glaube, dass Ben mich auch wollte, hat ihn etwas davon abgehalten, mich erobern zu wollen. War es Jan, der ihn abgehalten hat? So wie er sich auch jetzt wieder zurückzieht, sobald Jan auftaucht? Oder was steckt hinter Bens Verhalten? Hanna erlöst mich in diesem Moment und reißt mich aus meinen Gedanken. Die Musikrichtung wechselt zu spanischen Klängen, bei denen Hanna und ich nicht stillstehen können. Sie zieht mich auf die Tanzfläche und wir tanzen als wäre es unser letzter Tanz. Ich vergesse alles um mich herum und fühle mich für einen Moment lang frei und federleicht. Das Gefühl verschwindet leider viel zu schnell, als ich zwischen zwei Liedern zur Theke schiele, wo Jan und Ben nebeneinanderstehen und beide ihre Blicke auf mich gerichtet haben. Ich ziehe Hanna zu mir.

»Siehst du auch, was ich sehe? Ich drehe gleich durch.«

»Ich sehe es und wenn ich dir jetzt sage, dass Ben und Juna nicht mehr zusammen sind, flippst du wahrscheinlich völlig aus.«

Bei den Worten bleibe ich wie angewurzelt stehen. Um mich herum tanzen alle und ich kann mich nicht mehr bewegen. Hanna lacht sich schlapp, nimmt meine Hand und gibt mir zu verstehen, dass ich mich bewegen soll, weil Ben und Jan immer noch zu uns schauen und sich wahrscheinlich gerade fragen, was mit mir los ist. Ich stimme in Hannas Lachen ein und tanze einfach weiter. Ich versuche, mir keine Gedanken über die Tragweite von Hannas Worten zu machen, und will einfach nur den Abend genießen. Das gestaltet sich allerdings schwierig, weil Hanna mir zwischendurch ständig Kommentare an den Kopf wirft, die mich enorm verunsichern.

»Ich will ja nichts sagen, aber Ben zieht dich gerade mit Blicken aus.« Oder: »Ben hat nur Augen für dich!«

Irgendwann wird es mir zu bunt und ich schnappe mir Hanna und gehe mit ihr zur Toilette.

»Was mache ich denn jetzt? Ich bin mit Jan hier, aber ich will am liebsten mit Ben durchbrennen.«

»Und er wohl auch mit dir«, bestätigt Hanna grinsend.

»Seit wann weißt du das mit Ben und Juna?«, frage ich Hanna.

»Seit einer Woche«, erklärt mir Hanna ruhig mit einem wissenden Lächeln im Gesicht.

»Warum hast du mir das dann nicht schon am Sonntag erzählt?«, frage ich sie wütend. Was soll das? Dass Ben eine schlimme Kindheit hatte, kann sie mir erzählen, aber so wichtige Dinge wie die Trennung von Juna enthält sie mir vor? Ich koche innerlich.

»Ich wollte dich nicht noch mehr durcheinanderbringen. Du warst schon so verunsichert, ob das mit Jan noch so richtig für dich ist, und ich dachte, wenn ich dir erzähle, dass Ben und Juna getrennt sind, machst du dir eher Gedanken über Ben und nicht darüber, ob deine Beziehung mit Jan noch Sinn macht – unabhängig von Bens Beziehungsstatus.«

»Das kann natürlich sein. Trotzdem bin ich gerade ein bisschen sauer.«

»Sorry, ich wollte dich nicht absichtlich belügen. Ich dachte nur, es wäre besser so.«

»Warte mal, wusstest du, dass Ben heute hier sein wird?«, kommt mir gerade die Erkenntnis. Hat Hanna darum so darauf gepocht heute hierhin zu fahren, egal ob mit oder ohne Jan?

»Ähhm, erwischt«, flüstert Hanna kleinlaut. Ich fasse es nicht und bin sprachlos. Hanna hat mich hier voll ins offene Messer laufen lassen.

»Letzte Woche habe ich Levio getroffen. Wir hatten uns lange nicht gesehen und dann fingen wir an zu erzählen. Er sagte, dass wir dringend mal zusammen feiern müssten und ob ich nicht Lust hätte, heute hierherzukommen, weil er mit Ben, Jakob und Finn zum Feiern verabredet ist. Er hat mir dann auch noch erzählt, dass Ben nicht mehr mit Juna zusammen ist und sie hier auf seine Freiheit einen trinken wollten. An dem Tag hat er mir auch von Bens Vergangenheit erzählt. Levio hat mir aber heute Morgen geschrieben, dass bei ihm was dazwischengekommen ist. Ich war mir also nicht mehr sicher, ob Ben heute hier sein würde.«

»Ich weiß nicht so genau, was ich denken soll.«

»Lea, bitte sei mir nicht böse. Ich habe doch bei

unserem Gespräch letzte Woche gemerkt, dass Ben dir immer noch viel bedeutet. Jetzt ist er Single und du hängst mit Jan in einer Beziehung fest, die dir nicht guttut. Ich dachte, es kann nicht schaden, wenn ihr euch vielleicht mal wieder zufällig über den Weg lauft.«

»Ich bin dir nicht böse. Ich komme nur gerade überhaupt nicht mehr klar.«

Ich bin völlig verwirrt. Irgendwie bin ich sauer auf Hanna, dass sie das hinter meinem Rücken eingefädelt hat, andererseits bin ich dankbar, denn mir wird gerade klar, dass ich Ben immer noch total anziehend finde und dass der Abend mit Jan sich hier auch ohne Ben nicht so gestaltet, wie ich mir das gewünscht hätte. Jan ist sehr mit seinen Jungs beschäftigt und irgendwie ziemlich kühl zu mir. Er hatte eigentlich keine Lust, mit uns tanzen zu gehen und wollte es mir ausreden, als ich ihm sagte, dass ich sonst auch alleine gehe. Damit habe ich es dann irgendwie geschafft, ihn zu überreden. Ich habe mich riesig auf diesen Abend gefreut. Darauf, mal wieder etwas mit Jan und meinen Freunden gemeinsam zu erleben, aber nun ist es leider so, dass Jan die ganze Zeit bei Jakob in einer Ecke des Clubs steht und sich unterhält und ich allein mit Hanna tanze. Ich genieße es zwar sehr, mit Hanna diese ausgelassene Zeit auf der Tanzfläche zu verbringen, aber gleichzeitig frage ich mich, was Jan und ich eigentlich noch gemeinsam haben. Dass Ben jetzt auch noch hier auftaucht, Single ist und meinen Körper mit seiner Begrüßung völlig in

Wallungen gebracht hat, ist zu viel für mich.

Auf dem Weg zurück zu den Jungs an die Theke versucht Hanna, mich aufzubauen.

»Mach das Beste draus. Vielleicht quatschst du mal ein bisschen mit Ben. Dann könnt ihr testen, ob ihr überhaupt Gemeinsamkeiten habt, oder ob ihr vielleicht einfach mal eine Nummer schieben solltet, damit die Funken zwischen euch endlich aufhören zu fliegen.«

Ich schaue Hanna entsetzt an, sie versucht, einen Lachkrampf zu unterdrücken und kurz darauf müssen wir uns beide wegschmeißen vor Lachen. So kommen wir noch immer lachend wieder an der Theke an. Jan ist nicht in der Nähe und ich entdecke ihn in einer anderen Ecke des Clubs mit Jakob. Silvio und Ben stehen lässig an der Theke und schauen uns belustigt zu.

»Was ist denn so lustig?«, fragt Ben grinsend.

Ich stelle mich zu ihm und halte seinem tiefen, durchdringenden Blick stand.

»Das kann ich dir nicht sagen. Sonst müsste ich dich umbringen!« Und Hanna und ich müssen schon wieder laut loslachen.

Ben sieht mich erstaunt an und stimmt dann aber auch in das Lachen ein. Er reicht mir eine Flasche Radler, die er wie selbstverständlich für mich bestellt hat und stößt mit mir an. Jan habe ich in diesem vertrauten Moment völlig vergessen, bis er plötzlich neben mir steht und seine Besitzansprüche deutlich macht, indem er seinen Arm um mich legt. Mein Blick ruht dabei allerdings immer noch auf Ben und ich fühle mich unwohl in meiner Haut. Hanna hat natürlich ihre Antennen schon wieder ausgefahren und zieht mich zur Tanzfläche. Diesmal kommen zu meiner Verwunderung aber Jakob, Silvio und Ben hinter uns her und wir tanzen gemeinsam ausgelassen zur Musik. Nur Jan steht mit ein paar anderen an der Theke und schmollt. Nicht mein Problem, wenn er keine Lust hat mit uns zu tanzen. Allerdings sehe ich in seinem Blick, dass ihm gar nicht gefällt, was er gerade sieht. Denn wir haben sehr viel Spaß auf der Tanzfläche. Ben tanzt sehr nah bei mir – vielleicht etwas näher als es Freunde gewöhnlich tun – und hin und wieder berühren sich unsere Arme zufällig oder vielleicht auch ein wenig beabsichtigt. Jedes Mal fühlt es sich an wie ein kleiner Stromschlag. Dann treffen sich unsere Blicke und die Welt scheint stillzustehen. Ich höre die Musik nicht mehr, sondern nur noch das Rauschen meines Blutes im Ohr, denn mein Herz schlägt mir bis zum Hals.

So geht der Abend viel zu schnell vorbei und kurz vor Mitternacht muss ich mich leider von Ben verabschieden. Jan ist schon vorgelaufen und sammelt unsere Jacken ein. Hanna steht noch bei Ben und mir, verabschiedet sich nun von ihm, drückt kurz unauffällig meine Hand und dreht sich dann um, um Silvio zum Ausgang des Clubs zu folgen. Ben und ich sind nun allein und ich stehe etwas unschlüssig vor ihm, weil ich nicht weiß, wie ich mich von ihm verabschieden soll. Und ehrlich gesagt möchte ich mich auch gar nicht von ihm verabschieden.

Ich möchte am liebsten mit ihm nach Hause fahren und die Dinge mit ihm tun, die mir die ganze Zeit schon beim Tanzen durch den Kopf gegangen sind. Aber Jan wartet wahrscheinlich schon am Ausgang auf mich und wenn ich mich nicht langsam von Ben losreiße, wird Jan wahrscheinlich misstrauisch und kommt mich persönlich holen.

»Ich muss los, Ben. War schön, dich zu sehen«, sage ich leise, während unsere Blicke aneinanderhaften.

»Komm gut nach Hause!«, entgegnet Ben mir, nimmt mich bei den Worten behutsam in den Arm und drückt mich fest an sich. Ich kann die Wärme seines Körpers mit jeder Faser spüren. Ben lässt mich nicht los und so stehen wir ein paar Sekunden zusammen, unsere Körper eng aneinandergeschmiegt und meine Wange lehnt an seiner. Als Ben sich langsam von mir löst, küsst er zärtlich meine Wange und schenkt mir ein unwiderstehliches Lächeln. Ich muss erst einmal tief durchatmen, denn er raubt mir den Atem. Lächelnd drehe ich mich um und laufe zum Ausgang. Jan steht draußen und guckt mich genervt an.

»Wo bleibst du denn?«

»Ich musste noch schnell aufs Klo«, lüge ich, denn ich habe keine Lust auf Diskussionen mit Jan. Wir steigen ins Auto und fahren wortlos los. Nachdem wir Silvio und Hanna abgeladen haben, hält Jan mit dem Auto bei mir vor der Tür und ist sehr still.

»Ist alles okay?«, frage ich ihn.

Jan sieht mich mit zusammengekniffenen Augen an.

»Nichts ist okay. Du hattest ja mächtig Spaß heute Abend«, antwortet er.

»Ja, ich dachte, darum geht es, wenn man in einen Club fährt.«

Jan funkelt mich wütend an.

»Du musst ja nicht die ganze Zeit mit allen tanzen und mich ignorieren.«

Jetzt platzt mir gleich der Kragen.

»Jan, ich fahre in einen Club, um zu tanzen, und nicht, um an der Theke zu stehen und anderen beim Tanzen zuzusehen. Wenn das für dich ein Problem ist, dann sollten wir vielleicht nicht mehr zusammen in Clubs fahren.«

Damit steige ich aus, ohne eine Reaktion von Jan abzuwarten, schmeiße die Autotür etwas zu schwungvoll zu und gehe ins Haus.

An diesem Abend schlafe ich verwirrt ein. Ist Jan eifersüchtig? Und was war das überhaupt heute mit Ben? Er ist mir nicht von der Seite gewichen und ich hatte wirklich viel Spaß mit ihm. Und dann diese Verabschiedung. Aber ich bin mit Jan zusammen und unsere Beziehung läuft auch eigentlich gut – bis heute.

33

Ein Tag später

Die Nacht war so gar nicht erholsam. Ich bin ständig aufgewacht und sofort begann mein Gedankenkarussell sich zu drehen. Zum Glück ist heute Samstag und ich kann noch ein bisschen liegenbleiben. Ich nehme im Bett noch mein Handy, und sehe, dass ich sechs Nachrichten von Jan habe. Er entschuldigt sich tausend Mal für sein Verhalten gestern.

>*Sorry! Ich finde es ja gut, dass du so viel Spaß beim Tanzen hast und dich auch mit meinen Kumpels gut verstehst.*<

Okay, die Einsicht kommt spät, aber immerhin.

>*Wollen wir nachher mal eine Runde spazieren gehen, und in Ruhe darüber reden?*<, schlage ich vor.

>*Ja, treffen wir uns an unserer Bank? In zwei Stunden?*<

>*Ja, bis später.*<

Bis dahin verbringe ich noch ein wenig Zeit zu Hause. Ich muss dringend für die Schule lernen, sonst wird das bei mir mit dem Abi nichts. Ich kann mich aber leider nicht so gut konzentrieren. Meine Gedanken wandern immer wieder zu Jan und dann zu Ben und hin und her. Ich versuche, die Jungs aus meinem Hirn zu verbannen, als mein Handy piepst. Mich trifft der Schlag als ich sehe, dass die Nachricht von Ben ist.

>*Hey, hast du gut geschlafen? Es hat mir sehr viel Spaß gemacht, mit dir zu tanzen!*<

Na super, kann mir mal jemand sagen, wie ich mich jetzt noch auf die Schule konzentrieren kann? Was soll ich denn darauf antworten? Wie viel Spaß es mir gemacht hat? Und dass ich ihn seitdem nicht mehr aus meinem Kopf bekomme und am liebsten augenblicklich zu ihm gehen möchte, um herauszufinden, wie es sich anfühlt, ihn zu küssen? Das wäre zwar die Wahrheit, aber gegenüber Jan wohl ziemlich unfair. Ich schreibe stattdessen etwas unverfänglicher.

>*Hey, ich habe geschlafen wie ein Stein und ich hatte ebenfalls ziemlich viel Spaß gestern.*<

Als Antwort darauf bekomme ich nur einen Grinse-Smiley und ich reagiere nicht mehr weiter darauf. Ich muss erstmal mit Jan sprechen und klären, ob zwischen uns wieder alles in Ordnung ist. Also frage ich Jan, ob er schon etwas früher Zeit hat als geplant und wir treffen uns eine halbe Stunde später an unserer Bank in dem kleinen Park. Leider ist es heute nicht so angenehm warm wie vor circa einem Jahr. Es ist ein kalter, grauer Novembertag und ich ziehe mir den Schal etwas höher über meine kalten Ohren.

Jan ist schon vor mir da und sitzt wartend auf der Bank. Er reibt sich die kalten Hände, als er mich erblickt und aufsteht, um mich zu begrüßen. Sein schüchternes Lächeln verrät mir, dass er sich Sorgen macht, was ich ihm zu sagen habe. Ich gebe ihm einen zögerlichen Kuss und anschließend setzen wir uns auf die Bank. Jans Blick ist zerknirscht und ich merke ihm direkt an, dass es ihm wirklich sehr leidtut. Mir tut es auch leid, dass ich ihn gestern Abend einfach so im Auto hab sitzen lassen.

»Jan, ich wollte nicht einfach so abhauen, aber ich war so wütend. Da gehen wir einmal seit Monaten zusammen aus und du stehst nur unbeteiligt irgendwo am Rand rum. Wenn du nicht gerne tanzt, ist das ja okay, aber dann mach mir keinen Vorwurf daraus, dass ich Spaß habe. Ich tanze für mein Leben gerne und das lasse ich mir von dir nicht nehmen.«

»Ich will dir das auch nicht nehmen«, antwortet Jan kaum hörbar.

»Warum hast du dann gestern so schlechte Laune gehabt?«

»Es macht mich traurig zu sehen, dass du mit anderen mehr Spaß hast als mit mir«, gibt er geknirscht zu.

»Wir können doch auch Spaß zusammen haben. Dann gehen wir eben nicht zusammen tanzen. Wir können auch einfach was zusammen mit Freunden trinken gehen.«

»Ich habe aber keine Lust mit dir in irgendeiner Kneipe abzuhängen, wenn wir die Zeit auch allein verbringen können.«

Ich muss mich wirklich zusammenreißen, damit ich nicht laut werde. In mir brodelt es. Am liebsten würde ich wieder aufstehen und gehen, weil ich merke, dass sich nichts ändern wird und ich gerade spüre, wie ich innerlich dicht mache. Liebe ich Jan überhaupt noch? Ich habe einen dicken Kloß im Hals und mein Magen krampft sich zusammen. Ich würde ihm am liebsten sagen, dass ich unsere Beziehung beenden möchte, weil ich mich wieder frei und leicht fühlen möchte. Momentan fühle ich mich tonnenschwer. Als würde ich einen dicken Stein auf meinen Schultern durch die Gegend tragen. Und das einzig und allein deswegen, weil Jan mich mit seiner Liebe erdrückt. Ist es überhaupt Liebe oder ist es nur sein Besitzanspruch?

»Das ist aber genau das, was ich nicht möchte. Jan, ich bin siebzehn. Ich bin jung und will Spaß im Leben haben. Nur weil wir zusammen sind, heißt das nicht, dass wir uns benehmen müssen, wie ein altes Ehepaar. Wenn du keine Lust hast, rauszugehen, was zu unternehmen, Spaß zu haben, dann muss ich das allein mit meinen Freunden machen. Es ist zwar schade, wenn wir das nicht gemeinsam machen können, aber so geht das für mich nicht weiter. Ich habe das Gefühl, etwas zu verpassen und in unserer Beziehung zu ersticken«, versuche ich so ruhig wie möglich zu erklären.

»Wenn du das so sagst, hört es sich so an, als wärst du unglücklich mit mir.«

»Ich bin auch gerade nicht glücklich, so wie es ist. Darum rede ich mit dir. Ich möchte, dass wir da gemeinsam etwas dran ändern. Und falls wir das nicht schaffen, weiß ich nicht, ob ich weiter mit dir zusammen sein kann. Es tut mir leid, wenn ich das so sagen muss, aber ich habe das Gefühl, nicht mehr ich zu sein.«

»Lea, ich will dich nicht verlieren«, sagt Jan kleinlaut.

Ich nehme Jan in den Arm und gebe ihm einen Kuss.

»Dann müssen wir etwas ändern!«, entgegne ich.

»Okay, ich versuche es.«

Nach diesem Gespräch gehen wir noch eine Runde spazieren, aber die Stimmung ist angespannt. Jan schweigt die meiste Zeit und ist mit seinen Gedanken beschäftigt und mir ist gerade auch nicht danach, krampfhaft irgendein Thema zu suchen, dass die Situation vielleicht entspannen könnte. Ich bin mir noch nicht so sicher, ob Jan wirklich verstanden hat, worum es mir geht und wie wir die Kurve kriegen wollen. Aber ich möchte Jan noch eine Chance geben und unsere Beziehung nicht direkt aufgeben. Ich muss nur Ben irgendwie wieder aus meinem Hirn verbannen. Denn ich weiß nicht, ob ich es mit Jan wieder hinbekomme, wenn Ben wieder in meinen Gedanken herumgeistert.

34

Drei Wochen später

Die Wochen vergehen wie im Flug. Ich muss viel lernen und Jan verbringt die meiste Zeit mit seinen Kumpels beim Fußballspielen. Sonst ändert sich leider nichts an unserer Beziehung. Mir ist es zu langweilig, an den Wochenenden mit Jan im Zimmer rumzuhängen und irgendwie hat er nun noch weniger Lust, mit mir etwas zu unternehmen. Jan scheint nicht verstanden zu haben, was ich ihm gesagt habe, und was ich mir von unserer Beziehung erhoffe. Ob sein Verhalten immer noch auf diesen einen Abend im Club zurückzuführen ist? Wenn ich ihn darauf anspreche, bekomme ich nur Ausflüchte zu hören, er sei zu müde, um irgendwo hinzugehen. Wir müssen ja nicht unbedingt tanzen gehen. Mir würde es schon reichen, wenn wir einfach mal in eine Bar gehen oder uns mit Freunden treffen. Aber Jan hat zu nichts Lust. Ich treffe mich stattdessen mit Hanna. Bei ihr und Silvio schleicht sich auch gerade eine etwas ruhigere Phase ein und Hanna ist genau wie ich gerne unterwegs und unter Leuten. Also verbringen wir die Zeit zusammen und wollen am Samstag auf jeden Fall auf Finns Party. Er hat sturmfrei und uns alle eingeladen.

»Jan, gehen wir am Samstag auf Finns Party?«, frage ich hoffnungsvoll in der Schulpause.

»Nee, kein Bock.«

»Wie? Kein Bock! Er ist doch dein Freund.«

»Na und?«, antwortet Jan mir nur knapp.

»Also ich gehe auf jeden Fall mit Hanna hin. Das haben wir schon abgemacht.«

»Na toll! Ohne das mit mir zu besprechen?«

Tickt Jan jetzt völlig aus?

»Warum sollte ich das mit dir besprechen? Mir war doch eh klar, dass du nicht hingehen willst. Du willst ja nirgendwo mehr hin. Aber ich lasse mir doch deinetwegen nicht so eine fette Party entgehen.«

»Ist ja schon gut. Dann komme ich halt auch mit.«

»Warum? Damit du kontrollieren kannst, dass ich bloß nicht zu viel Spaß habe? Oder weil du tatsächlich mit mir dorthin gehen möchtest?«, entgegne ich aufgebracht. Ich kann mich nicht mehr zurückhalten, obwohl ich weiß, dass nun alle Augenpaare um uns herum auf uns gerichtet sind.

»Was soll das denn jetzt werden?«, fragt Jan sichtlich gekränkt.

»Sorry Jan, da ist es gerade etwas mit mir durchgegangen. Aber ich verstehe dich einfach nicht mehr und ich kann nicht nachvollziehen, warum du eine Party sausen lassen willst. Ich habe das Gefühl, du hast nicht verstanden, was ich dir letztens versucht habe zu erklären. Und das macht mich traurig«, entgegne ich nun wesentlich leiser.

»Ich weiß nicht, was du jetzt von mir willst. Ich habe doch gerade gesagt, dass ich mit dir zur Party gehe.«

Ich möchte noch etwas antworten, aber in diesem Moment stellt Hanna sich zu uns und hakt sich bei mir ein.

»Na, wie sieht's aus mit der Party am Samstag?«, fragt sie und ich muss beobachten, wie Jan genervt die Augen verdreht und sich dann ohne ein Wort zu sagen abwendet und zu Jakob und Finn stellt.

»Was war das denn? Hab' ich was Falsches gesagt?«

»Sieht so aus. Jan und ich hatten gerade das Partythema und er geht nur hin, weil ich definitiv hingehe – auch ohne ihn. Das ist doch nicht mehr normal, oder? Was hat er für ein Problem?«

»Keine Ahnung! Aber wieso sollte er sich denn die Party durch die Lappen gehen lassen?«, fragt Hanna mich und ich zucke nur mit den Schultern.

Egal! Ich freue mich auf jeden Fall auf die Party, und dass Hanna auch da sein wird. Heute ist erst Donnerstag und ich habe jetzt schon keine Lust mehr auf Schule und sehne mir das Wochenende herbei.

Endlich Samstag. Finns Party. Hanna und ich haben uns ein bisschen aufgebrezelt und geschminkt. Ich finde, wir sehen ziemlich gut aus. Enge, dunkelblaue Jeans und ein dunkelblaues Shirt, dazu meine Lieblings-Sneaker.

Meine Locken habe ich heute ein wenig unter Kontrolle gebracht und der Blick in den Spiegel sagt, dass ich nicht so schlecht aussehe. Hanna fühlt sich auch gut und wirft ihre schwarzen Locken in den Nacken.

»So Süße, lass uns die Party unsicher machen.«

Wir laufen eine halbe Stunde, da Finn am anderen Ende des Ortes wohnt und sammeln auf dem Weg noch Jan und Silvio ein. Jan ist zum Glück heute mal wieder etwas entspannter drauf. Vielleicht hat meine Ansage doch etwas bewirkt und ihm wird auch klar, dass wir mal wieder Spaß haben müssen. Als wir dort ankommen, ist die Party schon in vollem Gange. Das ganze Haus ist voller Leute. Mit so einem Menschenauflauf hatte ich ehrlich gesagt nicht gerechnet. Jan lässt mich zwei Sekunden später stehen und geht direkt zu seinen Kumpels. Super! So sieht es also aus, wenn wir gemeinsam auf eine Party gehen.

»Wollt ihr was trinken? Ich besorge uns was, denn ich habe es gerade bitter nötig!«, frage ich Hanna und Silvio.

»Ja, gerne. Aber wir kommen mit. Warte!«, antwortet Silvio. Hanna hakt sich bei mir ein.

»Was war das jetzt mit Jan? So schnell konnte ich gar nicht gucken, da war er schon weg.«

»Was soll ich dazu sagen? Ich bin echt stinksauer!«

»Das wäre ich an deiner Stelle auch!«

Silvio drückt Hanna und mir eine Flasche Radler in die Hand und ich nehme einen großen Schluck. Es ist ziemlich wuselig hier und Jan ist nirgendwo mehr zu sehen. Natürlich frage ich mich schon seit Tagen, ob Ben wohl auch hier sein wird, und die Vorstellung, ihm hier zu begegnen, macht mich zugegebenermaßen ziemlich nervös. Wir stehen noch in der Küche und ich unterhalte mich mit Hanna, als mir jemand von hinten auf die Schulter tippt. Hannas Blick spricht Bände und ich ahne, wer es ist, denn ich rieche sein Parfum schon, bevor ich ihn sehe. Ich drehe mich langsam um und da strahlt Ben mich mit seinen schönen Augen an. Sein Lächeln ist umwerfend und ich schmelze dahin.

»Hey«, presse ich heraus und mein Herz hört kurz auf zu schlagen, als Ben meine Hand nimmt, seine andere Hand an meinen Rücken gleitet und er mich behutsam zu sich zieht. Ich spüre die Wärme seines Körpers. Er gibt mir einen zärtlichen Kuss auf die Wange und sein Mund findet mein Ohr.

»Hey, schön dich zu sehen!«, flüstert er mir zu und ich bekomme eine Gänsehaut am ganzen Körper. Er hält mich immer noch fest, sieht mir in die Augen und unsere Gesichter sind ganz nah beieinander. Langsam wandert seine Hand meinen Rücken hinunter und er lässt mich zögernd los. Puuhhh… Was war das denn schon wieder für eine Begrüßung? Meine ganze Haut kribbelt. Es fühlt sich an, als läuft eine Ameisenkolonie auf meinem Körper auf und ab. Ben schaut mich immer noch an, sein Blick wandert durch mein Gesicht und bleibt an meinen Lippen hängen. Wie gerne würde ich ihn jetzt einfach küssen, aber dann wendet Ben sich mit einem verführerischen Lächeln von mir ab und begrüßt nun auch Silvio mit einem Handschlag und Hanna mit

Küsschen rechts und links auf die Wange. Da war unsere Begrüßung definitiv spektakulärer. Ich werde aus Ben nicht schlau. Er holt sich was zu trinken und stellt sich wie selbstverständlich wieder zu uns. Ich bekomme vor Aufregung keinen Ton raus. Aber das regelt Hanna schon.

»Ist ganz schön was los hier!«, beginnt sie ein Gespräch und Ben lässt sich direkt darauf ein.

»Allerdings! Ich hab' nicht mit so vielen Leuten gerechnet. Finn hat was von einer kleinen Party mit ein paar Leuten erzählt!«

Ich entspanne mich langsam etwas und gewöhne mich an Bens Anwesenheit und daran, dass er so dicht neben mir steht, dass sich hin und wieder unsere Arme berühren.

»Wenn das eine kleine Party ist, will ich gar nicht wissen, wie es hier aussieht, wenn er eine große Party schmeißt!«, entgegne ich.

»Ich frage mich, wie er das hier alles aufräumen will, bis seine Eltern morgen Mittag wieder nach Hause kommen!«, wirft Hanna ein.

»Also sollten wir uns hier aus dem Staub machen, bevor die Party sich auflöst. Sonst behält er uns noch hier, um ihm beim Aufräumen zu helfen!«, antwortet Ben lachend. Ich schaue ihn von der Seite an und sehe diese niedlichen Grübchen, die sich zeigen, wenn er lächelt. Ben schaut zu mir, da er sich vermutlich beobachtet fühlt, lächelt mich an und schenkt mir einen warmen Blick. Tief durchatmen, Lea! Mir ist gerade irgendwie danach, ihn in ein leeres Zimmer zu ziehen! Hoffentlich kann er meine Gedanken nicht lesen, denn er grinst mich schief an.

»Ist Leon heute nicht hier?«, frage ich, um die Situation zu entschärfen.

»Nein, er hat heute irgendein Familiending«, antwortet Ben, während er mich noch immer anlächelt und mir mit seinem durchdringenden Blick ein Herzstolpern nach dem anderen beschert.

Hanna erzählt irgendetwas von einem Typen auf Jakobs letzter Party, der wohl etwas zu viel getrunken hat und eine Stunde lang das Klo belegt hat. Ich kann allerdings nur die Hälfte von dem, was sie erzählt, hören, weil mir das Blut in den Ohren rauscht. Aber ich bin ganz froh, dass sie die Aufmerksamkeit auf sich gezogen hat und das Gespräch zwischen uns ungezwungen weitergeht. Es fühlt sich gut und irgendwie vertraut an, mit Ben in dieser Runde rumzualbern. So vertraut, dass ich für eine ziemlich lange Zeit vergesse, dass ich eigentlich mit Jan hier bin. Augenblicklich überkommt mich das schlechte Gewissen und ich schaue mich nach Jan um, aber ich kann ihn nirgendwo erblicken. Ben scheint meine Gedanken gelesen zu haben.

»Wo ist Jan eigentlich? Ist alles okay bei euch?«

Ich sehe ihn fragend an.

»Warum fragst du?«

»Nur so, er lässt dich hier die ganze Zeit allein. Ziemlich leichtsinnig von ihm. An seiner Stelle würde ich dir keinen Moment von der Seite weichen.«

Ich habe weiche Knie, während Ben mir mit einem schiefen Lächeln tief in die Augen schaut und anschließend seinen Blick langsam an meinem Körper hinunter und wieder rauf wandern lässt. Flirtet er etwa gerade mit mir? Ich möchte ihn augenblicklich küssen. Und während ich noch über seine Worte grüble und ihm tief in seine grauen Augen schaue, kommt Paula auf uns zu und sieht uns verlegen an.

»Hi! Oh! Ich glaube ich gehe lieber wieder. Will nicht stören.«

Ben und ich fangen an zu lachen.

»Gut, dass du da bist, Paula. Das wird mir hier gerade alles etwas zu gefährlich«, entgegne ich.

Ich lächle Ben an und er lächelt schief zurück. Wir scheinen uns blind zu verstehen. Paula stupst mich an.

»Jetzt mal im Ernst. Jan hat wohl etwas zu viel getrunken und Emma baggert ihn hemmungslos an. Vielleicht solltest du dir das mal ansehen.«

Ben schaut mich mit einem fest entschlossenen Blick an.

»Komm mit. Ich klär das!«

Ich weiß gerade nicht mehr, wo mir der Kopf steht, und folge Ben kommentarlos ins Wohnzimmer. Dort muss ich mit ansehen, wie Jan in einer Ecke auf der Couch rumlümmelt und Emma fast auf ihm liegt, während sie ihm quasi das Ohr abkaut. Wenn man sich Jans schiefes Lächeln anschaut, scheint er wirklich etwas viel getrunken zu haben, und leider scheint er auch nicht abgeneigt von Emmas Annäherungsversuchen zu sein, denn seine Hand wandert gerade unter Emmas T-Shirt. In mir brodelt es. Ich bin stinkwütend. Natürlich auf Emma, diese miese Schlange, aber vor allem auf Jan, der mich hier so offen hintergeht. Das hätte ich ihm nicht zugetraut. Ich weiß gar nicht, auf wen ich wütender sein soll. Aber ich komme gar nicht dazu, etwas zu sagen, denn Ben baut sich vor Jan auf und macht ruhig und unmissverständlich seinen Standpunkt klar.

»Jan, steh sofort auf! Bist du bescheuert? Du hast hier ein tolles Mädchen und lässt dich von so 'ner dummen Schlange anbaggern?«

Jan schreckt zusammen und sieht ziemlich ertappt aus. Sein Blick wandert von Ben zu mir und er bekommt keinen Ton raus. Mir fällt auch nichts ein, denn ich habe nur Augen für Ben und bin hin und weg, weil er sich gerade so für mich eingesetzt hat. Die Worte „tolles Mädchen" hallen in meinem Ohr nach. Jetzt steht Jan auf und kommt auf mich zu getorkelt.

»Lea, es tut mir leid. Ich hab' zu viel getrunken. Können wir reden?«

Ich schaue ihn nur traurig und verletzt an.

»Sorry, aber da gibt es für mich nicht viel zu reden«, entgegne ich zu meiner eigenen Verwunderung sehr ruhig.

Ich möchte nur noch weg. Ich drehe mich um und da steht Ben. Wie ein Fels steht er vor mir, sein warmer Blick ruht auf mir. Er nimmt meine Hand und zieht mich ein bisschen von Jan weg, der sich jetzt völlig fertig auf die Couch fallen lässt. Aus den Augenwinkeln kann ich

Hanna sehen. Ich winke ihr kurz zu und sie versteht direkt, dass ich gehen möchte, und winkt zurück. Ben hat nun beschützend seinen Arm um meine Schultern gelegt. Seine starken Arme zu spüren, tröstet mich ein wenig, aber in mir drinnen ist ein heilloses Durcheinander. Meine Gefühle fahren mit mir Achterbahn. Ich möchte am liebsten mit Ben abhauen, aber das wäre nicht fair ihm gegenüber. Ich muss erst mit Jan klären, was das sollte und wie es mit uns weitergehen soll und ob es überhaupt noch irgendeinen Sinn macht, an der Beziehung festzuhalten.

Plötzlich werde ich von hinten an der Schulter gepackt.

»Lea, Warte! Ben, nimm deine dreckigen Finger von Lea!«, brüllt Jan uns beide an.

Ich bin einfach nur sprachlos. Wie kann Jan mir jetzt eine Szene machen, nachdem er mich gerade betrogen hat? Ist bei ihm irgendeine Sicherung durchgebrannt? Bens Griff um meine Schulter wird ein wenig fester, um mir zu zeigen, dass er für mich da ist und mich beschützt.

»Jan, komm mal wieder runter. Du hast echt kein Recht, hier jetzt einen auf betrogenen Freund zu machen!«, entgegnet Ben sehr ruhig, aber bestimmt.

»War ja klar, dass du die nächstbeste Gelegenheit ausnutzt, um…« Weiter kommt Jan nicht, denn Ben baut sich vor ihm auf und bringt ihn mit einem scharfen Blick zum Schweigen.

»Jan, es reicht!«, ist alles, was Ben sagt. Er hält mich noch immer in seinem Arm und schiebt mich behutsam zur Tür. Ich sehe noch im Augenwinkel, wie Jakob Jan am Arm packt und davon abhält, hinter uns her zu stürmen. Ich kann hier nicht mehr bleiben. Ich will einfach nur weg. Ben begleitet mich noch ein Stück nach draußen. Dort löst er die Umarmung und ich drehe mich langsam zu ihm. Wenn ich nicht so traurig und durcheinander wäre, würde ich am liebsten mit ihm durchbrennen.

»Hast du noch Fragen, wie es mit Jan läuft?«, frage ich ihn.

Ben sieht mir fest in die Augen.

»Nein, tut mir leid, wie das gerade gelaufen ist.«

Trotz dieser blöden Situation, der Wut in meinem Bauch und der gemischten Gefühle in mir, kann ich Ben nur anlächeln.

»Danke, dass du das gemacht hast. Das bedeutet mir sehr viel.«

»Ich kann mir vorstellen, wie es dir geht. Ich weiß, wie schmerzhaft es ist, von jemandem verletzt zu werden, dem man blind vertraut hat«, entgegnet Ben und in seinem Blick liegt eine tiefe Traurigkeit, die ich so noch nie bei ihm gesehen habe. Ich nehme seine Hand in meine und halte sie fest. Die Wärme, die ich dabei spüre, strömt durch meinen Körper und ich überlege, ob es jetzt der richtige Augenblick ist, ihn zu fragen, was er erlebt hat. Sein Blick ruht auf meinem Gesicht als ich ihn leise frage:

»Möchtest du darüber reden?«

Ben zuckt leicht zusammen und schüttelt dann

langsam den Kopf. Ich nicke ihm zu und drücke seine Hand leicht, um ihm zu zeigen, dass ich verstehe und nicht weiter nachhaken werde. Er lächelt mir zurückhaltend zu und sein Blick hellt sich wieder ein wenig auf.

»Soll ich dich nach Hause bringen?«, fragt Ben mich nach ein paar Sekunden der Stille und ich muss eine Weile nachdenken, bevor ich ihm antworte, denn einerseits wünsche ich mir nichts mehr, als mit Ben allein zu sein, aber andererseits bin ich gerade zu verletzt und enttäuscht, um die Zeit mit Ben so genießen zu können, wie ich es mir wünsche.

»Das ist ganz lieb, aber ich möchte jetzt lieber allein sein.«

»Das kann ich gut verstehen. Sei vorsichtig!«

Ich beuge mich zu Ben vor, stelle mich auf die Zehenspitzen und gebe ihm einen Kuss auf die Wange. Ben umgreift plötzlich meinen Rücken mit beiden Armen, zieht mich zu sich und hält mich einfach nur fest. Zuerst zögere ich einen Moment, weil ich etwas überrumpelt bin, doch dann spüre ich die Wärme seines Körpers, die wie Balsam für meine Seele ist und ich lasse all meine Zweifel und Sorgen los. Ich schlinge meine Arme um seinen Hals und verliere mich in seiner Nähe. Mein Kopf ruht auf seiner Schulter, ich atme den Duft seiner Haut ein und fühle mich sicher und geborgen. Wir stehen bestimmt fünf Minuten so da, bis ich mich langsam von Ben löse. Unsere Blicke treffen sich und ich hauche ihm ein »Danke« zu. Ben lächelt mich an, ich drehe mich um und gehe. Ich merke hinter meinem Rücken, dass er noch eine Weile vor der Tür stehen bleibt und mir nachsieht, aber ich drehe mich nicht nochmal um. Zu viele Gedanken schwirren mir durch den Kopf.

35

In dieser Nacht laufe ich allein durch die Dunkelheit nach Hause. Es ist kalt und nass und in mir tobt ein Sturm der Gefühle. Ich bin unendlich traurig und enttäuscht, dass Jan sich vor meinen Augen von Emma anbaggern lässt, aber andererseits denke ich die ganze Zeit an Ben und je länger ich laufe, desto klarer wird mir, dass ich mit Jan nicht mehr zusammen sein kann, weil meine Gefühle für Ben einfach zu stark sind. Vielleicht hat sich unsere Beziehung deshalb auch so entwickelt. Vielleicht hat Jan gemerkt, dass ich ihn nicht genug liebe und ich mich nach etwas Anderem sehne. Vielleicht wollte er auch deswegen nicht mit mir rausgehen, weil er Angst davor hatte, dass ich erkenne, was mir fehlt. Ich weiß auf jeden Fall so klar wie nie zuvor, dass ich unsterblich in Ben verknallt bin und ich so auf gar keinen Fall weiter mit Jan meine Zeit verschwenden kann. Ob Ben und ich je eine Chance haben werden, weiß ich nicht. Irgendetwas scheint ihn sehr stark zu belasten. Was auch immer er erlebt hat, sitzt tief und hält ihn vielleicht davon ab, sich auf mich einzulassen. Er sucht meine Nähe, das merke ich, auch wenn ich mir immer noch nicht vorstellen kann, dass er sich tatsächlich für mich interessieren könnte, aber was er heute für mich getan hat, war einfach der Wahnsinn und ich bin ihm so dankbar. Aber dann gibt es immer wieder diese Momente, in denen er sich zurückzieht und dicht macht. Zu gerne würde ich wissen, was ihn beschäftigt, um ihm vielleicht dabei zu helfen, das Erlebte zu verarbeiten. Als ich zu Hause ankomme, lege ich mich direkt ins Bett und schaue noch kurz auf mein Handy. Jan hat mir ein paar Nachrichten geschrieben, in denen er sich entschuldigt und mit mir reden möchte, aber mir ist nicht danach, ihm zu antworten. Und dann ist da noch eine andere Nachricht, die mir ein Lächeln ins Gesicht zaubert. Eine Nachricht von Ben.

>*Bist du gut nach Hause gekommen?*<

Mein Herz macht einen Hüpfer.

>*Ja, bin gerade rein.*<

Seine nächste Nachricht lässt nicht lange auf sich warten.

>*Lass' den Kopf nicht hängen! Schlaf schön!*<

Ich kann nicht mehr. Wie lieb ist das denn?

>*Danke! Mir geht es gut, mach dir keine Sorgen. Gute Nacht!*<

Ich schlafe tatsächlich sehr gut und wache mit einem klaren Kopf auf. Meine erste Handlung ist eine Nachricht an Jan.

>*Jan, wir müssen reden. 12 Uhr an unserer Bank.*<

Jan antwortet so schnell, dass ich das Gefühl habe, er

hat die ganze Nacht neben seinem Handy auf eine Nachricht von mir gewartet. Zwei Stunden später treffen wir uns im Park. Jan sitzt zusammengekauert auf unserer Bank, als ich dort ankomme. Er sieht zu mir hoch und in seinem Blick kann ich sein schlechtes Gewissen und die Sorge vor dem, was nun kommt, erkennen. Er hat dunkle Ränder unter den Augen und ist blass. Vermutlich hat er nicht besonders viel geschlafen. Als ich die Bank erreiche, setze ich mich neben ihn, ohne ihn zur Begrüßung zu küssen. Das bringe ich nach dem gestrigen Abend nicht über mich. Zu verletzt bin ich von seiner Aktion.

Ich habe keine Lust, lange drum herumzureden und mache es kurz.

»Jan, so geht das nicht weiter. Du hast mich gestern übelst hintergangen. Vor allen Leuten mit Emma abzustürzen war wirklich das Letzte. Du hast keine Ahnung, wie sehr du mich damit verletzt hast. Ich habe den ganzen Heimweg und die halbe Nacht darüber nachgedacht, wie es so weit kommen konnte.«

»Es tut mir so leid, Lea. Ich wollte das nicht. Ich hatte zu viel getrunken und du warst die ganze Zeit irgendwo anders und dann stand Ben die ganze Zeit bei dir. Das hat mich so wütend gemacht.«

»Und das berechtigt dich dann, mit der nächstbesten rumzumachen? Nicht dein Ernst, oder?« Ich bin wütend. Was soll das bitte für eine Erklärung sein?

»Ich wollte das nicht. Bitte, kannst du mir das eine Mal verzeihen?«

»Jan, es ist jetzt schon das zweite Mal, dass du mit Emma was anfängst, wenn es mal nicht so läuft, wie du dir das vorstellst. Das ist für mich keine Basis für eine Beziehung. Und so will ich nicht weitermachen. Ich kann dir nicht mehr vertrauen.«

»Machst du mit mir Schluss?«, fragt Jan und schaut mich dabei zerknirscht an.

»Ja, es tut mir wirklich leid, Jan, aber die Aktion gestern war zu viel für mich. Damit kann ich nicht umgehen und möchte es auch nicht.«

»Alles klar, dann war's das jetzt?«

»Ja, leider«, antworte ich knapp und gebe Jan noch einen Abschiedskuss auf die Wange, bevor ich loslaufe. Ich laufe nicht direkt nach Hause, sondern ein wenig durch die Gegend. Ich muss meine Gedanken sortieren. Ich habe gerade mit meinem ersten Freund Schluss gemacht. Meine erste Liebe ist vorbei und beendet und ich fühle mich leer, aber auch auf eine besondere Art gleichzeitig erleichtert und frei. Ich laufe einfach drauf los und lasse meinen Gefühlen freie Bahn. Der kalte Wind beißt in meinen Augen und meine Tränen scheinen auf meinen Wangen zu gefrieren. Mich überkommt eine tiefe Traurigkeit, weil mit einem Mal alles anders ist und Jan keine Rolle mehr in meinem Leben spielt. Aber gleichzeitig kommt auch wieder die Wut in mir hoch. Die Wut auf Jan und auf sein Verhalten. Ich weiß tief in mir, dass ich die richtige Entscheidung getroffen habe, aber in diesem Moment überkommt mich eine Ohnmacht. Ich fühle nichts mehr.

Ich laufe und laufe und in meiner Tasche vibriert mein Handy. Bitte, lass es jetzt nicht Jan sein, denn ich möchte wirklich nicht mehr mit ihm sprechen. Glücklicherweise ist es Hanna.

»Hey Süße, wie geht es dir? Wo bist du?«

»Ich laufe durch die Gegend. Ich habe gerade mit Jan Schluss gemacht.«

»Oh je. Wie geht's dir jetzt?«

»Beschissen, aber auch irgendwie gut. Keine Ahnung! Ich bin total verwirrt!«, antworte ich.

»Das kann ich mir denken. Ich wäre gestern mit dir nach Hause gelaufen, aber Ben war bei dir und es sah so aus, als wollte er dich begleiten. Da wollte ich nicht stören. Aber dann kam Ben wieder allein auf die Party zurück.«

»Ist schon gut. Er wollte mich nach Hause bringen, aber ich wollte allein sein.«

»Kann ich verstehen. Aber auch irgendwie süß von Ben, oder?«, fragt Hanna und ich muss automatisch lächeln bei dem Gedanken daran, wie Ben mich gestern beschützt und seinen Arm um meine Schulter gelegt hat, als wäre es das Normalste auf der Welt.

»Ja, total süß!«

»Ben hat mir übrigens dann auch noch gesagt, dass du gut nach Hause gekommen bist.«

In Hannas Stimme höre ich ein leises Lachen und ich muss glucksen.

»Ja, so lieb von ihm!«, antworte ich lachend.

»Kurz darauf ist Ben dann auch gegangen. Die Stimmung war etwas angespannt. Jan hat ihn die ganze Zeit angepöbelt. Ich glaube, er hatte genug von dem Theater.«

»Kann ich verstehen. Jan hat sich auch wirklich total daneben benommen.«

»Wie hat Jan die Trennung aufgenommen?«

»Er war sehr traurig. Wir haben uns im Park getroffen. Ich habe es kurz und schmerzlos gemacht und bin dann schnell gegangen, weil ich mir das nicht länger geben konnte.«

Wenn ich daran zurückdenke, steigen mir die Tränen erneut in die Augen und ein dicker Kloß bildet sich in meinem Hals.

»Willst du zu mir kommen?«, bietet Hanna an und ich bin erleichtert, dass ich das jetzt alles nicht mit mir allein ausmachen muss.

»Ja, danke! Ich bin in zehn Minuten bei dir, ok?«

»Ja, ist gut. Bis gleich!«

36

6 Tage später

Seit der Trennung verkrieche ich mich nachmittags zu Hause, weil ich die Geschichte mit Jan erst einmal verarbeiten muss. In der Schule versuche ich, Jan aus dem Weg zu gehen. Wenn wir uns irgendwo zufällig begegnen, schaut er mich traurig an und macht Anstalten, mit mir reden zu wollen, aber dazu bin ich nicht in der Lage. Ich möchte nicht mit ihm reden und am liebsten würde ich ihm auch nicht mehr begegnen, dafür tut es einfach zu weh. Jan war der erste Junge, den ich geküsst habe, mit dem ich mein erstes Mal erlebt habe, mit dem ich ein Jahr lang fast jeden freien Tag verbracht habe und der mir in schwierigen Zeiten beigestanden hat. Ich habe ihm alles anvertraut, meine Gefühle, Ängste und Sorgen und nun ist er nicht mehr Teil meiner Gegenwart, sondern meiner Vergangenheit. Ich vermisse ihn zwischendurch, vermisse seine beruhigende Art und seine Nähe. Doch dann wird mir schnell wieder klar, dass wir uns in den letzten Wochen voneinander entfernt haben. Wir haben uns beide verändert und ich wollte mich nicht für ihn aufgeben. Ich bereue meine Entscheidung nicht, aber dennoch fühle ich mich einsam und traurig. Meine Eltern haben natürlich Wind davon bekommen, dass ich mit Jan Schluss gemacht habe. Sie mochten ihn immer gern, aber nachdem sie erfahren haben, was passiert ist, sind sie ganz lieb zu mir und versuchen, mich aufzubauen. Auch Mia ist sehr fürsorglich und versucht, mich abzulenken. Aber eigentlich möchte ich nur meine Ruhe haben. Das Wetter ist auch nicht wirklich aufbauend. Es ist kalt und nass und ich verkrieche mich am liebsten in meinem Bett mit einem guten Buch, das mich auf andere Gedanken bringen soll. Nur leider gelingt mir das nicht wirklich. Wenn ich nicht unglaublich traurig bin, dass meine erste Beziehung beendet ist, wandern meine Gedanken zu Ben und dieser innigen, gefühlvollen Umarmung, der ich mich voll hingegeben habe. Ich habe mich in diesem Moment so sicher und wohl gefühlt. Ich habe von Ben aber nichts mehr gehört und ich bin gerade nicht in der Lage, mich bei ihm zu melden. Es ist alles noch zu frisch.

Freitagabend steht Hanna überraschend vor der Tür, weil sie nicht mehr mit ansehen kann, wie ich mich zurückziehe und vereinsame.

»Hey Süße, zieh dir was Hübsches an. Wir gehen aus.«

Ich freue mich so sehr, sie zu sehen und falle ihr in die Arme.

»Gib mir zehn Minuten!«

Ich schminke mich schnell ein bisschen, mache meine Haare zurecht und dann nimmt sie mich mit in die Stadt in die Kneipe. Ich freue mich auf einen Abend mit ihr allein. Wir können mal ein bisschen quatschen und den ganzen Ärger vergessen. Wir haben den letzten freien Tisch zwischen den Fachwerkbalken in der urigen, alten Kneipe in der Stadt ergattert, bestellen uns zwei Radler und quatschen über alles Mögliche, als die Tür der Kneipe aufgeht und Leon, Ben, Jakob und Finn reinkommen. Leon entdeckt mich sofort und kommt auf mich zu. Während er mich in den Arm nimmt, fragt er:

»Können wir uns zu euch setzen?«

Hanna antwortet so schnell, bevor ich überhaupt einen klaren Gedanken fassen kann.

»Ja klar, setzt euch!«

Ich begrüße Jakob und Finn mit Küsschen rechts und links auf die Wange und dann steht Ben vor mir und ich fühle, wie sich die Nervosität in meinem Körper breitmacht und mein Herzschlag sich beschleunigt. Ich gehe einen Schritt auf ihn zu, er zieht mich an sich und drückt mich zärtlich an seinen Körper. Meine Hände ruhen auf seinem Rücken und ich spüre seinen warmen Körper durch mein T-Shirt. Mit seiner Wange an meiner flüstert er:

»Schön, dich zu sehen!«

Ich kann nur lächeln. Wir lösen uns voneinander, Ben setzt sich auf den freien Stuhl mir direkt gegenüber und lässt mich nicht aus den Augen. Ich rutsche nervös auf meinem Stuhl hin und her, weiß nicht so recht, was ich sagen soll, und trinke stattdessen lieber einen großen Schluck aus meiner Flasche. Leon bricht das unangenehme Schweigen am Tisch.

»Lea, wo ist Jan eigentlich? Den hab' ich die ganze Woche nicht gesehen.«

Ich merke, wie Bens Blick mich förmlich durchbohrt und alle Anwesenden auf eine Antwort von mir warten. Natürlich gehe ich davon aus, dass Finn und Jakob Bescheid wissen, denn schließlich haben die drei sich fast jeden Tag in der Schule gesehen. Aber keiner sagt etwas. Sie starren mich nur an.

»Weiß ich nicht. Wir haben Schluss gemacht.«

Bens Blick ruht immer noch auf mir, nun aber eher prüfend. Ich begegne seinem Blick und er scheint meine Gedanken erraten zu wollen, so eindringlich sieht er mich an. Als Ben sieht, dass ich nicht direkt in Tränen ausbreche, scheint er sich auch wieder zu entspannen.

»Naja, das hat er dann wohl verdient«, höre ich ihn mit einem Grinsen im Gesicht sagen.

Nach seinem Satz löst sich bei mir die Anspannung und ich muss lachen. Alle anderen am Tisch stimmen in das Lachen ein bis uns die Bäuche wehtun. Ich genieße die Anwesenheit von Ben, nur diese Blicke, die er mir ununterbrochen schenkt, machen mich absolut nervös und in meinem Bauch fahren die Schmetterlinge Achterbahn.

»Was ist denn passiert? Hab' ich was verpasst?«, richtet Leon das Wort wieder an mich. Ich überlege kurz, was ich antworte, und Hanna kommt mir zu vor.

»Du hast die spektakulärste Party des Jahres verpasst!«

»So typisch! Da passiert hier mal was Spannendes und ich sitze mit meinen Eltern bei einer Familienfeier fest.«

»Tja, dumm gelaufen!«, erwidere ich und muss schon wieder lachen. Das muss die Nervosität sein.

»Naja, so viel hast du ja nicht verpasst. Jakob hat ja das Spannendste verhindert! Es wäre sonst ja noch in einer handfesten Prügelei geendet, stimmt's Ben?«, führt Finn weiter aus.

Leon macht große Augen und schaut fragend zu Ben.

»Ach, halb so wild«, lenkt er ein.

»Boah Leute! Könnt ihr mal aufhören, in Rätseln zu sprechen?«, bittet Leon. Ich schaue ihn an und sehe, dass er wirklich gerne alle Details wissen möchte, aber die möchte ich jetzt nicht hier am Tisch erläutern. Ich nicke ihm leicht zu und gebe ihm zu verstehen, dass ich ihm das gerne mal unter vier Augen erkläre. Leon versteht.

»Wann ist denn die nächste Party geplant?«, frage ich stattdessen in die Runde.

»Du kannst wohl nicht genug davon bekommen, die Partys zu sprengen, oder?«, fragt Jakob lachend.

»Nein, ich bin gerade auf den Geschmack gekommen. Das ist bestimmt noch ausbaufähig«, entgegne ich. Ben beobachtet mich die ganze Zeit, während er sich bei der Unterhaltung zurückhält. Dafür bewundere ich ihn und bin ihm dankbar. Stattdessen schenkt er mir ein warmes, herzliches Lächeln, das seine Augen erreicht.

Wir sitzen bestimmt drei Stunden zusammen in der Kneipe und nach ein paar Radler und einem kleinen Schwips spüre ich die Müdigkeit in mir aufkommen.

»Wollen wir langsam mal gehen, Hanna? Ich bin müde«

»Ja, klar. Ich bin auch ziemlich platt«, antwortet Hanna.

»Ihr wollt aber jetzt nicht allein im Dunkeln laufen, oder?«, möchte Ben mit einem fragenden Lächeln wissen.

»Doch, eigentlich schon. Wir sind ja schon groß!«, antworte ich lachend.

»Kommt gar nicht in Frage! Leon, komm! Wir bringen die Mädels nach Hause!«, höre ich ihn sagen und werde augenblicklich schon wieder wahnsinnig nervös.

»Ja, sicher!«, höre ich Leon antworten und sehe, wie sich beide erheben und Hanna und mir folgen. Also machen wir uns gemeinsam auf den Weg. Irgendwie passiert es automatisch, dass Ben neben mir geht und Hanna und Leon ein paar Schritte vor uns herlaufen. Ich merke, wie Ben mich immer wieder von der Seite aus beobachtet und er läuft so nah neben mir, dass sich unsere Hände hin und wieder berühren. Macht er das mit Absicht? Ich drehe gleich durch. Ich fühle mich so sehr zu ihm hingezogen, dass ich mich zusammenreißen muss, nicht seine Hand zu nehmen.

»Leon und du, ihr kennt euch ziemlich gut, oder?«, fragt Ben und sein Blick ruht auf meinem Gesicht.

»Ja, wir haben uns immer in der Siedlung getroffen,

seit wir klein waren. Daraus hat sich eine sehr enge Freundschaft entwickelt. Leon bedeutet mir sehr viel. Er ist ein toller Typ!«, entgegne ich mit leiser Stimme.

»Das kann ich nur bestätigen. Ohne Leon hätte ich mich hier wahrscheinlich nicht so schnell eingelebt.«

Bei diesem Satz legt sich ein dunkler Schatten auf Bens Augen und ich merke, dass er wieder mit seiner Vergangenheit beschäftigt ist.

»Freundschaft ist das Wichtigste im Leben. Ich wüsste auch nicht, was ich ohne Hanna machen würde. Sie versteht mich, ohne dass ich ihr etwas erklären müsste und sie ist immer für mich da. Leon bleibt immer ein wichtiger Mensch für mich, aber mit der Zeit hat sich unsere Freundschaft verändert. Sie ist nicht weniger wichtig, aber nicht mehr ganz so intensiv. Einfach, weil wir nicht mehr so viel Zeit miteinander verbringen können, weil er die Zeit lieber mit dir verbringt«, erzähle ich mit einem frechen Lächeln auf dem Gesicht, um Ben ein wenig aus seinen dunklen Gedanken zu holen.

Ben lächelt nun wieder zaghaft und so gefällt er mir schon wieder viel besser. Doch dann nimmt unsere Unterhaltung plötzlich eine andere Wendung.

»War die Trennung von Jan hart für dich?«, fragt er.

Ich bin etwas irritiert, warum er jetzt dieses Thema anspricht und überlege, was ich sagen soll.

»Nein, Jan und ich haben schon eine ganze Weile nur noch nebeneinanderher gelebt. So richtig gut lief unsere Beziehung wohl schon länger nicht«, entgegne ich.

»Ich weiß, was du meinst. Bei Juna und mir war es

auch so. Ich mochte sie wirklich sehr gern, aber irgendetwas hat gefehlt.«

»So ging es mir bei Jan auch. Wir haben uns super verstanden, konnten quatschen und lachen, aber es hat einfach nicht gereicht. Jan hat es vermutlich auch so empfunden. Sonst wäre es wahrscheinlich gar nicht so weit gekommen«, erkläre ich Ben.

»Du meinst die letzte Party?«, fragt Ben vorsichtig.

»Ja, die meine ich. Ich kann Jan nicht einmal böse sein. Er hat mir mit dieser Aktion nur die Augen geöffnet«, bei diesem Satz spüre ich Bens Blick so stark auf mir, dass es schon fast wehtut.

Ich erwidere Bens tiefen Blick, in dem ich so etwas wie Sehnsucht erkennen kann. Diese spüre auch ich gerade aufflammen und in meinem Bauch setzen sich die Schmetterlinge wieder in Bewegung.

»Die Augen wofür?«, möchte Ben wissen.

»Dass es keinen Sinn macht, seine Zeit mit jemandem zu teilen, den man nicht voll und ganz liebt«, antworte ich fast flüsternd. Ich war nicht auf so ein Gespräch vorbereitet.

»Manchmal tut man einfach Dinge, um sich nicht seinen wahren Gefühlen stellen zu müssen«, entgegnet Ben und sucht meinen Blick. Ich schaue ihn an und sehe wieder diesen traurigen Ausdruck in seinen Augen, der mich dazu bringt, mehr über ihn erfahren zu wollen.

»War es bei Juna so?«

Ben weicht meinem Blick aus und blickt auf den Boden.

»Irgendwie schon. Ich wusste, dass es für mich nicht so schmerzhaft werden würde, wenn wir uns irgendwann wieder trennen würden.«

Ich kann kaum glauben, wie gefühlvoll und emotional Ben ist. Er ist nicht der harte, coole Typ, den man von außen sieht. Er ist ein wunderbarer junger Mann mit einer geheimnisvollen Geschichte und tiefen Gefühlen. Die wohlige Wärme in meinem Bauch breitet sich mit jeder Minute, die wir gemeinsam gehen, weiter aus.

Ich werfe ihm von der Seite einen vorsichtigen Blick zu und sehe, dass er seinen Blick noch immer auf den Boden gerichtet hat. Ich nehme seine Hand in meine, drücke sie einmal zärtlich und Ben schaut mir in die Augen. In seinem Blick breitet sich die Wärme aus, die ich von Anfang an so anziehend fand und ich schenke ihm ein aufbauendes Lächeln. Mit einem leichten Nicken zeigt er mir, dass er verstanden hat, dass ich für ihn da bin, wenn er reden möchte und langsam löse ich meine Hand aus seiner. Ich kann nicht erklären, was da gerade zwischen uns passiert, aber ich habe wieder einmal dieses Gefühl, meinen Seelenverwandten vor mir zu haben. Die eine Person, der ich nichts erklären muss.

In diesem Moment kommen wir an Hannas Haus an und wir verabschieden uns von ihr. Leon und Ben nehmen mich in ihre Mitte und wir quatschen noch ein bisschen über den Abend.

Als wir bei Bens Haus ankommen, verabschiedet er Leon mit Handschlag und sieht dann zu mir. Er zögert kurz, beugt sich zu mir hinunter, hält meine Schultern mit seinen starken Händen fest und gibt mir einen zärtlichen Kuss auf die Wange. Der Kuss dauert ein paar Sekunden zu lang, um ein harmloser Abschiedskuss zu sein. Ich schließe meine Augen und genieße den Moment der Nähe. Ben lässt mich zögernd los, dreht sich um und verschwindet in dem kleinen Weg, der zu seinem Haus führt. Ich starre ihm nach und vergesse völlig, dass Leon noch neben mir steht, der mich nun amüsiert beobachtet.

»Können wir dann mal weitergehen?«

Ich sehe ihn an und wir müssen lachen. Ich laufe schweigend neben Leon her, bis er die Stille bricht.

»Warum bist du so still?«

»Ich habe zu viel im Kopf«, entgegne ich.

Leon lässt nicht locker.

»Wegen Jan?«

»Nein, Jan ist nicht der Grund.«

»Verstehe«, sagt Leon daraufhin mit einem fetten Grinsen im Gesicht.

»Was verstehst du?«, will ich wissen.

Seine Antwort haut mich augenblicklich aus den Socken.

»Du bist bis über beide Ohren verknallt. Das sieht man aus kilometerweiter Entfernung.«

»Keine Ahnung, wovon du redest«, kann ich nur sagen und muss dabei selbst anfangen zu lachen.

Leon stimmt in mein Lachen ein und dann verabschiedet er sich von mir an der Tür mit einer wohltuenden Umarmung.

»Schlaf gut und träum schön. Ich bin mir sicher, du hast heute schöne Träume.«

Ich boxe ihm in den Oberarm und gehe mit einem breiten Grinsen rein. In dieser Nacht habe ich tatsächlich schöne Träume.

37

Ein Tag später

Ich wache mit einem wohligen Bauchgefühl auf, gehe in Gedanken den gestrigen Abend durch und muss feststellen, dass ich wirklich bis über beide Ohren verknallt bin und es sich irgendwie gut anfühlt, weil ich das Gefühl habe, dass Ben auch etwas für mich empfindet. Ich überlege die ganze Zeit, ob ich ihm schreiben soll. Aber ich weiß nicht so recht, was. Ich nehme mein Handy und will mich gerade überwinden, da bekomme ich eine Nachricht von Ben - Gedankenübertragung. Mein Herz macht einen Hüpfer, mein Bauch kribbelt wie verrückt und ich bin überglücklich, als ich die folgenden Worte lese.

>Guten Morgen, hast du gut geschlafen?<

Mehr steht nicht in seiner Nachricht, aber diese sechs Worte machen mich gerade zum glücklichsten Menschen auf der Welt. Bens erste Gedanken, wenn er morgens aufwacht, gelten mir. Das muss etwas bedeuten. Ich antworte direkt.

>Guten Morgen, sehr gut. Und du?<

Bens Antwort lässt nicht lange auf sich warten.

>Ich auch. So gut wie lange nicht. Es war schön, dass wir uns gestern zufällig getroffen haben.<

Ich fange am ganzen Körper vor Aufregung an zu zittern. Bens Direktheit haut mich jedes Mal um. Er redet nicht drum herum. Er sagt einfach, was er denkt und fühlt und genau das ist es, was ihn für mich so unfassbar anziehend macht.

>Das finde ich auch und es wäre schön, wenn wir uns vielleicht irgendwann nochmal ganz zufällig irgendwo treffen.<

Ich kann nicht glauben, dass ich diese Nachricht jetzt wirklich abgeschickt habe. Aber zu spät. Ich sehe schon, dass Ben antwortet.

>Das lässt sich bestimmt einrichten.<

>Ich bin gespannt.<

Daraufhin kommt keine Nachricht mehr von ihm. Etwas enttäuscht, weil Ben nicht noch etwas erwidert hat, aber dennoch sehr glücklich, gehe ich duschen, mache mich zurecht und frühstücke anschließend. Es ist schon Mittag und ich bin gerade völlig motiviert, für die Schule zu lernen, als es an der Tür klingelt. Ich bin ziemlich überrascht, dass Leon dort steht. Wir haben uns in den letzten Monaten kaum noch gesehen. Eigentlich gar nicht mehr, wenn man es genau nimmt. Umso mehr habe ich mich gestern gefreut, dass er in der Kneipe aufgetaucht ist. Ein klein wenig mehr habe ich mich zwar über Ben gefreut, aber auch Leon habe ich sehr vermisst und den Abend gestern genossen. Jetzt steht er da und schaut mich forsch an.

»Hey Lea, hast du Zeit? Wollen wir eine Runde spazieren?«

»Ja, sicher! Gib mir eine Minute.«

Die Schule kann warten. Ich ziehe mir meine Jacke über, die Schuhe an und gehe mit ihm durch die Siedlung in Richtung Spielplatz.

Leon ist etwas schweigsam. Was ist los mit ihm? Er ist ja sonst nicht auf den Mund gefallen. Für einen Spaziergang hat er mich auch lange nicht abgeholt, aber ich möchte ihn auch nicht drängen, mit mir zu reden. Also laufen wir erst schweigend nebeneinanderher. Irgendwann wird mir dieses Schweigen dann allerdings doch zu komisch.

»Leon, ist alles in Ordnung?«, frage ich ihn schließlich.

»Ja sicher, wieso?«

»Weil es ziemlich merkwürdig ist, dass du mich so anschweigst. Das bin ich von dir nicht gewohnt.«

Leon schaut mich nachdenklich an und antwortet nach einer Weile.

»Es ist alles in Ordnung. Ich frage mich nur, wie es passieren konnte, dass wir uns so aus den Augen verloren haben, obwohl wir Nachbarn sind.«

Ich stoße Leon mit dem Ellenbogen in seine Rippen und er krümmt sich übertrieben schmerzverzehrt und fängt an zu lachen.

»Wofür war das denn?«, fragt er.

»Um dich von deinen trüben Gedanken abzulenken. Wir sehen uns doch jetzt. Und das ist gut so.«

Leon lächelt mich an und erwidert dann:

»Genau deshalb lieben wir dich alle.«

»Weshalb? Und wer ist alle?«, möchte ich wissen und langsam mache ich mir wirklich Sorgen um Leon.

Er fängt nur laut an zu lachen und antwortet noch immer kichernd.

»Weil du nicht nachtragend bist, einfühlsam und witzig. Und die zweite Frage kannst du dir gleich selbst beantworten.«

Ich schaue ihn nur völlig entgeistert an und verstehe überhaupt nichts mehr.

»Hast du Fieber? Was redest du denn da?«

»Du wirst es schon noch verstehen. Ich möchte dir nur eins mit auf den Weg geben«, erwidert er und langsam werde ich nervös, weil ich das Gefühl habe, dass hier irgendein schräger Film läuft. Ich schaue Leon fragend an und er fährt fort.

»Sei vorsichtig und behutsam und nehmt euch Zeit! Denn ihr seid mir beide sehr wichtig! Und er hat es nicht immer leicht gehabt und braucht vielleicht mehr Verständnis in manchen Dingen, als andere. Aber ich kenne dich und weiß, dass du die Richtige bist.«

Jetzt bin ich völlig durch den Wind. Redet Leon über Ben? Ich schaue ihn noch immer mit großen Augen fragend an, während wir uns langsam dem Spielplatz nähern, aber Leon fährt nicht fort.

»Leon, was meinst du?«

Anstatt auf meine Frage zu antworten, erscheint auf seinem frechen Gesicht plötzlich ein blödes Grinsen.

»Was ist denn nur los mit dir? Wovon redest du?«, möchte ich wissen.

Aber Leon deutet mit einem Kopfnicken nur in Richtung Spielplatz und ich traue meinen Augen nicht, als ich sehe, wie Ben dort lässig an die Tischtennisplatte lehnt und mich anlächelt. Ich blicke zu Leon, er nickt mir grinsend zu, drückt mich einmal fest, verabschiedet sich mit einem Handschlag von Ben und verschwindet. Ich gehe langsam wie in Zeitlupe auf Ben zu, denn ich habe Angst, zu fallen. So weich sind meine Knie. Kurz vor Ben bleibe ich stehen und wir grinsen uns an.

»Na, so schnell habe ich mit einem zufälligen Treffen gar nicht gerechnet«, begrüße ich ihn noch immer bis über beide Ohren grinsend.

Ben lächelt mich frech an und nimmt meine Hand in seine. Sie fühlt sich warm und weich an und ich möchte sie nie wieder loslassen, als seine Finger zwischen meine gleiten. Unsere Hände fühlen sich an, als wären sie eins. Ben sieht mir tief in die Augen und spricht ganz leise.

»Weißt du noch, als wir uns das erste Mal gesehen haben? Morgens auf dem Weg zur Schule?«

Ich nicke leicht und lächle ihn an. Worte habe ich in diesem Moment keine. Denn ich habe das Gefühl, dass Ben mir etwas Wichtiges sagen möchte und ich möchte diesen Moment nicht zerstören.

»Du hast mich völlig umgehauen. Deine Augen haben von Weitem gestrahlt wie Sterne und ich habe mir gedacht ‚Das Mädchen muss ich kennenlernen!'«, fährt er langsam fort. Ich schaue ihn noch immer gespannt an und entgegne fast flüsternd, weil meine Stimme versagt.

»Mir ging es ähnlich!«

»Ich habe gespürt, dass da etwas zwischen uns war, von Anfang an, und es hat mir Angst gemacht.«

»Wieso Angst?«, möchte ich wissen und ich werde etwas unruhig, denn ich habe ein bisschen Bammel davor, zu erfahren, was Ben widerfahren ist. Kann ich damit umgehen? Kann ich ihm die Sicherheit geben, die er braucht? Ben senkt seinen Blick, sammelt sich kurz und schaut mich dann wieder mit einem festen Blick an.

»Ich hatte Angst davor, mich in dich zu verlieben, weil ich gleichzeitig Angst davor hatte, enttäuscht und verletzt zu werden.«

Ben hält noch immer meine Hand und ich drücke zärtlich zu, um ihm zu zeigen, dass er mir vertrauen und weitersprechen kann. Ben schaut mir noch immer tief in die Augen.

»Ich habe immer alles dafür getan, nicht verletzt zu werden. Meine Beziehungen waren ohne Bedeutung, denn so konnte ich sie beenden und war nicht derjenige, der verletzt wurde.«

Ben macht eine kurze Pause und schaut wieder auf den Boden, als müsse er dort die Worte suchen und sich zurechtlegen. Ich gehe einen kleinen Schritt auf ihn zu und verringere so den Abstand zwischen uns. Meine andere Hand sucht nach Bens freier Hand und ich halte auch sie fest in meiner verschlossen. Es fühlt sich so vertraut an. Die Wärme seiner Hände durchströmt meine Arme, meinen Körper und mein Herz. Ich habe das Gefühl zu schweben, denn Ben öffnet sich mir und ich erinnere mich an Leons Worte. Vorsichtig und behutsam. Ich gebe ihm die Zeit, nach den richtigen Worten zu suchen, und halte seine Hände weiter in meinen. Eine kleine Geste, die ihm Mut zu geben scheint, denn er sucht meinen Blick und scheint in meine Seele blicken zu wollen, so intensiv schaut er mich an.

»Aber du hast bei jeder Begegnung etwas in mir ausgelöst. Du hast mich verunsichert und ich hatte den Wunsch, dir alles anzuvertrauen, und wollte dich in meiner Nähe haben. Diese Gefühle kannte ich so noch nicht und sie haben mir eine Riesenangst eingejagt. Als Jan mir dann auch noch unmissverständlich zu verstehen gab, dass er schon lange in dich verknallt war und ich mich gefälligst zurückhalten sollte, ist eine Welt in mir zusammengebrochen. Mir wurde klar, dass ich dich nicht haben kann.«

»Aber warum hast du dich von ihm so einschüchtern lassen? Jan hatte doch gar kein Recht dazu und ich dachte, ich hätte es dir eindeutig gesagt, dass ich ihn nicht wollte«, frage ich vorsichtig.

»Weißt du, ich bin erst ein halbes Jahr, bevor wir uns begegnet sind, hierhergezogen. Meine Mutter hat von einem Tag auf den anderen unsere Taschen gepackt und mir verkündet, dass wir umziehen, um ein neues Leben zu starten. Ich kam hier an und kannte niemanden. Ich hatte meine Vergangenheit hinter mir gelassen und auch meine Freunde. Leon hat sich direkt mit mir angefreundet und ich bin ihm so dankbar dafür, dass er mich seinen Kumpels vorgestellt hat und sie mich direkt mit offenen Armen aufgenommen haben. Darunter war auch Jan. Ich wollte diese neue Freundschaft nicht aufs Spiel setzen. Kannst du das verstehen?«

»Natürlich kann ich das verstehen. Das muss eine harte Zeit für dich gewesen sein.« Ich drücke wieder seine Hände und würde so gerne alles darüber wissen, was passiert ist, aber ich möchte ihn nicht drängen. Er soll es mir erzählen, wenn er dazu bereit ist.

»Ja, das war es und deshalb war ich auch einfach so froh, hier einen Neuanfang starten zu können, und wie es aussah, gelang mir das auch ganz gut. Nur du hast alles auf den Kopf gestellt.« Ben lächelt mich an, ich lege den Kopf etwas schief und grinse frech zurück.

»Jedes Mal, wenn wir uns begegnet sind und sich unsere Blicke trafen, hatte ich weiche Knie und ich wollte dich festhalten und küssen, aber dann hast du Jan gedatet und ich habe versucht, dich zu vergessen. Ich habe mir eingeredet, dass es besser so ist, denn sonst würde es für mich nur schmerzlich enden.«

Ich höre ihm weiter zu, während seine warmen, grauen Augen auf mir ruhen. Meine Beine fühlen sich an, als könnten sie mich nicht mehr tragen. Ich kann noch immer nicht fassen, dass wir hier zusammenstehen und er mir das sagt, wonach ich mich nun seit über einem Jahr sehne.

»Ich wollte von Anfang an nur dich, Ben!«, flüstere ich

und mehr kann ich nicht sagen, denn Ben zieht mich an meinen Händen ganz nah an seinen Körper. Er löst seinen Griff und seine Hand wandert an meiner Taille vorbei zu meinen unteren Rücken. Er drückt mich vorsichtig an sich und ich spüre seinen warmen, starken Körper. Seine andere Hand wandert hoch an meine Wange. Ben schenkt mir einen liebevollen, warmen Blick voller Zuneigung. Langsam beugt er sich zu mir hinunter und ich schließe meine Augen, als sich unsere Lippen finden. In meinem Körper explodiert ein Feuerwerk. Mein Bauch kribbelt, ich habe Gänsehaut von den Zehen bis zu den Haarspitzen und mir wird schwindelig. Es ist ein zärtlicher, unschuldiger, wunderschöner Kuss. Ben löst sich von mir und schaut mir tief in die Augen. Sein Blick löst das unbändige Verlangen in mir aus, ihn spüren zu wollen. Ich lege meine linke Hand auf seine Brust, umgreife seine Jacke, lege meine rechte Hand in seinen Nacken und ziehe Ben an meinen Körper und sein Gesicht hinunter zu meinem. Unsere Lippen finden sich erneut. Der Kuss wird intensiver und fordernder. Ich spüre Bens Atem auf meiner Haut und mich durchfährt ein wohliger Schauer. Wir versinken beide in diesem Kuss und verschmelzen miteinander. Ich bin unendlich glücklich.

38

Ben

Ich kann es nicht glauben. Mehr als ein Jahr lang sehne ich mich nun schon danach, dieses Mädchen zu küssen. Jetzt steht sie hier vor mir, sieht mir mit ihren wunderschönen Augen, die an einen Kristall erinnern, tief in meine Seele und küsst mich. Wie konnte ich nur so blöd sein und mich von Jan einlullen lassen, dass ich die Finger von ihr lasse. Ja klar, er war verknallt in sie, aber das war ich schließlich auch. Ich konnte ja nicht ahnen, dass Lea auch so empfindet wie ich. Gut, da waren diese Momente, in denen sich unsere Blicke trafen und aneinander hängen blieben. In diesen Momenten, die zu lange dauerten, als dass sie unbedeutend hätten sein können, schlug mir das Herz bis zum Hals und ich habe jeden einzelnen dieser Blickkontakte genossen. Trotz allem hätte ich niemals gedacht, dass ich Chancen bei ihr haben könnte. Sie ist so wunderschön. Ich liebe ihre wilden Locken und wenn ihr diese eine widerspenstige Locke immer wieder in die Stirn fällt, möchte ich sie am liebsten um meine Finger wickeln und ihr aus dem Gesicht streichen. All das hätte ich schon viel früher haben können, wenn ich den Mut gehabt hätte, sie anzusprechen. Doch bei jedem unserer besonderen Momente kam etwas dazwischen und ich musste mich von ihrem Blick lösen und tief im Inneren hatte ich Angst. Diese Angst, dass mich wieder ein Mensch, den ich liebe und dem ich mein volles Vertrauen schenke, enttäuscht und allein lässt. Die Gefühle für Lea waren zu stark. Ich hätte es nicht verkraftet, wenn sie mich abgewiesen hätte. Oder wenn ich nur ein kleiner Spaß für sie gewesen wäre. Ich musste mich schützen, also habe ich Jan den Vortritt gelassen. Aber jetzt war das für mich nicht mehr möglich. Der gestrige Abend hat alles verändert. Der Moment, in dem Lea meine Hand nahm und mir mit dieser kleinen Geste gezeigt hat, dass sie mich versteht und für mich da ist, hat alles verändert. Sie hat mir gezeigt, dass ich ihr vertrauen kann und dass sie mich nicht drängt, etwas über mich preiszugeben, wozu ich noch nicht bereit bin.

Nun steht sie hier vor mir und wir haben uns gefunden. Leon hat zum Glück nicht lange gezögert, als ich ihn bat, mir einen Gefallen zu tun. Er hatte schon an dem Tag auf dem Schulhof, als ich ihn über Lea ausgequetscht habe, gemerkt, dass ich sie mehr als nur nett finde. Dafür kennt er mich einfach zu gut. Leon hat auch nie verstanden, warum ich Juna kennenlernen wollte, aber er hat mich nie auf Lea angesprochen. Leon weiß als einziger in dieser Stadt, warum meine Mutter und ich hierhergezogen sind. Und genauso gut weiß er auch, was mir die Freundschaft zu Jan bedeutet hat. Wenn ich damals allerdings geahnt hätte, dass Jan sich wie ein Vollidiot aufführt und dann auch noch mit dieser Emma durchbrennt, hätte ich vielleicht lieber selbst mal die Initiative ergriffen. Aber da war es schon zu spät. Nach unserem gemeinsamen Heimweg gestern, konnte ich nicht mehr warten. Ich konnte auf keinen Fall riskieren, dass nochmal jemand zwischen Lea und mich tritt. Als ich Leon heute Morgen anrief und fragte, ob er mir helfen kann, ein Treffen zu arrangieren, jubelte er quasi durchs Telefon:

»Na endlich! Ich dachte schon, ich muss dir langsam in den Hintern treten, damit du endlich mal die Initiative ergreifst und dir das Mädchen schnappst.«

Es war Leons Idee, dass ich hier auf Lea warte, und es war die beste Idee, die er seit langem hatte. Mann, war ich nervös. Was hätte ich denn gemacht, wenn sie mir einen Korb gegeben hätte? Ich muss diese Gedanken beiseiteschieben, denn es ist alles so gelaufen, wie ich es gehofft hatte. Lea will mit mir zusammen sein. Sie sieht mich mit ihren großen, leuchtenden Augen fragend an.

»Was ist los? Du siehst so nachdenklich aus?«

»Ich habe mich gerade gefragt, was ich gemacht hätte, wenn du mir eine Abfuhr erteilt hättest.«

»Und? Was hättest du gemacht?«, fragt Lea mich mit einem frechen Grinsen.

»Ich hätte es nicht durchgehen lassen!«, antworte ich mit einem breiten Grinsen. In diesem Moment ziehe ich

Lea ganz nah zu mir, halte ihr Gesicht mit beiden Händen fest und ich bin überwältigt von meinen Gefühlen. Ich nähere mich ihren Lippen und Lea schließt ihre Augen. Meine Lippen finden ihre und mein ganzer Körper kribbelt. Mein Puls beschleunigt sich und ich spüre ein tiefes Verlangen in mir. Lea presst sich an meinen Körper und schlingt ihre Arme um mich. Wir verschmelzen miteinander. Atemlos löse ich mich von ihr und sehe ihre leicht geröteten Wangen. Ihr Blick und ihr warmes Lächeln sagen mir, dass sie das Gleiche empfindet. Ich nehme Leas Hand und genieße das wohlige Gefühl, das in mir aufsteigt, als unsere Finger ineinander gleiten. Wie oft habe ich mir gewünscht, ihre Hand zu nehmen und sie mit mir wegzuziehen, irgendwohin, wo wir allein gewesen wären. Wir laufen Hand in Hand nebeneinanderher und es fühlt sich so gut und einfach perfekt an. So, als würden wir uns schon ewig kennen und uns blind verstehen. Ich möchte jede Sekunde mit ihr genießen und ich werde meine Finger nicht von ihr lassen. So viel steht fest. Denn ich bekomme nicht genug von ihren Küssen und ihren Berührungen.

39

Lea

Ich kann mein Glück nicht fassen und wage es kaum, meine Augen zu öffnen. Ist es Realität oder habe ich das alles nur geträumt? Ich öffne vorsichtig das rechte Auge und wage einen kleinen Blick. Es war kein Traum. Nach unseren ersten zaghaften Küssen konnten wir nicht schnell genug zu Ben nach Hause gehen, um all die Dinge zu tun, von denen ich nun schon seit über einem Jahr träume. Ich bin im Himmel. Ben liegt neben mir und schaut mich an. Mit seinen wunderschönen Augen begutachtet er jeden einzelnen Zentimeter meiner Haut und fährt nun mit seinem Finger die Kontouren meines Körpers nach. Ich bekomme eine Gänsehaut nach der anderen und spüre wie die Sehnsucht und das Verlangen Ben zu spüren bis zu einem fast unerträglichen Maß ansteigen. Ich fahre ihm mit meinen Fingern durch sein dichtes Haar und ziehe ihn zu mir heran. Atemlos küsse ich ihn und spüre, wie auch in Ben die Leidenschaft erwacht. Doch bevor ich mich völlig in diesem Kuss verliere, hält Ben plötzlich inne und schaut mich nachdenklich an.

»Was ist los?«, frage ich vorsichtig.

»Ich denke, bevor das hier mit uns weitergeht, muss ich dir etwas über mich erzählen.«

Ich werde ein wenig nervös, denn ich habe nicht damit gerechnet, dass Ben mir so schnell von seinen Erlebnissen berichten möchte. Ich lege mich auf die Seite, stütze meinen Kopf auf meine Hand und habe meinen Blick erwartungsvoll auf Ben gerichtet, während er meine andere Hand nimmt, als müsse er sich an etwas festhalten. Er schluckt deutlich hörbar, bevor er leise zu sprechen beginnt.

»Wir waren eine perfekte kleine Familie. Meine Eltern und ich. Mein Vater war so, wie ich mir einen Vater immer gewünscht habe. Er hat stundenlang mit mir Fußball gespielt, mir Radfahren beigebracht, mit mir meine ersten Videospiele gezockt und mir keine Vorwürfe gemacht, wenn es für mich in der Schule nicht immer so reibungslos lief. Als ich 7 Jahre alt war, war er dann eines Morgens einfach weg. Er hat über Nacht seine Tasche gepackt und ist gegangen, ohne sich von meiner Mutter oder mir zu verabschieden. Er war einfach weg und ich habe nie wieder etwas von ihm gehört.«

Oh mein Gott! Wie grausam! Ich drücke Bens Hand zärtlich und warte, ob er fortfahren möchte.

»Meiner Mutter hat es das Herz gebrochen. Sie stand allein da und musste gucken, wie sie mit mir über die Runden kommt. Sie hatte zwei Jobs, hat sich abgerackert und versucht, mir ein schönes Leben zu ermöglichen. Hin und wieder hat sie mal einen Mann kennengelernt und mit nach Hause gebracht. Aber es war nie was Ernstes. Bis sie sich dann endlich wieder richtig in einen Mann verliebt hat, vergingen Jahre. Ich mochte ihn sehr und er war vier Jahre lang wie ein Vater zu mir. Bis ich ihn eines Tages in der Stadt mit einer anderen Frau und zwei kleinen Kindern gesehen habe. Ich habe ihm hinterherspioniert und musste feststellen, dass dieser Kerl ein Doppelleben führte und bereits verheiratet war.«

Bei dieser Geschichte zieht sich in mir alles zusammen und zu sehen, dass Ben Tränen in den Augen hat, bringt mich fast um. Wie unfair das Leben doch manchmal sein kann und wie viel Schmerz manche Menschen erleiden müssen. Ich warte geduldig, bis Ben sich wieder gesammelt hat und er fortfährt.

»Am Tag nachdem ich vom Doppelleben dieses Mannes erfahren habe, kam er wie gewohnt nach der Arbeit zu uns und ich wusste nicht, was ich machen sollte. Ich war unglaublich wütend und wollte, dass er meiner Mutter die Wahrheit sagt. Also habe ich ihn an der Tür abgepasst und ihm gesagt, dass ich über ihn Bescheid wisse. Du kannst dir sicher vorstellen, dass er nicht begeistert war. Meine Mutter kam zu dem hitzigen Gespräch hinzu und er stellte mich als Lügner dar, der einen Keil zwischen ihn und meine Mutter treiben wolle. Meine Mutter wusste erst nicht, was sie glauben sollte und war hin- und hergerissen. Ich flehte sie an, mir zu glauben und schließlich tat sie es. Daraufhin wurde er unglaublich wütend, packte mich und schleuderte mich durch den Flur. Ich landete mit dem Kopf am Türrahmen und das Blut strömte mir übers Gesicht. Meine Mutter stand unter Schock und der Kerl schrie auf sie ein und drohte ihr, wenn sie das jemandem erzählen würde, würde er ihr das Leben zur Hölle machen.«

Mir fehlen die Worte. Ich kann nicht glauben, was ich da höre, und ich kann Bens Schmerz in seinen Augen sehen und leide in diesem Moment mit ihm. In seinen Erinnerungen versunken streichelt er sich vorsichtig über die Narbe an seiner Schläfe.

»Meine Mutter hat es nicht mehr ausgehalten. Sie wollte einfach nur noch von diesem Ort verschwinden, hat sich einen neuen Job gesucht und so sind wir hier gelandet. Wir haben alles hinter uns gelassen und wollten einen Neuanfang.«

»Ben, mir tut es so unendlich leid, was du durchmachen musstest. Es ist sicher nicht leicht für dich, darüber zu reden.«

Ich beuge mich zu Ben hinüber, nehme sein Gesicht in beide Hände und gebe ihm einen zärtlichen Kuss auf seine Lippen. Sie schmecken salzig. Nach Tränen, die ihm nun übers Gesicht rinnen. Mir bricht es das Herz ihn so zu sehen und nun fügen sich in mir die einzelnen Puzzleteile zu einem Bild zusammen und ich verstehe, was er damit meinte, dass er sich nie auf jemanden einlassen wollte, von dem er hätte enttäuscht werden können. Umso bedeutsamer ist es nun, dass er mit mir hier in seinem Bett liegt, mir seine Geschichte anvertraut und seinen Gefühlen freien Lauf lässt.

Ich schaue ihn an und Ben erwidert meinen Blick und alles, was ich sagen kann, ist:

»Danke!«

»Danke wofür?«, fragt Ben mit einem zarten Lächeln.

»Dafür, dass du uns eine Chance gibst.«

Bens Lächeln wird breiter, der Glanz taucht wieder in seinen schönen Augen auf und er zieht mich zu sich, um mich zu küssen. Dieser Kuss ist innig, leidenschaftlich und unglaublich gefühlvoll. Er entzündet ein Feuer in mir und ich spüre Dinge in meinem Körper, von denen ich zuvor nicht einmal zu träumen gewagt habe.

Epilog

Lea

Zwei Wochen später

»Was macht ihr heute? Kommt ihr vielleicht langsam mal aus dem Bett raus und traut euch unter Leute?«, fragt Hanna mich lachend auf dem Heimweg nach einem wie immer total spannenden Schultag.

»Tsss… Ich weiß gar nicht, wovon du redest!«

»Ja sicher!«, entgegnet Hanna.

Seit Ben und ich zusammen sind, verbringen wir jede freie Minute zusammen und meistens in seinem Bett. Wir können einfach nicht genug voneinander bekommen, aber vielleicht hat Hanna recht und wir sollten mal was anderes machen.

»Wollen wir uns nachher treffen? Zu viert?«, frage ich und Hanna nickt zustimmend.

»Mal sehen, ob ich Ben davon überzeugen kann«, füge ich hinzu und muss lachen.

»Wie geht es dir denn? Es ist so schön, dich so glücklich zu sehen.«

»Ich bin auch wirklich unglaublich glücklich. Ich hätte niemals zu träumen gewagt, dass Ben und ich doch noch irgendwann zusammenfinden und es fühlt sich so an, als wären wir schon ewig ein Paar, weil wir uns einfach blind verstehen und vertrauen. Und dass Ben mir so sehr vertraut, ist unter diesen Umständen nicht selbstverständlich.«

»Auch wenn ich immer noch nicht weiß, was passiert ist, scheint es das zu sein. Keine Sorge. Ich bin dir nicht böse, weil du es mir nicht erzählen willst. Ich kann es verstehen. Du hast es Ben versprochen und wenn er nicht möchte, dass es jemand weiß, dann sollten wir das respektieren«, erwidert Hanna. Sie ist einfach unfassbar verständnisvoll und genau darum ist sie meine beste Freundin geworden. Die beste Freundin, die ich mir immer gewünscht habe und die immer an meiner Seite steht.

Ich habe den Mann meiner Träume und eine tolle beste Freundin, eine perfekte Familie und in der Schule läuft es auch nicht mehr ganz so schlecht. Also alles super. Dennoch kommen mir manchmal Gedanken, ob ich das Glück nicht zu sehr herausfordere und das dicke Ende noch auf mich wartet. Ich bin mir sicher, dass Bens Vergangenheit immer mal wieder in ihm hochkochen wird und vielleicht auch noch schwierigere Zeiten auf uns zukommen werden, aber in diesem Moment bin ich bis über beide Ohren verliebt.

Als Hanna und ich uns an der Ampel verabschieden, an der sie rechts und ich links gehen muss, sehe ich an der Haltestelle zwanzig Meter entfernt einen jungen Mann sitzen, der in meine Richtung lächelt und mein Herz macht einen Hüpfer.

»Hi Ben!«, begrüße ich ihn, als ich an der Haltestelle ankomme. Er steht auf, nimmt mich in den Arm und küsst mich liebevoll.

»Hallo Süße!«

»Meinst du, wir schaffen es, heute mal dem Bett fernzubleiben und uns mit Hanna und Silvio zu treffen?«

»Es wird mir sehr schwerfallen, aber ich denke, wir werden es schaffen«, antwortet Ben mit einem frechen Grinsen.

Ich schlinge meine Arme um seinen Hals und küsse ihn leidenschaftlich. In mir entfacht schon wieder eine kleine lodernde Flamme, die ich im Keim ersticken muss. Denn wenn wir sie mit diesen heißen Küssen weiter anfeuern, wird das Bett siegen.

To be continued!

***

Danke

Liebe Leserin, lieber Leser,

ich hoffe, du hast die Liebesgeschichte von Lea genossen und wurdest entweder für einen kleinen Moment in die Teenie-Zeit und das wilde Gefühlschaos, das diese aufregende Zeit mit sich bringt, zurückversetzt, oder du bist gerade selbst mitten in dieser spannenden Phase und konntest dich in Lea oder einer anderen Person wiederfinden.

Dass ich dieses Buch vollendet habe, habe ich vielen lieben Menschen zu verdanken, die mich immer wieder darin bestärkt haben, weiterzumachen und nicht aufzugeben. Die Geschichte zu diesem Roman kam mir in einem Moment, in dem ich mich selbst auf einmal in meine Teenie-Zeit zurückversetzt gefühlt habe. Ich spürte mich für einen kurzen Augenblick wieder so lebendig wie damals. Es steckt sehr viel Persönliches von mir in der Hauptfigur Lea. Aber ich möchte noch einmal betonen, dass die Handlungen und die Geschichte sowie sämtliche Charaktere dieses Romans frei erfunden sind.

Ein riesengroßes Dankeschön geht an meine liebe Schwester, die als Korrektorin nicht müde wurde, das Buch zu lesen und mir mit gezielten Hinweisen dazu verholfen hat, die Geschichte noch ein wenig weiterzuspinnen. So weit, dass mittlerweile schon eine Idee für eine Fortsetzung in meinem Kopf umherspukt.

Ich bedanke mich bei meiner Familie ohne deren Unterstützung ich niemals so weit gekommen wäre. Es ist immer wieder schön zu sehen, wie die Augen meiner beiden Jungs zu leuchten beginnen, wenn ich ihnen von meinen Büchern erzähle.

Ein weiterer großer Dank geht an meine gute Fee, die die erste Rohversion dieses Romans gelesen hat, als ich noch gar nicht sicher war, ob ich dieses Buch überhaupt jemandem zum Lesen geben möchte. Sie hat mich bei unseren regelmäßigen Frühstückstreffen darin bestärkt, weiterzumachen und mir viele Tipps und Anregungen gegeben.

Und natürlich bedanke ich mich auch bei meinen lieben Testleserinnen Celina, Sabrina, Magda und Tanja, deren Feedback mir besonders viel bedeutet hat, und die Tatsache, dass sie nach dem Lesen nach einer Fortsetzung gefragt haben, macht mich überglücklich.

Zu guter Letzt bedanke ich mich bei dir, liebe Leserin, lieber Leser. Ich hoffe, dass ich dir mit dieser Liebesgeschichte eine kleine Auszeit vom Alltag bescheren konnte. Ich werde weiterschreiben und hoffentlich auch mit meinem nächsten Buch dein Interesse wecken.

Vielen Dank und nur das Allerbeste wünsche ich dir!

Deine Raffaela Lins

P.S: Ich würde mich sehr freuen, wenn du mir auf Facebook, Instagram und Tiktok folgen und mir eine Rezension hinterlassen würdest.

https://www.facebook.com/RaffaelaLinsAutorin

https://www.instagram.com/raffaela_lins_autorin

https://www.tiktok.com/@raffaela_lins_autorin

FSC

www.fsc.org

MIX

Papier aus ver-
antwortungsvollen
Quellen

Paper from
responsible sources

FSC® C105338